JN076115

犬が尻尾で吠える場所

エステル＝サラ・ビュル
山﨑美穂＝訳

作品社

Estelle-Sarah Bulle

Là où les chiens aboient par la queue

犬が尻尾で吠える場所

わが両親
そして子どもたちへ

モルヌ＝ガランを去ったのは夜明けだった。太陽の暑さにやられないためにはそれしかなかった。モルヌ＝ガランはどこでもない場所で、いや、むしろ母胎みたいなところって言ったほうがいいかもしれない。子牛が母牛から自分の体を引き剝がすように、私はそこから出てきた。子牛はね、肢を前に出して、決死の覚悟で自分を支えてくれている胴体から抜け出るんだ。七歳になる頃には何十回となく立ち会っていた。無事に済まないこともある子牛の誕生にね。父さんはいつも黙って見ていた。生きるべきものと死すべきものを決めるのは人じゃなくて自然だから。

だけど父さんは家畜たちを愛していた。私が出ていったときには五、六頭いたかな。家の周りにいて、間延びしたしわがれ声で鳴いていたっけ、水桶のところに連れて行ってくれって。うちの土地の真ん中には金属の波板が突き立ててあって、それが桶になっていた。父さんが杭につながっている鎖を一つひとつ外すと、家畜たちは桶まで走っていって。土用の頃なんて、行くのが遅れたら息も絶え絶えで待っているんだ。父さんは素っ気ないくせによく響く声で「待て！」って言って、あいつらが縮み上がったところで、気が立っている雄牛を大きなナイフの腹で叩く。生まれて三月の間は、子牛はつながないでおく。どのみち母親のそばにいるから。

イレールは、父さんは、自分の子どもも自分の家畜と同じように扱っていた。コップ一杯分の優しさを注いで、手桶一杯分の権力を振りかざして、樽一杯分の「まあうまくやってくれ」精神を貫いていた。この人里離れた町外れには私たちと牛しかいなかった。あの頃の水準からしても道とは呼べないような主要道を三十分歩くと、モルヌ＝ガランは体を丸めた動物みたいに気だるい様子でそこにあった。いまだにグアドループ人は言うよ、「Cé la Chyen ka japé pa ké」って。ああそうだ、あんたのお父さんはあんたには決してクレオールで話さなかったんだった。「ここでは犬が尻尾で吠える」ってこと。

家の周りでは、変てこな犬とか、他にも色々な真夜中の幽霊を見た。イレールは私たちをしょっちゅう置いてきぼりにして、私は窓の近くで帰りを待っていたから。日が沈んで、雌鶏たちが一羽また一羽とマンゴーの樹に上ると、鎧戸を閉めていたっけ。虫の音が家の周りのあらゆる物音を包み込んで、子どもだった私たちは何も載っていないテーブルの周りで遊んでいた。草でできた人形とか怯えたヤドカリとかの取り合いをしたりして。夜は黒金（ニエロ）象眼細工みたいな小さな月で始まった。灯油ランプの光が揺れていて、寝床を広げていると暗がりの中でお互いにぶつかって、そんなふうに一日が終わって。眠れなかったら鎧戸を少し開けて、地平線の方を眺めてイレールを探していた。

十六歳になって、ついに待ち望んでいたときがやってきた。夜の霊たちを物ともせずに、ハイイロタイランチョウが鳴いている道に出た。後ろは振り返らなかった。何かね、多分私にはこれからも新たな旅立ちが待っていると思う、マリアさまが私に向かって腕を広げて優しい声で「もういいのよ」って言ってくれるまでは。今のところはまだ二回だけど。一九四七年にモルヌ＝ガランを発ったときと、その二十年後にポワンタピートルを発ったとき。あの午後、初めてパリまで飛んだ。それまでに築いてきたものを全部捨てて。

そんなわけでパリで暮らし続けてきて、私はずっとよそ者みたいだった。たまに他のアンティル人に出くわすことはあるけど、あの人たちはむしろ街外れに住んでいる。どこかであってどこでもない、住宅が汚らしい野原にしょぼくれた花みたいに突っ立っている、そんな場所に。市街では滅多に出会わなかった。街に執着しているのは特に不幸で特に強情な人たちだけ。他の連中は血気乏しい意気地なしなんだ、ってその人たちは思いたいの。

工場で働いている、がりがりに痩せたアルジェリア人と仲良しになったこともあったっけ。家の裏に適当に実らせてあるようなライチを売っている物静かな中国人とも。その私が、ごみ回収のセネガル人と言い争って、国へ帰れって叫んだりしたら、向こうはこっちを睨みつけて、俺たちの父祖に売られていった奴隷の子孫のくせにって言う。でもあっちは外国人、私の方は、私をアフリカ人扱いする白人たちと同じフランス人。

サクレ＝クール寺院のシスターたちのそばにいるとね、勇気づけられるの、私の甲高い声で賛美歌の合唱が台無しになっても励ましてくれるし、信心の証のメダルもくれる。それに、私の話を楽しんでくれる。特にちょっとしたニュースは。肌が黄色くてか弱そうな女の子たちがインドネシアとかその辺りから来ているとか、口を利けなかったコンゴ人たちが何か月か経ったらとんでもなくお喋りになったとか、そんな話。初等教育までしか修了してないけど、私、話すのは巧いんだから。私のもとにいらしてくださる天使たちのことを話すときは特に。

私は黄金を手に入れたの。これからあんたにする話は真物の金塊みたいなもの。重くてきれいで細々とした物事についての話。私は今まで一度だって雇われたことなんてないし、この先もきっとない。庁舎のガラス張りの応接室の裏で退屈しているような人たちとか、雑巾を片手にオフィスビルの人気のない廊下を走り回っているような人たちとは違う。くたくたになりながら父なしのろくでなし息子の身を案じたりなんかしない。でも私もね、長いことそんな人たちと同じようにしていなきゃならなかった。ポワンタピートルに出ていく何か月も前から、できるだけ安く切符を手に入れるために策を練らなきゃならなかったし、私の訛りとか髪とかを白人がからかうたびに身がすくんだ。

そうして今、かわいい姪っ子のあんたが会いにきて、私たちの場所は、世界の狭間からきた私たちの居場所はどこなんだろうって考えている。あんたの父さんは、私が私なりにがんばって育てたあの子は、多分私がこれから話すこととは違うことをあんたに言うんだろうね。だって、弟と姉って下手をすれば異国人どうしみたいで、でもやっぱりお互いのことを思っていたりする、そんなものだから。

アンティル人には連帯の精神がないってあんたは言う。でもね、もし見ず知らずの十人が同じ待合室に詰め込まれたら、その人たちはしまいには大きくて仲睦まじい家族になると思う？　グアドループは、一緒にすることなんて何もない黒人たちが詰め込まれた待合室みたいなものなの。連中は何をどうしていいかもろくに分かってない。白人が来るのを待っているか出口を探すかしている。

そこに座って。髪を整えてあげるから。相当きちんと梳(と)かさなきゃどうにもならないぐらいぼさぼさなんだもの。そしたら手を握らせて。ほら、これで気を置かずに話せる。これ、この気の流れ。あんたの爪先に流れている。感じない？　電波みたいな。それがあんたを守ってくれる気。笑わないの、いつかそれで助かるかもしれないんだよ。

三十歳と七十五歳。現にここにいても、あんたと私の間にはまだ一世紀と七千キロと一つの大洋ほどの隔たりがあるみたいな感じがする。あんたには、私のたどってきた道がどんなだったか絶対分かりっこない、グアドループまで行ったとしても。がらんとした通りにはなじみがあるはず、あんたが生まれた、人気のない街外れの。あんたは毎朝、車で父さんに学校まで連れて行ってもらっていた。私はね、窓の下にすっくり立って鳴く雄鶏の声で起きて、学校まで歩いて行っていた、行くときは、だけど。

一九四七―一九四八

姪

おばのアントワーヌとのやりとりはこんな感じで始まった。まず私がプレ通りの方へ上っていった。おばには内緒だった。店に立っているところを不意打ちしたかったから。心の中はあらゆる疑問でいっぱいだった。ベルを鳴らすや、二匹の犬があえぐような声で応じた。それを軽くたしなめながらおばは扉を開けた。老いた女性にありがちな感じだ。しかし、出てきたのは老いた女性などではなかった。扉の枠の中にいたのは、確信に満ちた笑みをたたえた背の高いあの人で、何年も前に会ったときのままだった。瞳が豊かな白髪の下できらめいていた。その髪は早生（わせ）キャベツのようにブロックに分かれていて、きちんとまとまった髪型にしようとしていたのを途中でやめた、そんな感じだった。私の両肩をとても大きな手でつかんで、昨日別れたばかりのような調子でキスをした。ホホバオイルと「ミス・アンティル」のクリームの匂いがした。張りがあって瑞々しい、しわのほとんどない顔。

アントワーヌとの最後の思い出は、地下鉄のプラットフォームで前のめりになっていた立ち姿に集約されている。珍しくこちらの家を訪ねてくれた後のことで、私は思春期だった。父と私はクレテイユ＝プレフェクテュール駅まで車で彼女を見送りにきていた。時代錯誤の優雅さとアナーキーな混沌の混ざった奇妙な風体はとても私の気に入った。彼女については、私がいやになってもおかしくないぐらいのことが色々と言われていたのだが。彼女は昼間からずっと深緑のレインコートを肩に引っかけていた。くたびれた男物の靴を履いて、黒いエナメルの人工皮革の脆そうなハンドバッグを持っていた。台所のテーブルでティーカップ越しにずっと噂話をしていた。薄暗くなるとようやく立ち上がって、今どきありえないようなヴェールつきの帽子を頭に載せた。私は父の表情がおかしくて、午後中笑いを嚙み殺していた。見るからに硬くなっていた。見送りの車の中でも、地下鉄のプラットフォームまで来ても。ずっと少し引いた感じで、視線は彼女の少し手前で泳いでいて、我慢の限界なのが見て取れた。そのまま犯してしまいかねなかった。

父をそんなふうにしてしまう人は、この長姉以外ほとんどいなかった。滑稽だったし不思議だった。父は普段、気さくでにこやかで、人への共感や優しさにあふれていて、見ず知らずの人でさえ信頼感を抱くほどだった。なのにアントワーヌの前では、怒りを表に出すまいとしているのがこちらにも分かった。それに自分を守ろうとしているのも。どれほど些細な彼女の一言も、父が大切にしているあらゆることを脅かした。早計を避けることも、冷静であることも、理知に基づいて世界を観ることも。私は父の中に、優しいけれど恐ろしい力に黙って抗う子どもを見ていた。そういえば、父は「姉さんたちと言い争ったことは一度もないよ」と得意げに言ったことがあった。逃げる方がまだましだと思ったのだ。

地下鉄での一幕から十五年。私は、サクレ＝クール寺院を見上げる場所にひっそりとある、店を閉めてだいぶ経つ古いブティックに入った。今度はもう大人だし、二人きりでアントワーヌと話したかった。過去のことを、グアドループや家族のことを、彼女の口から聞きたかった。

彼女は相変わらずイギリス人が大好きなあの一九三〇年の魔女に少し似ていたけれど、私が通過儀礼を済ませる必要はなかった。すぐに手の内を明かしてくれた。密かに伸び広がる生命に満ちた根のように、過去を現在に、グアドループをパリにつなぐ人として、私が彼女を見ていることを喜んでくれているのだろう。

続く訪問時に、本人のたっての願いで彼女は私の家に来ることになった。私は十八区のオルナノ通りに住んでいて、彼女はこちらの暮らしぶりを見たかったし、三か月になる私の娘をあやしたかったのだ。なじみの地区を存分に歩く理由ができて彼女は嬉しそうだった。道すがら、中国人の食料品店の店先で立ち止まってシトロネラの茎の匂いを嗅いで鮮度を確かめていた。プラスチック瓶の中に漬け込んであったアロエベラを煎じたものだの、濁った牛乳に浮いた卵屑があちこちに貼りついている、固まったソースにまみれたデザートだのを持ってきてくれていて、彼女に喜んでほしかった私はそれを全部平らげた。彼女が帰っていったとき、私は窓から彼女を長いあいだ目で追っていた。彼女は通行人の中で頭一つ分背が高くて、すれ違う人は普通の大きさに見えなかった。

　家では皆、父のことを弟ちゃんと呼んでいた。まるで父がその名の通り、か弱くあり続けているかのように。子ども時代の、特にほんの子どもの頃、おばたちは多かれ少なかれ父の面倒を見た。そこには甘やかな優しさもなくはなかったけれど、それは塩やパンのように慎みをもって与えられた。

　私はいわゆるフランスの家庭と同じような家に生まれた。グアドループの家のように固定的で、かつ序列化されている構造はなかった。向こうでは、たとえば、一人の幼なじみなどはいとこのようなものだったが、実際にその役目を割り当てられてもいる。本物のいとこのことは、ほとんど顔も合わせないまま思い出しもしない。雨の日に行きずりの関係でできた決して認知されない子どもたちは血を分けた兄弟よりも大切な兄弟分になっている。モルヌ＝ガランの通りの一つには私の一家の者が何人も住んでいて、その全員がエゼキエル姓だから、新米の郵便配達員はパニックになってしまう。姉妹の一人は弟の代母になることができて、そうなると弟の方はその姉を、きちんとした下の名前ではなく「代母（マレーヌ）さん」と呼ぶようになる。アントワーヌと父がそれだ。父が彼女を「代母（マレーヌ）さん」と呼ぶと、私にはそれが「私の女王さま（マ・レーヌ）」にしか聞こえない。そして今、私は知っている。彼女が王の名で呼ばれるに相応しいすべてを兼ね備えていることを。誇り高いし、自立している。

思春期で、私が服を地面に引き摺っていて、身だしなみに気を配るよう何度となく言われるのに閉口していたときや、生意気そうにしていたときには、いつもその名前が出てきた。「アントワーヌおばさんそっくり！」「きっとアントワーヌに似たんだ！」一時期などは、私の足のサイズが両親のちょっとした心配の種になりさえして、彼らは運命を告げるかのように「おばさんみたいな足をして……」と言ったのだった。こんなふうに比べられるのはどうにも面白くないように思えるだろう。しかし、私は心のどこかで誇らしく思っていた。彼らが悪い物事を前におばを引き合いに出してはいても、私はそこに、一切悔いることなく混迷の道を進み、自らの欲望に背くことがなかった女性に対する一種の崇敬が含まれているのを感じ取っていたからだ。

十三歳になるまで両親と兄と私は、クレテイユで暮らしていた。ルペール通りとマリー・キュリー通りの角の、白黒の直方体の建物の九階だった。私は窓辺でじっとしているのが好きだった。空や、三十メートルもの落下の危険と隣り合わせで。私は生真面目で、わけても人目を気にする子どもだった。周りに広がる風景に溶け込むのが、真っ直ぐで幅の広い街路や住民の社会階層に応じた造りをしている建物の連なりのように目立たずにいるのが好きだった（家賃が安いところほど窓が小さかった）。

そして遠巻きに、私に言わせればあまりに標準からずれている、家族にまつわる数限りない事柄について考えていた。どうして親戚の輪を境がぼやけてあいまいになるまで広げたがるのだろう？　なぜ父さんは洗練されたフランス語で話そうとしているのに、あの独特の訛りで友達や近所の人の笑いを誘ってしまうのだろう？　なぜお祖父ちゃんはほぼいつも、海底に引かれた七千キロメートルの電話線を通ってくるせいで幽霊のもののように響くしわがれ声としてしか現れないのだろう？

　パリの外れにある私たちの街は中産階級が席巻する場所で、暮らしの多様性という概念は「共生」一辺倒の時流の中で耳目を集めた。その大きな坩堝（るつぼ）の中にあってもアンティル人は少数派だったし、混血の子どもは稀少だった。「混血」という言葉がそもそもほとんど使われなかった。学校で友人といるときに、あるいは道を歩きながら、自分がそうだと打ち明けることがたまにあったが、後ろめたい気持ちになったものだった。混血というのは二つの間の存在で、同一性に脅威をもたらすものなのだ。サルト県やドゥー＝セーヴル県から越してきたばかりのフランス人や、ポルトガル系の二世や三世、都落ちしたパリ人といった隣人たちは、私をどこにどう位置づけていいのかあまり分かっていなかった。父との方がまだしもやりやすいようだった。五分の会話の後、彼らは陽気に言うのだった。

「あ、レユニオン島ですね！　次の休暇に行こうかと考えていたんです！」

　父は失礼にならないよう丁寧に訂正していたが、大半の人々にとって、アンティル諸島というのはちょっとアフリカみたいなもので、一つの塊の一部であって、地理的に正確な切り分けをするのは面倒にすぎることだったし、その塊にしても、太平洋やインド洋に至るまでのフランス領全体を含んでいるのだ。さらに、その中でもギアナは独立した一つの島だが、グアドループとマルティニークは一緒くたになっていて、だからといってこちらはそれでマルティニークの隣人を恨むわけにもいかない。私たちにしても、住居管理人の出身地であるクロアチアや、父の大親友が毎夏行くベジャイアの街、極上のバターライスを食べさせてくれた私の一人目の保育ママが部屋に掛けていたポスターにも載っていたアルガルベの海岸がどこにあるのか地図上で指し示せといわれれば難儀する。

　七〇年代末から八〇年代末まで、両親は節約をして約二年ごとにグアドループ行きのエール・フランスの航空券を買っていた。母はいつも行くのを楽しみにしていた。私にはよく分からなかった。どうして母がそれほどまでに行きたがるのか不思議だった。どうしてなじみのあらゆるものからあんなにも遠く離れた田舎で過ごす日々を待ちわびるのか？　あのボリナージュ地方の賑わいの中で大きくなって、火傷（やけど）しそうに熱いコーヒーとともに過ぎる早朝や夏の光り輝く桜の樹に親しんでいる母が。

私はといえば、モルヌ＝ガランでの最初の日々はとても退屈で、街の無機質な通りが恋しくなったものだった。それがだんだんと自然の美しさに呑まれていく。体中の穴から染み入ってきて五感を圧倒してしまうから。濃緑の上の烈しい赤、朽ちていくアーモンドの香り、海から立ち上る潮の香り、蟻の一刺し。私は、父がその父の支えとなっていくのを見ていた。一か月後、私たちが空港に戻るために車に乗るとき、祖父は決まって涙を隠していた。

家へ帰ってくるたびに、私は父さんや父さんと似た人たち、父さんと同じ肌の色で、ハドック船長[*1]の絆創膏のように身について離れない、歌うようなあの訛りのある人たちが、温かな人当たりの下に測り知れない傷つきやすさを覗かせているのはなぜだろうと考えた。父は自分の子ども時代のことを自ら話してくれて、若い間中、私はそれで満足していた。

私の中にずっとあった割り切れなさやしっくり来ない感覚については何も言わずにいた。私が抱えていた厄介さはまだましだったからだ。安定した家庭環境にあって、両親はともに就業できていて、幸せなはずだった。実の家族と里親の家族との間で居場所のない友達がいた。バーで昼を過ごす父親もいれば、フランス語を話せず全く家を出ない父親もいた。大人たちの多くにとっては、私たち子どもが将来の希望だった。

子ども時代もその後しばらくの間も自分自身のことで手一杯で、父やその姉たちに昔の話と島を離れた経緯とを尋ねたのは、さらに経ってからだ。思い立って、三人皆に、個別に話を聴くことにした。祖父のイレールは百五歳で亡くなったばかりだった。私に娘が生まれてほどなくしてのことだ。旧交を温め過去を偲ぶにはうってつけのときだった。わが子の本当に小さくて柔らかな手を握り締めながら、爪の大きな年老いた手の、滑らかでありつつごつごつした感触を思った。握ってくれたその手は、私が四歳、九歳、十一歳と成長していくにつれ、だんだんと頼りなくなっていった。グアドループと、そこでイレールが君臨していた頃と、その後の時代の話を聴きたいと思った。私自身が知っていることを使って複数の糸を結び合わせたかった。代わる代わる、アントワーヌとリュサンドと「弟ちゃん」は、自分が生きてきた時間を私にプレゼントしてくれた。私はメモを取った。見せるつもりはなかった。

年月が経ち、自分の家族が増えていき、私は日々の気忙(きぜわ)しさに呑まれていた。こうして十年が経った後、とても厳しい冬に乗じて逃げるように島に行った。あの対話の数々と取ったメモを再び思った。声たちは私の内で熟していた。私が解きほぐさなければならないこんがらかりの中で。帰るとすぐに引き出しの奥からメモを探し出した。急ぐあまり殴り書きした語、表現、切れ切れの会話が、延期されていた談話がまた始まったみたいに、目に飛び込んできた。不意に物語を生み出したくなった。戸惑ってさらに考えた。いつかはアントワーヌもリュサンドも、そして「弟ちゃん」も逝く。私はついに取りかかった。彼らが喜びや信頼とともに丁寧に伝えてくれたことに精一杯寄り添い、私のために再現してくれた場面ややり取りはできるだけそのまま残すようにした。そうすれば、そんなふうに引いて眺めれば、私という存在の輪郭をつかめる気がしていた。

アントワーヌ

モルヌ゠ガランでの子ども時代

父さんと母さんは家畜の世話と店開きのために朝早くに家を出ていた。あんたのおばさんのリュサンドと私はね、お湯で溶いたハクセンを少しばかり黙って食べた。母さんが店にいるときは、リュサンドと私はほとんど毎日学校へ行った。町の中心まで、五キロ歩いて。私は、何なら家のそばに一日中いて、広い林を歩き回っていたってよかった。でも、店の売り台に肘をついている母さんには、私たちが本当に前を通ったか見えたんだ。もし父さんのことも同じように見張っていられたら、もしかするとあれほどひどいことにはならなかったかもしれない。

他のがきんちょたちはあまり話しかけてこなかったけど、そんなのはどうってことない。私たちは人里離れたところに住んでいたし、母さんもあんなふうだったし。あいつらが私たちと口を利かなかったのは母さんのせいだった。どの家だって母さんの店にお世話になっているのに、ひどい陰口を叩く大人は一人ならずいて、で、子どもっていうのは悪い言葉をみんな呑み込む。ココナッツの汁を飲むみたいに。まずは肌の色。あの、白に少し色味が浮いているみたいな。あとは、母さんが結婚のときに持ってきた、家で唯一の値打ち物だったマホガニーの大きな箱。ここにはどれだけお金があるんだろうと思わせるぐらい立派だった。

正直にいえば娘の私たちも参っていた。夜に母さんを近くで見るのが好きだった。青白くてほっそりとした腕に、背中の下までくるほどの長い髪をして、巻いていた縁飾り付きのスカーフ二枚を解くと丁寧に箱にしまっていたものだった。そんなときにはその辺の子どもよりも偉くなったような気がした。でも本当はね、母さんを見ていると私が母さんから出てきたとは思えなかった。私たちとこんなに違うなんてあり得ない。母さんはあんなにも小さくて華奢(きゃしゃ)なのに、私はこんなに大柄で、足も大きければ首も長いし、深いカカオ色の肌でぎゅっと縮れた髪をしている。リュサンドの小さな体は母さん譲り。それ以外は、私たちはイレールに似ている。あんたのお祖父さんに。

　母さんには私と似ているところが見当たらなくて、もしかするとそれで母さんと私は近しくなれなかったのかもしれない。いつもリュサンドのほうをかわいがっていた。母さんが「かわいこちゃん、こっちへ来てちょうだい！」って言うと、リュサンドは駆けていって母さんの腕にじゃれついた。うらやましくはなかった。弱くて小ずるい子なんだと思っていた。何をするときも、自分の方がいい子なんだと親に思ってもらうことしか頭になくて、無駄に歓心を買おうとしていた。震えている小さな子牛みたいに従順で、母さんが死んだ後は村を仕切っている年増たちに、自分が出ていけるようになるまでへつらい続けた。リュサンドは、裏箔のない鏡みたいなもの。それが彼女なりの抗い方なの。

　もう一つ、モルヌ＝ガランの田舎者が母さんを変に思ったのは、母さんがグラン・フォンから来たときの様子だった。こめかみに血をにじませて、ごつい手で手綱をしっかりつかんで、濃い色の帽子を被って背筋を伸ばしているイレールの馬に乗っていた。白人の美女が界隈で最も黒い黒人たち、それも最もたちの悪い「ごろつき」たちの一人の後ろに座っているなんて、あの場所の人たちの言葉を借りるなら、黒と白、どちらの世界にとっても侮辱だった。

　前に言ったように、私たちはモルヌ＝ガランで一番の僻地に住んでいて、あの頃は通りが一本に家が十軒あるきりだった。隔たってはいたけど、私たちのいた場所はそれでも町の一部だった。訪れたどんな人たちも、ポルト・ジェイムズから帰るついでか、さとうきび畑での日雇い仕事をもらうために私たちの家の前で立ち止まることになったから。でもその先には、広い林の真ん中まで入り込んでいくと、左、右、また右へと曲がりくねる道があって、小山の肩のすぐ下まで続いていた。

そこまで来るともう別世界になる。道も開けているし。多分八キロか十キロぐらいの激しく曲がりくねる道が、膨らみ続ける樹の根と雨露をしたたらせるシダに覆われた二つの崖の間にあって、土地に深く入り込むほど、そこに住んでいる人の肌の色が明るくなっていく。絶え間なく生えてくるそれらの草木の重なりの一番奥にマティニョンの白人と呼ばれる人たちが住んでいた。皆が怖がる近寄りがたい人たち。母さんはそこから来た。

母さんの家族、ルベック家の先祖は、二、三百年前にヨブみたいにくたくたになってグアドループに着いたブルトン人[*2]だった。それがそこでどうにか生き抜いた。陽の光は当たらないけれど、塩にやられていなくて豊かな、絞られたばかりのぶどうの滓（かす）みたいに黒い土のある斜面でね。コーヒーとカカオの栽培で暮らしが落ち着いて豊かになると、綿花栽培にも手を出した。それはもう大変だった。儲けることに血道を上げていて、奴隷を買うほどにはお金がなかったし、かといって黒人たちをこの土地の奥深くに住まわせようとも思えなかったから。そんなことをしたら、しまいには混血してしまう。

知るところでは、数世紀の間には、雷雨みたいにあの人たちの頭の上を通り過ぎていった危機もあったようだけど、彼らは背中を丸めて耐え忍んだ。カカオやコーヒーが値崩れを起こしたり、綿がなかなか根づかなかったり。馬の飼育を始めると、ときどきは野菜を売りに人里に出るようになった。客には途方もなく広いさとうきびのプランテーションの白人地主も貧しい黒人もいたけど、どちらとも親しくはならなかった。似たような家と込み入った同盟を結んでいたから。畝（うね）の走る土地に放たれて、それを全身全霊で愛するようになった一族。

少しずつ、ブルターニュやノルマンディー、フランシュ＝コンテのお国訛りは消えていった。私が子どもの頃にはクレオールしか話されていなくて、それはもう、驚いたよ、私たち子どもが口を石鹸で洗う羽目になるのを覚悟してしか使えなかった言葉を、青い目の白人が話しているんだから。結局のところ、ある意味では、マティニョンの白人たちは昔のご主人さまというよりは奴隷みたいに暮らしていた。なのに、できるだけ純血を守ることにこだわっていた。

　何も怖れない、闘鶏よりもふてぶてしい父さんは、くっついて離れない雌馬を連れてそこを通らなきゃならなかった。ユーラリーには、ダンスパーティーか、ユーラリーが切り盛りしていた店へ米を一キロ買いに行ったときかに出会ったに違いない。何者も割り込まないように守られていた緑の隠れ家に、それでどんな激震が走ったか、あんたには想像もできないだろうね。ユーラリーの二人の弟は、フランス北西部のカウボーイの出(い)で立(た)ちになった。美しく儚い花たる自分たちの姉を守るため、イレールに一刺し見舞うつもりだった。

　ある夜、スカーフを顔に巻いて兄弟はイレールを待ち伏せした。ユーラリーと落ち合うべくダンスパーティーに向かうのに、彼はいつも決まった暗い道を通っていた。彼の頭が夜のことでいっぱいだったところに、二人の男が幽霊のように立ちはだかった。驚いた雌馬は鼻を鳴らして出し抜けに脇へ跳ね、蛙たちはたちまち押し黙った。はじめは、悪魔の連れの、血を吸うあの火の玉に精気を吸い取られて身のなくなった貝殻みたいに吐き捨てられるんじゃないかと思った。だけど、向こうがナイフを手に近づいてくるとすぐ、スカーフの奥の血走った目に気がついた。

　イレールが彼らの若い姉に目をつけるまでは、彼らとイレールは悪友で、つるんでは悪ふざけをしていた。朝の二時まで一緒にドミノに興じていた。闘鶏を強くしたり、使ってはいけない軟膏を自分の鶏にこっそり塗って対戦相手の鶏に毒を盛ったりする方法を教え合った。婚礼の席では喉から屠った豚を囲んで同じラム酒をともに飲んだ。本当はね、ルベック兄弟はイレールを好いていたんだ、いつも上機嫌で、腹黒いところがなくて、クレオールで語られる物語はいつまでも尽きなくて。ダンスパーティーでは、イレールはマズルカを踊るときも喧嘩をするときも同じように生き生きと跳ねていた。ルベック兄弟は、いつもはそんなに向こう見ずじゃないけど、イレールにくっついていて、決闘とあればイレールのそばで死ぬ覚悟だってあったんじゃないかな。皆が知り合いのあの小さな島にいて、若者三人は同じような暮らしをしていた。兄弟がイレールと違ったのは、血筋と将来の展望だけ。

そんなわけで、母親に後押しされて、彼らは夜更けにイレールを待った。あんたの曾(ひい)お祖母(ばあ)さんのルベックさんは、サイクロンにやられたとき以外は一度もグラン・フォンの外へは出ていかなかった。それが人一倍執念深くて、しかも息子たちはあの人に参っていた。

襲撃から逃れられない中で、イレールに残された手は二つだった。襲ってくる刀を振り切って全力で逃げるか、死を覚悟で闘うか。選ぶのに時間はかからなかった。相手の性格は知っていたし、彼らが二の足を踏んでいるのも、凶器を持つ手がわずかに震えているのもよく分かったから。兄弟は互いに近づきすぎていた。どちらが先に行くか決めかねているうちに時間が過ぎていく。そこでイレールは自分の雌馬を止めると、馬上から、まずはいつもの陽気な調子で話しかけ、それから断固とした口調になった。

相手の二人は寄ってきて、馬から下りろと言った。彼は馬をやや斜め後ろに下がらせた。かわいい雌馬の飛節(ひせつ)を切り落とす羽目になるのがいやだったから。この獣がそれはもう大好きで、もし痛めつけようとしてくるやつがいたら誰であっても絶対に見逃さないぐらいだった。彼はさらに大声になった。時間が時間だったから、その声は周りの村落中に響き渡って、目を覚ました人を震え上がらせたり、犬の遠吠えを誘ったりしたに違いない。ルベック兄弟は手綱をもぎ取りにかかったけれど、イレールは決して離さなかった。ただただ話し続けた。

一分、二分と経つうちに、兄弟は、憲兵はどうしたものかと考えた。安心するにはイレールを殺して、その骸骨を青いオカガニがじわじわと白くしていくように小山の地中深くに埋めなくちゃならなかったから。雌馬を叩きのめさなければならないとも思った。彼らは、いつぞやの朝にマダム・ルベックが体を揺すっている揺り椅子を囲むように座って思い描いていたよりも、事はもっと複雑だと気がついた。

にっちもさっちもいかなくなって、三人でぐるぐる回った。ちょうど死の舞踏みたいに。兄弟が事を急がなければ、誰かしらがすぐさまやってきてこの珍事を近くから眺めていただろうね。

そのときだった、さすがに決着をつけなければと神さまが思ったのは。兄弟の一人が雌馬を刺そうとしたとき、空のとても高いところから、きらめく光が彼らの上に音もなく雨のように降り注いだ。それが静かな雷の覆いみたいになっていって、夜は跡形もなくなった。目もくらむような光の中で彼らはぴたりと動きを止めた。静けさをもたらす天使が来て近くの枝に下り立ったんじゃないかと思うぐらい。あらゆる草木がざわめいた。葉という葉、樹という樹が声を交わしていた。恐ろしくて闘うどころじゃなかった。兄弟は後ずさった。青い稲妻が集(つど)って輝く雲になり、ちょうど頭の上で止まったきり動かない。何秒かしてようやく左の方に流れていって、速さを増すと、夜の闇に光の筋をくっきりと残して消えた。すべてが元通りに落ち着いた。星々は澄んだ空から小馬鹿にするように彼らを見つめていた。兄弟は聖体拝領でもらったメダルに口づけしながら退いた。父さんは雌馬をなだめて道をそのまま進んでいった。

信じていないね。また幻でも見て、ただの雨を神の顕現に作り変えたと思っているんだ。それで結構。夜は、昼みたいに嘘つきじゃない。本を読むみたいに自分の心を読み解けて、自分以外のものの本当の姿を見られるのが夜なんだ。私が知っているのは、その夜にイレールが勇ましさを示して、兄弟も、いうなればそれを認めたってこと。まあもしかすると、あんたのお祖父さんの前評判だけで、彼らを押し止(とど)めるには充分だったかもしれないけど。

　第一次大戦中は、自分をレバノンにしょっ引いていった船で将校とやり合った。そこで評判を守り抜くと、それからずっと喧嘩好きで鳴らした。そんなわけで父さんは巨艦という名を与えられ、モルヌ＝ガランはもちろん、グアドループの反対側の端でもそんなふうに呼ばれていた。もしかするとみんなは心底から責めているつもりじゃなかったのかもしれない。だとしてもそれで上首尾に終わったことにはならないよね。

　ルベック兄弟が家へ帰って、起きたことを彼らなりに話すと、ユーラリーは、散々泣いた挙げ句に自分の運命を自分で選ぶ覚悟を決める羽目になった。イレールは少ししてから引き返して彼女に会いに行くと、巧みな言葉でしまいには彼女を落とした。そのつけに、額を軽く刀で突かれた。刀を向けたのはあんたの曾お祖母さんのマダム・ルベックだった。ルベック家が諍いから手を引いたのは多分私のこともあってだと思う。イレールが額を血に染めて勝ち誇った様子でモルヌ＝ガランへ帰ってきた日、私はもうユーラリーのお腹にいたの。

　私たちが身を落ち着けていたモルヌ＝ガランの地は、エゼキエルの、父さんの一家の土地なんだ。「私たちの」一家とは言えない。エゼキエル家の他の人たちは、ルベック家の血を半分引いているということで、イレールの子どもの私たちを別扱いしていたから。一家の五人の姉妹と、一番年長の父さんを含む四人の兄弟は、運試しをしようと島中に散らばっていた。モルヌ＝ガランにはもう父さんしか残っていなくて、さとうきび畑で働いていた。父さんのお祖母さんはプランテーションで生まれて、両親の背中に鞭の痕があるのも見ていた。大人になると、彼女は将来のために少しばかりの土地を要領よく買い入れて、望みをともにする男と結婚した。もはや奴隷ではなく、名字が役所に登録されている最初のエゼキエルと。そうして、奴隷制廃止から五十年後、がんばって働いた末に一家は五ヘクタールの土地を持つまでになっていた。土地の正確な場所はイレールだけが知っていた。こっちは離れたところに立っているゴムの樹のところまで、あっちはスベリヒユの根に呑まれて崩れかかっている橋のところまで、という具合に。

さとうきび栽培はグランド＝テール中で一番きつくて苦しい仕事でね。だから父さんの兄弟姉妹はほとんど皆、運試しに出ていってしまっていた。でもあの人たちはイレールを家長だと思っていた。淡い金色だったり、柔らかな緑色だったり、素っ気ない白だったり、季節とともに色が変わるさとうきびの絨毯で風が戯れる土地の番人だ、って。いつもイレールを狂人呼ばわりしていたっけ、私たちと一緒に水道も電気も通っていないあの片田舎に住んでいたから。でも番人役を務めてくれることを喜んでいた。手入れが大変で実りが少なくても、土地は土地だからね。

父さんは担がれるのが大好きだったから長（おさ）の役を引き受けないわけにはいかなかった。兄弟姉妹がけしかけると二つ返事で承知した。もしかすると、そうなればルベック家の人たちも一目置くと思ったのかもしれない。一家の名を背負って税を支払い、そのたびに、地図には出てこないグアドループの端のこの地を役人が思い出すのを、少し誇らしく感じていた。赤いハンカチを手に、帽子に一張羅のシャツ、先の尖ったよそ行きの靴という出で立ちで税務署に着くと、座って三桁の数字が入った小切手に大きな身振りでサインをしていた。

そんなとき、他のエゼキエル家の人は誰も父さんのそばにいなかった。おじもおばも誰一人、びた一文払おうとはしなかった。イレールの姉妹が、かりそめの夫が一人か二人の子どもと一緒に住み着いてからみんなまとめて置き去りにしたようなときに、とっとと作ったり引き取ったりした父なし子たちが大挙しておしかけて私たちの近所に身を落くようになってもまだ、みんなは父さんが税を払うものだと思っていた。土地に支えられた父さんの妙な誇りが私たちの不幸のもとになった。

なぜって、少しずつ、暮らし向きの厳しさからエゼキエル家の人たちがモルヌ＝ガランの方へ戻ってきたから。彼らが埃っぽい道をやってくるのを私は見ていた。ひどく大きな曲がり足をしたおばが、私をいぶかしげに眺めてはイレールと話をつけるために夜が来るのを待っていた年もあれば、三番目の妹の子どもが蒸留酒製造所での事故で片手を失って、イレールが牛を四頭買ってくれると見込んで住み着こうとした年もあった。それから、半分いかれたいとこが、住んでいる場所を忘れてしまい、近所の人の助言でこちらにたどり着いたときもあった。それも単に姓の中にエゼキエルの名が入っているだけのことで、エゼキエルはエゼキエルでも、私たちの家とは何の関わりもない。

父さんは金曜の夜に友達と分け合うドミノ札みたいな調子で土地を分け与えていた。お金や土地を持つことには全く頓着しなかった。それなのに、銘々の取り分を決めるのは好きだった。恭順さと感謝の言葉でいっぱいの親が満足げに見ている中で、杭を地面に突っ込んで決定を示すのは彼だった。するとこのお馬鹿さんは誇らしくなって、みんなの家畜代や税金、いとこの婚礼の費用、果ては税関吏になりたがっている末弟の学費まで払った。どういうからくりかは分からないけど、あの人は二段切り替えのギアがついた心を保っていた。彼らにはいつも首を縦に振って、私たち子どもには横に振っていた。そんなだから、あの人が街へ出て甥っ子に靴を一足買っている間に私たちはお腹を空かせていたんだ。

　お金の話に執着しすぎだって？　でもね、あの人のせいで私たちには言葉しか残っていない。心血を一滴また一滴とこんな厄介事に絞り取られていたのは母さんのほうだった。さとうきびが収穫前に腐ったり戦争のせいで儲けを出せなかったりして、売りに出す家畜もいなかったら、イレールは母さんのお金を持ち出した。加えて闘鶏のこともあった。モルヌ＝ガランの名物とあって、あの人は銀行が島で刷れる一番高い額の紙幣を性懲りもなくポケットからひねり出し続けた。これでユーラリーの貯えがどこに消えたか分かったね。母さんは私たちのために耐えたんだ。エゼキエル家の人たちは、母さんが街に新たに出した店が駄目になればいいと密かに思っていたけど。そんな悪意はことごとく、きちんと編まれた髪がこれ見よがしに背中の下の方で揺れているとか、明るい色の目に何か相手を不安にさせるものがあるとか、あるいは文字を読んだり計算したりできるとか、マホガニーの箱にスカーフを二枚入れているとかいうことや、マティニョンの白人なのだから金を山ほど持っているだろうという思い込みに基づいていた。

　夫の振る舞いに、母さんはかんかんに腹を立てた。でも人前では決して何も言わなかった。皆が自分を見ているのも、こんなふうになるのは分かりきったことだったと言える隙をうかがっているのも分かっていたから。特にルベック家の、地所の奥深くでくすぶっている恨みがましい人たちを相手にするときは、夫が自分の財産をむしり取り、家庭を犠牲にして名君を気取っているとは言えなかった。だから、一時は本当に必死だった。六人分働いているんじゃないかってぐらいだった。朝は家畜を相手に、昼は店で、眼鏡を盲人に売りつけさえしかねない勢いで、夜は小山の頂にイレールと二人で造った菜園を耕して。

アントワーヌ

足蹴り一発、いざさらば

そんなわけで私が一番先に生まれてきて、両親は私にアポロンという洗礼名を与えた。あだ名はあんたが知っている通り、アントワーヌだけど。私たちのところでは、洗礼名はつけるけど、あだ名しか使わない。そうすれば悪霊たちをまくことができる。みんなにアントワーヌって呼ばれていて、私の本当の名前を知っている人はほとんどいない。私の後に来たのがリュサンドで、その次は死産、その次が、弟ちゃん、って呼ばれていたあんたの父さん。妊娠中、ユーラリーには恥と怒りで滅茶苦茶になったときがあった。

言っておくと、母さんは一種の病気を患っていて、でもそれで何が改められるわけでもなかった。塩を食べてはならなかった。お医者さんが言ったんだ。妊娠中毒症であるとも、ひどく衰弱していて休息を取る必要があるとも言っていた。でもいつ休めたっていうんだろう。母さんが動き出すのは日の出前で、仕事を終えるのは夜だった。

ある日、私が六歳か七歳のときだったかな、ユーラリーは話している最中にみるみる青ざめて、慌てふためいたトカゲみたいに床にばたりと倒れ込んだ。それで、一緒に家にいたのは私だけだったから、目が覚めるよう舌の上に塩を何粒か滑り込ませるぐらいしかできなかった。あの頃はそんなふうにしたんだ。ひどく青ざめているし、ちっとも動かないから、怖かった。しばらくして、舌の上に塩があるのを感じると、果たしてあの人は目覚めた。目を剥いてこちらを見ると、怒って言った。「私が塩を食べちゃいけないの、知ってるでしょ！」私は電気が走ったみたいにびくっとした。それからというもの、もうどうしていればいいのか分からなくなった。家から離れて、そこで常に感じている不安から気をそらせるより他になかった。

ユーラリーはそれでも子どもを産む気でいた。お医者さんは不服だった。この妊娠は死を招きかねないと言っていた。そして、始まっていた戦争で一切が立ち行かなくなるとお医者さんはもう来なくなった。母さんが大きなお腹のせいで真っ直ぐ歩けなくなっていたのを覚えている。見ていると怒りがくすぶった。わけはうまくいえない。このときは結局流産して、母さんは立ち直った。とてもゆっくりとだったけど。

そんなこんなで、戦争は盛りのついた山羊（やぎ）みたいに私たちの上で踊り狂っていた。ペタン[*3]がよこした銀行総裁による徴集要請が島のすべての富を吸い上げていた。みんなそれぞれなけなしの土地を耕して何とか生きながらえていたけど、育てた作物の半分は徴集されていた。家畜たちは消えた。皆が飢え始めた。家に豚を何か月もの間隠していたご近所さんもいたっけ。密告されたら監獄に放り込まれるのは承知のうえだった。豚は夜、谷間の奥でこっそりと屠られて、数か月間、二、三世帯を養った。

少し経つと母さんはどうにかこうにかまた商いを始めたけど、戦時だし、事はうまく運ばなかった。そこにきてあんたの父さんを身ごもった。私たちは母さんの体がどうにも心配だった。赤ん坊もそんなにわがままはできないと分かっていたんだろうね、予定より早く生まれてきた。本当にちっぽけだったけど、生きる気満々の七か月の早生児。そのとき私は十二歳、リュサンドは十歳だった。

ある朝、その赤ん坊を預けて母さんは自分の店へ向かった。行ってみると、客ではなくてスーツを着た男二人と十人ほどの見物人が待っていた。何か変だとすぐに気づいた。二人の男はしかつめらしい調子で呼びかけると、支払いが遅れていると責め立てた。母さんは、はじめはわけが分からなかったけど、いつも父さんに店のお金を預けていたことに思い至った。銀行へ持っていくはずのものだった。要は父さんが一度もそうしなかっただけ。お金は自分のポケットに入れっぱなしにして、気の向くままに使っていた。それで取り引きしている商人が執行吏を呼んだんだ。

　その朝、母さんが黙って見ている前ですべての在庫が差し押さえられた。彼らが去ったときには、ずっとそこにいて互いに小声で話しながらこの見世物を楽しんでいた野次馬を見やる気力もなかった。「mi bab mi, fanm la lèd aprezan（今じゃあひどいもんだ）」って、野次馬たちは言っていた。母さんは木でできたシャッターを閉めて、扉についた大きな閂に南京錠を掛けてとっとと店を出ると、歩いて家へ向かった。

　私たちの野菜が植わっている小山の陰で遊んでいると、母さんがやってきた。家へ戻ると壁の方を向いて横になった。何時間もそんなふうにして、話しも眠りもせずにいた。リュサンドがときどき来てこめかみを撫でさすった。母さんは動かなかった。で、二歳にもなっていなかったあんたの父さんは、のんきな様子で指をくわえて、じっと座って母さんを見ていた。私は近づかなかった。触ったりしたら私まで母さんの心の仄暗いところに引きずり込まれてしまいそうだったから。父さんは正午にやってきてこのさまを見ると、外で遊んでくるよう私たちに言った。

　続く数か月というもの、母さんは昼日中に横になることが増えていった。病気のせいにしていたけど、もっとずっと深い疲れのためだった。がっくりきたんだ。午後四時頃に起き上がると当てもなく歩いていた。ある夜なんかは戻ってこなくて、父さんが探しに行くと、月の光の中、さとうきび畑をさまよっていた。父さんは近寄って訊いた。「ユーラリー、そんなさまでどこへ行くんだ」母さんは、行かなければならないと振り返りもせず答えたけど、行き先となると返す言葉がなかった。父さんは手首をそっとつかんで母さんを家へ連れて帰ると、煮汁(ブイヨン)を少し飲ませて体中をアボカドの葉でさすった。

日中、たまに、学校へ行かずにこっそり母さんの後をつけることがあった。沼の方へ歩いて行ったり穴に落ちそうになったりしないか確かめるためだった。丈の高い草に隠れてね。何が何でも見つかりたくなかった。振り向かれたらあの灰色の目で石に変えられてしまう気がした。胸は高鳴って、脚は震えていた。母さんは歩くのが速かった。ある日、母さんの後ろをイグアナのように音を立てずに延々と歩いていたときに、草に埋もれていた鉄板のかけらが見えなくて、それで足を深く切ったことがあった。ものの数秒で、足全体が熱い血でべとべとになった。私はぴたりと足を止めた。その十メートル先で、母さんはひたすら歩き続けていた。こっちへ来るなと言われている気がした。私は足を引きずって帰って、それからはもう母さんの後をつけることはなくなった。

戦争が終わっても、商業はもう駄目になっていた。まさか、あのならず者のイレールが母さんをそっとしておいたなんて思ってないだろうね。母さんはまた身ごもる羽目になった。弟ちゃんは三歳だった。私は十五歳で、たくさんの考えで頭の中が沸き立っていた。家から出たかった。さとうきび畑からも、私たちに取りついている不幸からも。あばら骨が枷(かせ)でだんだんと締めつけられていって、そのうち窒息するような気がした。私は自分のことを強くてやる気も充分だと思っていたけど、死が辺り一面を覆っていた。そう、押し寄せる水みたいに。それから土埃の中で遊んでいたあんたの父さんを見やった。こんな状況を引き受けるのはまっぴらだった。イレールは、あっちへ行ったりこっちへ行ったり、いつ帰るとも分からない流れ者みたいな暮らしを続けていた。私はたいてい、リュサンドが父さんに気に入られようと母さんのまねごとをするのをよそに、原っぱへ行っていた。天使が話しかけてくる秘密の場所があったの。

寺院にそびえ立つ柱よろしく何年も街の暮らしを支えてきたユーラリーの店を思い出すと胸が痛んだ。そこには何でもあった。ラード、石鹼、櫛に靴墨、そして、これが商いで一番実入りのいい品だったんだけど、レース飾りのついた美しいマドラス織の生地や、ありとあらゆる紳士服まで。母さんは売り台の後ろで女王さまみたいに堂々とした様子だった。それが今度はおしゃべりのシリア人が居座って、もっぱら袋入りの米や小麦を売るようになった。母さんとは違って、モルヌ＝ガランみたいに寂れたところではなかなか見つからない細々とした品物を揃えておくような気遣いはない人だった。私はね、苦しかった間中、ユーラリーの店を超えて、シリア人の店をはるかに凌ぐ店をいつか持ちたいと思っていた。

母さんは一九四七年一月に亡くなった。その何日か前にもう一度倒れたんだ。お医者さんはもう来なくなっていたから、父さんがバスでポワンタピートルへ連れて行った。父さんに言わせれば「請負」車というべき代物で、来たり来なかったりした。真昼の陽の下で長いこと待たなければならなかった。母さんはもう自分で立っていられなかった。イレールが母さんを小包みたいに持ち上げて、自分の肩に投げるように乗せたのを覚えている。道中、彼の頭は右から左へ揺れていた。そんなふうに母さんを背負って歩いていった。車がガスを吹きながらやってきて、停まって二人を乗せるまで。二人は夜、同じようにして戻ってきた。母さんはもう目を開かなかった。

おばたちと近所の人たちが見守りにやってきた。私たち子どもは少し下がったところに控えていた。リュサンドは静かに泣いていた。弟ちゃんは父さんに柔らかい飴で口を封じられて、ベッドの周りを走っていた。母さんが亡くなったとき、お腹が二回持ち上がったのがはっきりと見えた。まるで赤ん坊が外へ出たがっているみたいだった。私は壁にもたれたままじっとしていた。後ろ手で、脚はこわばっていた。母さんのお腹から目が離せなかった、釘づけになっていた。自分の体を離れて高みからこの場面をくまなく眺めている気がしていたんだ。エゼキエルのおばの一人が同情を示して両手で私の頭を挟むと、開いている扉の方を向かせた。私は星を長いこと見つめていた。家の中を弔歌が響くのも、みんなが行ったり来たりするのも聞こえなかった。もう何も聞こえなかった。

それから私たちだけになった。リュサンドに、母親がどこにいるのか分かっていない弟ちゃん、そして私。三日間の通夜とモルヌ＝ガランの墓地への埋葬が終わって、父さんは畑へ出ていた。そこへエゼキエル家の人たちがやってきた。私たち子どもがいないかのように家に上がってきた。おばの一人は例の箱を開けると二枚きりのスカーフをつかみ出した。他に何もなくてがっかりしたみたいだった。別のおばは指輪をあるだけ嵌め、いとこは、愛人にあげると高らかに言うと、耳飾りをあるだけ持ち出した。「あんたたちにはこれは要らないでしょう」とか、「あんたたちがもっと大きくなるまで取っておくから」とか言って。大きな鍋を二つ持っていきさえした。魚を食べることになっている金曜日、たまにユーラリーがその鍋でクールブイヨンを煮立てると、午後はずっと家がその匂いになったものだった。母さんのお金を派手に使ってしまうと、彼らは母さんが私たちに残したものを全部むしり取っていった。

箱が扉の方へ動き始めると、いても立ってもいられなくなった。立ち上がって「触らないで、それは母さんのなんだから！」って叫ぶと箱に飛びついた。親戚二人が、売約したのをそのまま預けていたのだとでもいうように持ち出しにかかっていたところだった。私は箱の上に、文字通り大の字になった。私はもう並の大人より背が高くて、しかも父さん譲りの大きな声をしていた。箱は床にどすんと落ちた。そこから私を引き剝がそうとしようものなら男が四人は要っただろうね。

私はまた叫んでやった。「そんなふうに私たちの物を盗もうだなんて、父さんが許さない！」もうありとあらゆることを言ってやった。エゼキエル家の人たちはそれこそ悪魔に罵られたみたいに感じたんだろう。居丈高な態度になった。イレールの前ではいつもおべっかを使っているくせに。オノレット、あの、曲がり足をして、私たちをいつも怖がらせていたやつさ、それが私の髪の毛をつかんで言ったんだ。「大人にそんな口を利くなんて自分を何さまだと思ってるんだい。母親が死んだから、今度は自分がこの家を仕切ってやろうと考えているんだろう」。そしたらそいつの息子の一人が腕をつかんできて、「誰がこの俺の母親を罵っていいなんて言ったんだ。身のほどをわきまえろ」

　こちらが闘っている間に、小ずるいいとこが一人、私の指を一本また一本と箱から引き剝がそうとしていた。構わず蹴りつけて叫んでやった。「死者の家で！　恥ずかしくないの？　母さんが今夜にでも足を引っ張りに来るよ！」　リュサンドは弟ちゃんと一緒に家の裏側に逃げていた。一度などはオノレットの硬い爪が髪から首へと滑り込んできた。全力で体を起こして押し返してやった。あいつは部屋の逆端まで桶みたいに転がっていった。私は箱に座り直して足を振り回して、ほら、こんな感じで、足蹴りを延々見舞ってやった。あるおばには胸に、別のおばには腹に。いとこの一人は男の子だったけど、シャツが破けて、乳首の周りに私がつけた歯形が血でにじんでいるのに気づくと金切り声を上げながら外へ飛び出していった。私は全速力で夜の闇に切り込んでいく電車みたいな怒りに身を任せていた。やつらはもう近づいてこられなかった。しまいには私を握り拳で脅したり罵ったりしながら出ていく羽目になった。「口でも洗ってこい！」って言って[*4]きたやつは、ついでにこちらを性悪のあばずれ呼ばわりしたし、立ち去り際には連中みんな、舌打ちの合奏で駄目押しした。あんなのはまあ、またとないよね。

　夜、イレールは、いやなことが起きた日みたいに重苦しい足取りで入ってくると、私に声をかけてきた。「アントワーヌ、ちょっとおいで！」起こったことを全部説明したかったけど、イレールの妹たちはもう出ていってしまっていた。彼は、私が家族すべてへの敬意を欠いていて、ぐれていて、いまだかつてないほどの恥さらしであって、弟や妹への悪い手本もいいところだとか、こちらを傷つけるような言葉を山と吐いた。重かった。父さんは自分の妹の言い分を聞いて、いつもみたいに言いくるめられたんだ。ユーラリーの形見の品がなくなってもどうでもよかったんだろう、どうせ自分では使わないんだから。このままでは箱まで消えてしまいかねない。で、しばらくしたら本当にそうなった。そのときには、私はもうモルヌ＝ガランを出ていて、箱がどこへ行き着いたかは知りようがなかった。でもまあ、私が大人を罵って意見を述べ立てることさえできるのは耐えがたいことだったよね、ただの小娘が。父さんは手を上げようとはしなかった。私が無力じゃないと分かっていたし、自分の子どもとやり合いたくはなかったから。けど命令はしたよ。「オノレットのところへ明日の朝にでも謝りに行くんだ」って言うと、シャツを着替えて出ていった。

私はぶつぶつ言った。「À pa menm jou fèy tonbé an dlo i ka pouri（おばさんたちは自分がしたことのつけをいつか払わなきゃいけなくなる）」とかそんなことを。翌朝、父さんは私をあちこち探したけど、無駄骨だった。出ていってオノレットおばさんのところへ謝りに行かされるのはまっぴらだった。一日中お腹を空かせている方がまだましだった。高い草むらに入っていって汁気たっぷりのモンビンを口に入れては種をできるだけ遠くまで飛ばして、誰に邪魔されもせずに一人でしゃべっていた。そのときにはもう気の流れで見えないものに話しかけることができた。何ならあんたにもやり方を教えてあげる。でもそれには、もう少し神さまの言うことに耳を傾けなくちゃいけないね。私に手を差し伸べて秘密をささやく天使たち全員があんたに見えていたらよかったんだけど。指先がちくりとするのを感じるたびに、いらっしゃるって分かった。いまだに何くれとなく助言をくれる。その日もそんなふうだった。

　小山の頂で寝そべった。遠くに海らしいもの、空より少し濃い青の低い雲みたいなものが見える場所だった。とても長いこと、大地に抱かれながらハキリアリと語らった。頭の上で枝たちが言葉を紡いでいると気づくと、今度は、ガブリエルさまと、天使の中で一番美しいミカエルさまが長々と奏するお言葉の解読に取りかかった。ミカエルさまは分けても私を、ヴィクトル・シュルシェール[*5]さまと肩を並べて見守っている。黒人たちはいつもあの偉大な方に投票して、それでめでたく奴隷制に終止符が打たれたんだ。覚えておくんだよ。それを抜きにしてフランス共和国は語れないんだから。

　夜も更けてから帰ってくると、小声で呼びかけながら雨戸のリュサンドが寝ている辺りを叩いた。リュサンドはむやみやたらに怖がってからようやく扉を開いてくれて、私は床に着いたけど、どうやって家を出るのが一番いいか、それぱかり考えていた。

リュサンド

私はね、いうなれば貴族なの。何だろう、子どもの頃からそんな感じだった。他の人たちとは違っていた。モルヌ＝ガランなんていう僻地にいるのは場違いだと思っていた。そもそも、母はBéké、そう、奴隷制廃止前には大地主だった白人たちの子孫なんだから。それってすごいことよ。白い肌をした麗しい女性でね。あの人の子どもの中で、私は一番のお気に入りだった。子猫ちゃんって呼ばれていた。母のすんなりした踝（くるぶし）をうらやましがると、母は言ってくれた、私がさすらい人然としたきれいな脚をしているって。でもね、母譲りの細い鼻をしているのはあなたのお父さんの方で、それが私には耐えがたかった。あのおちびさんには半ズボンも繕ってやらなきゃならなかった。あの頃私がやりたいことを存分にできていなかったとすれば、あの子のせいもあったと思う。ああ、何にも手を焼かずに済んでいたら……。

アントワーヌはあまり当てにならなかった。自分のことだってろくにできていなかったし。小さかったときに、古い布鞄から私が縫った半ズボンを勝手に取っていったことがあったっけ。家の片隅から出てきたときには汚くなっていた。ぐちゃぐちゃに丸まって。取っていったうえに、あちこちへ持っていっちゃったのよ。洗おうともしないで。母さんに叱られると小山の頂へ逃げ込んで、大きな石を取ると全力で私たちに向かって投げた。石は向こう脛に命中した。誰に当たったと思う？　母さん。妊娠中だったんだけど、痛みのあまり地面に倒れ込んだ。深く息を吸って、小山の頂で凍っているアントワーヌを見て言った。「こっちが死ななきゃ分からないんだから」

アントワーヌがいかれているのは昔から。でも、そんなのは何の慰めにもならなかった。

弟ちゃん

気をつけるんだよ。アントワーヌおばさんは本当に厄介だから。あのお喋りに気を取られていると、時間をごっそり持っていかれる羽目になる。それでもって、悪霊を遠ざけるというよく分からない液体をお前の子どもに塗ろうとしたり、力を授かるようにとお前に犬の血を飲ませようとしたりするんだ。あの人が、お前が惹かれてやまないことについて話してくれるからってしょっちゅう足を踏み入れてはいけない。病気をうつされちゃうかもしれないし。不潔病。暖房とか、まだあるのかな、あの人のお店にさ。いつか全部片づけなくちゃいけない。リュサンドは、犬がどうなっているかも見に行かなきゃいけないし、役所とも掛け合わなくちゃいけないね、イレールのときだってそうだったし、お姉さんのことは任せておけと言い張るけど、結果は言わずと知れたこと。やるべきことはこっちでやる。

アントワーヌがどんなだったか考えてみてほしい。太陽みたいに美しくて、始終妄言を放っている人だった。何なら俺が話してみせようか、グアドループがどんなだったか。まばゆいほどの素晴らしさが少々と、あとは傷だけ。いや、絶対に分かりっこないだろうな、俺がフランス本土に着いてどれだけ自由を味わい尽くそうとしたか。水の足りない人みたいだった。お前にクレオールで話さなかったのも、そうする理由がなかったから。学業で頭角を現して立身出世してほしかった。この世界は、あいにく黒人のものじゃない。お前がモルヌ＝ガランの田舎者とか、アンティル人とだって、結婚するなんて言ったら賛成はしなかっただろうね。心配したんじゃないかな、彼らがどんなだか知っているから。俺はあいつらみたいにならないためなら何でもやったし、ユーラリーの面影と六十年間添い遂げたという生き方からして、あの地がもたらした最も聖なる老人だったイレールも、アンティル人そのものとはいえない。

いやもちろん、自分のルーツを否認するつもりはないよ。でも愛は手厳しさと両立し得る。俺の中でグアドループは怒りと一緒になっているんだ。大体、アンティル人はみんなアンティル人を悪く言うものなのさ。

アントワーヌ

ポワンタピートルへの旅立ち

朝の五時だと、夜はあんたの一番重い深鍋の蓋みたいにグアドループ中を覆っている。ここは違う。パリでは、日が高くなる前に光の微妙な移ろいを一揃え送り出すことができる。先週、真夜中に猛烈な空腹が襲ってきたときがあった。目が覚めたんだ、とてもお腹が空いていて。時計を見たら、針が真夜中を過ぎたところだった。起き上がって、市場で前日に買ってあった見事な若鶏を料理することにした。

そいつは買い物かごに入れられていたときからずっと私に向かって喋っていて、こちらが道を上り始めたときなんか、敬意を払って調理しろって言い続けていた。冷蔵庫に入ってからは、気が急いているのを分かってもらいたがっていた。だから、ベッドを出るなり、寝間着も脱がずに、こいつをつかんで台所の窓の近くで捌(さば)きにかかった。ときどき、夜がどうやって、バスのクラクションに追い立てられつつ大地と別れるのか眺めながら。深く美しい黒が少しずつ青に変わっていくのが見えるんだ。夜明け前にね。で、しめた、って思っていた。鶏さんの肝臓の暗赤色をしているところがノートルダムのステンドグラスの青と本当によく合っていたから。私は賛美歌を歌い始めた。朝一番のクラクションが私と一緒にハレルヤを歌った。で、それから雲が霧散していくみたいに空は色をなくしていって、世界の始まりのときみたいな、無垢で輝かしい、美しい青が現れた。私は鶏さんのぴかぴかの肉から黄色い皮を剝がした。丸裸でつややかで、いまやアンティルのクモガイの貝殻の内側みたいだった。にんにくと熱い油のいっぱい入った片手鍋に肉片を入れる頃には、空は乳白色をしていた。それから銀色に輝きだした。太陽が、まだ見えてはいなかったけど、羽みたいな積雲に抱かれて、冬の冷たい空気で磨かれてそこにあったから。続いてすべてが速さを増した。空気がシャクガみたいな淡い色を帯びて、薄明るい光が居座った。鶏さんがチャイブの下で歌い始めたかどうかというときに雨ですべてが台無しになった。

グアドループでは、朝五時三十分に大きな手が深鍋の蓋を持ち上げると、ほら！　きらめく陽射しのお出ましさ。だから、こっそりとモルヌ＝ガランを出ていくと決めた朝には、陽の光につかまらないようにしなきゃならなかった。でなきゃ、ベッドに張りついている病人たちを除くみんなが、家の戸口から私が通り過ぎるのを見つけて声をかけてくるだろうから。

四時、父さんのほんの小さな息にもびくびくしながら、手探りでなけなしの持ち物を取って家の外へ抜け出した。鳩が茂みに群がり始める頃にはもう町外れにいて、ポワンタピートルへ通じる太い道にさしかかっていた。

一、二時間は歩いたかな。車がときどき後ろからやってきた。私は振り返らずに、ハンカチを車道のところまで突き出して振っていた。雨傘を差して、もう片方の脇には男物の靴を抱えて進み続けながら。

ようやく、小さなトラックが私の少し前で停まった。埃まみれだったけど青い車だった。私は歩を速めもせずに歩いて、ドアのところに着くと、心なしか落ち着いた。それでも胃は引きつっていたけど。市の立つ日に誇らしげな女たちが言うように言ってみた。「あいつらの食い扶持を稼ぎに行くために朝から歩いている実直な女たちを困らせようだなんて、一体どういう肚（はら）なんだろうね」

相手が答えている間に様子をうかがうと、どうも乗り込んでやれそうだった。堅物そうな顔をした引き締まった体の若者で、決められた予定に従って仕事をしているようだった。「そしたら、ねえ、場所を空けてくれるだけでいい！　いいでしょう？　待ってて、後ろに荷物を置くから。手伝いはご無用、私もそのまま後ろに乗る。車がスピードを上げて走っているときの激しい風に当たるのが好きなの！」で、覆いのない荷台によじ登ると空っぽのかごの上に座った。私のワンピースで一番丈夫な白いインド綿のやつを着て、日傘代わりに赤い雨傘を持って。車の後ろで心穏やかに、薄明るい靄から出てくる太陽を眺めていると、本当に幸せだった。

ここで、私がどんなだったかって話をしようか。知っての通り、お嬢ちゃんっぽく飾り立てたり媚びたりするのは趣味じゃない。動きよい服を引っかけていればそれで充分。でもね、私の体の方を男も女も決まって憧れの目で見るんだ。ほら、頭こそ白くなったけどまだまだ元気そうで、年月の重みにも負けずつややかな肌をしているから。それが十六のときはどんなだったか。あの頃、私にとっての美の物差しはユーラリー一人きりだった。で、私はユーラリーとは似ていなかった。だから自分をきれいだなんて思うはずもなかった。それが、美しい娘さんだって言われるようになった。エゼキエルのおばたちでさえ父さんにそう言っていた。少し前から、日曜のミサの後には、熟れかけのバンレイシにたかる虫みたいに男の子たちが寄ってきて騒ぎ立てるようになっていた。イレールがそのことでとやかく言うのを聞きたくなかったのはその通りだとして、こちらも別にあいつらと話したくはなかった。そこははっきり言っておくよ。だって、男の子に構ってもらうとかどうでもよかったんだ。リュサンドにまで目を光らせていた。あの子は若い伊達男(だておとこ)連中の目を引きたがりすぎるところがあって、私がリュサンドをたしなめる方がその逆よりも多かった。

　片や周りはこちらの体を品定めして売約間違いなしみたいに言っていたけど、私の方は見知らぬ男に愛嬌を振りまく気なんてなかった。そんなわけで、現実はいつも二つの顔を持つんだって早々に分かった。アンティル人はみんな知っていること。例がほしいって？　一見サテンの人形みたいな母さんは、とても強かった。忌むべきだと言われていたクレオールはあまりにも味があるものだから、大人たちは存分にクレオールを使って物語を語っていた。私たちの教区の白人司祭は敬われるべきであって、彼の前では目を伏せなきゃならなかったけど、やつが黒人の若い女を一人ならずはらませたのはみんな知っていた。悪魔は罪と同じく黒いとされていたけど、戦争の間は私たちを飢えさせて、その後おめおめと逃げたあのソラン総督[*6]よりもすごい悪魔に私は出会ったことがない。二重の現実、ってやつ。だからあんたの母さんがあんたにつけた名前は口に出さない。あだ名には人生の厄を全部束ねてしまう力があるんだ。あんたを守ってくれるちょっとした宝みたいなもの。

　そういうことで、繰り返しになるけど、私の全部がイレール譲り。身長も、鋭い肩の線も、すんなりした体つきも、筋肉質の手脚も。で、その全部をしなやかで触り心地のいい肌が覆っている。そこに、十四歳から十五歳までの間に目立って突き出てきた胸と、魅力的な顔が加わるわけ。ハート型の唇に、アパッチ族の女から盗んできたんじゃないかっていうぐらいとても高い頬。リュサンドは、私の細い鼻と漆黒のまつ毛がうらやましいって嘆いていた。肌色の明るさでは私に相当勝(まさ)っていたのに。あんなキャラメル色に生まれたのは「救い」だって言われていた。

　こんなことを話したのは、車を停めるほどトラックの運転手を引きつけたのは真っ直ぐな両肩にしっかりと囲まれた背中が白いワンピースの下でくびれて流れるような線を描く後ろ姿なんだって言いたかったから。私は媚びを売るつもりはなくて、同じぐらい正面もいけているか、単純に知りたかった。だから、めでたく後ろに一人で乗り込ませてもらって、目を閉じて速い風を感じてさえいればいいことになって得々としていた。車が果たしてポワンタピートルまで行くのかさえ訊き忘れていたけど、幸先がいいのは間違いなかった。だって、どの指の先もちくちくしていたから。

子どものときに、ポワンタピートルへは二、三回だけ行ったことがあった。歩き回るのがとても楽しかった。港の周りの小さな商店街は特に。街は、とても大きくて希望に満ちているように見えた。母さんが、危ないから気をつけるようにと言いながら私を抱き寄せていたのに。飢えたように辺りを眺め回していた。街にこそ私の未来はあるって初めから分かっていたんだ。ポワンタピートルまではモルヌ＝ガランから二十五キロしかなかった。でも一九四七年には、奥地から中心地へ出ていくのは早起きしなきゃならない一仕事だった。あの偉大なる旅立ちの朝、私はバスを待って時間を無駄にしたくはなかった。

エレアノールの家へ押しかけるつもりだった。暑さのいや増す正午より前には街に入っていたかった。もう戻らないと決めていた。クリスマスのミサの準備をするときには顔を合わせたものだった。彼女は五歳だけ年上のいとこで、グラン・フォンで人たちは私たちを招くことにしていた。エレアノールは母さんが姉妹のうちで特に仲よくしていた人の娘でね。その一年前には私たちを結婚式に招いてくれた。そのときばかりは、ルベック家のを成した、白人と黒人の混血だった。相手はだいぶ年上で、葬儀屋の仕事で財ノールと呼んでいた。エレアノールは若かったけど、尊敬を込めて、私はマダム・ノ向こうからすれば不意打ちだけど、言ってしまえば、他に当てがなかったんだ。

三十分したところで、トラックは何もない十字路の真ん中で停まった。運転手は私を見もせずに車を降りて、谷の方へ張り出しているちっぽけなトタンの小屋へ向かった。私は赤い雨傘を差したまま、運転手が朗々と挨拶を投げかけるのを見ていた。曲がったごつい釘二本で壁に留めてある小さな扉の後ろで微かに動くものがあった。そこはどうやら店のようで、それですぐに、運転手が何を探しに行ったのか分かった。この道を通るとき、彼はきっといつもここに立ち寄っていて、フランスが占領されて、[*7]信用できる友人としかラム酒を飲み交わせなかった頃にはもう、そうしていたに違いなかった。悪魔野郎のソラン総督のもとでは、ちょっとうっかりしていると警察にしょっ引かれて別の島へ流された。ラムを一本隠し持っていたというだけで。

　戦争が終わって間もない頃は、奴隷制廃止前には大地主だった白人たちの子孫はまだ、アルコールは音楽やパーティーと同じで、屈強な人種であるフランス黒人を軟弱にしてしまうと言っていた。自分の豊かな暮らしを私たちに負っている連中の言いぐさだよね。ほんのひよっこが生意気だけど、あいつらの面（つら）に酒を一瓶お見舞いしてやりたいぐらいだった。男、女、それに子どもも収穫のときは身を粉にして働いて、そうやってできた透明な液体のおかげであいつらは息子をフランスの一流校へ送り出せるんだって分かっていたから。もし私たち黒人があの地主たちに好き勝手させて、広大な土地や蒸溜所を持たせっぱなしでいたら、やつらが手を組む相手は、新手の奴隷商人でしかないあのナチスになっていたよ。あの頃も今と同じで、グアドループもマルティニークも全部、大地主だった白人たちの子孫数家族のものだった。私たちのものじゃなかったんだ。戦争の間、逆のことを言って、「フランス共和国万歳！」って叫んでいた人たちはカイエンヌやフォール＝ド＝フランスの監獄に入る羽目になったか、闇の中を船で逃げ出し、イギリス人のところで謀反を起こした。

　運転手さんがそこに寄るのは毎度のことだったっていうのは話したね。で、子どもがあばら屋の扉を開けて、それを私はしびれを切らして見つめていた。あの子の後ろに緑の光がくっきりと四角く落ちていたのを今でも思い出す。男の方が何か言うと、子どもは引っ込んで瓶に入ったそれを手に戻ってきて、紙幣が大きな手から小さな手に移ると、ようやく出発。あの人は、私が後ろに座っていてばつが悪かったのか、こちらを見やりもしなかった。幸いにも、ポワンタピートルにつく前の寄り道はそれだけだった。

私たちは九時頃に着いた。フランスの整った大都市に慣れているあんたには分かりっこないよね、小屋と御殿の素晴らしい折り重なりを前に私がどんな気分になったか。立ち現れてくる街路、ちらほら見え始めたと思うと一気に増えて、曲がりくねった線に沿って居並んでいる簡素な小屋を見るほどに心臓が高鳴った。数を増してくる、色褪せた木でできた建物正面（ファサード）、柵で囲われた庭、それに、小さな中庭から吹き出して赤い屋根のはるか上で爆（は）ぜるように葉を開いているココヤシの樹。

子どもたちが鈴なりになって走っていった。たくさんの剝き出しの足が二階建ての家の陰や草の茂る通路に消えていった。頭を上げると、バルコニーの人の群れが目に入った。女たちが生まれたての赤ちゃんに乳をやったり、洗濯をしたり、道を縁取るアーケードの屋根を兼ねた床面を濁った水で掃除したりしていたんだ。アーケード下のちっぽけな店には、ぎゅうぎゅうに敷かれた片手鍋に、布地、袋詰めのパン、箱入りのラードが並んでいた。

トラックがなかなか進めなかった通りでは、女たちが座り込んで路面に売り物を広げて、麦わら帽の土手を積み上げたり崩したりしていた。ブーダン[*8]は黒ずんだ片手鍋の中で湯気を立て、蓋を閉じられたかごはじっとしている売り子の足下に静かに転がっていた。暇を持て余した子どもが小屋の前で座っているのも見た。日がな一日、砂糖漬けにしたココナッツを陳列かたがた見事に積み上げて売っていた。街の匂いを思い出すよ。地区によって違っていて、甘い匂いやら饐（す）えた臭（にお）いやらがしていると、中庭の奥にごみがうずたかく積まれているんだって分かった。そういう庭には家の代わりに箱が積み重ねられていて、三世代が一緒に住んでいたりした。

さらに少し行くと、広々とした道に出た。海からの潮風がカエンボクとブーゲンビリアの香りに紛れてやってきた。人夫たちが明け方に届いた物資を運んでいた。上半身が裸の御者が馬車を走らせていたっけ。家を一軒一軒回って、女が頭に載せて持ってくるごみの詰まった缶を集めていた。夜の間に出された排泄物で、百人分あったけど、そのうちの三十人が赤痢かマラリアを患っていた。沼地の上に建っている間に合わせの家もあったから。モルヌ＝ガランだったら誰もそんなところで眠らない。太陽が沈むともう、蚊に食い殺されそうになるから。アーケードつきの、塗装された木と錬鉄でできた立派な御殿もあって、噴水が据えられた広場に面して建っていた。噴水からは水が延々と流れていた。あんなのを見たのは初めてだった。綿のワンピースを着た洗濯女や帽子を被った裸の子どもが群がっていて。一日中だっていられると思ったね。それぐらい心地よかったんだ、愉快な話や弾ける笑い声に囲まれて。

色々な人がいた。濃い粘土色の人、つややかなチョコレート色の人、明るい銅色の中国人、深い銅色のシリア人、煎ったコーヒーの色をしたインド人。青白い顔をした人たちはたいてい権勢を誇っていたけど、惨めな様子の人もたまにいた。やる気のなさそうな人もいればゆとりのなさそうな人もいた。ダルブシエの大工場から出てくる工員、事務員、学校の先生。うなっては黒い煙を放って私の息を詰まらせるトラックに乗っていると、そんなのが全部見下ろせた。

この日、私には新たに二つの道が開けたってことが分かった。あまりにのどかで、あまりに動きのないモルヌ＝ガランにはなかったもの。ポワンタピートルにはあの家以上の苛酷さもあるけど、成功と自由を得る可能性も、少しながらあった。私が、たとえば、うまく行っていた頃にユーラリーがちょっとそうだったみたいにお金持ちになるか、それとも父さんにねだって手に入れたなけなしの土地を耕しているエゼキエル家の末裔の一人よりも貧しくなるかなんて分からなかった。まあでもわくわくしていたよ。十六歳っていうのはそういうものなんだね。

込み入った道をいくらか行った後、私は運転手に礼を言って、大きな市場のある広場の近くで降りた。今でも錬鉄でできたきれいな卸売市場が残っているところ。その時間、広場には本当に人気がなかった。アーケードのある市場のそばの、デュプレシ通りとガティーヌ通りの角のところに座った。油と鱈の擦り身を塗りつけたパンを一切れ、布に包んで持ってきていたから、布を膝に広げて食べた。喉が渇いていた。そのとき、女商人が血まみれになった魚用のまな板をポンプの水で洗っているのが目に留まった。私は近寄って尋ねた。

「この水は飲めますか」

女は頭から爪先までこちらを眺め回した。

「病気になりたいならそれも手だよね。飲んでごらん、眠っていても二週間でくたばってしまうこと請け合いさ」

「では、飲み水はどこにあるんですか」問いかけても返事がなかったから、モルヌ＝ガランから来たと言ってみた。果たして、みんなと同じように訊いてきた。

「どの家から？」

「エゼキエル家です」

「トロワリヴィエールの方のエゼキエルさんには会ったことがあるけど」

「モルヌ＝ガランのです」

彼女はまな板を拭き終えて手を前掛けで拭っていた。私は、置いてきぼりにされないように言ってみた。

「待ってください。ええ、トロワリヴィエールにはいとこがいるんです。年嵩の男で、その辺りに住んでいるんです。ですよね」

「ふーん」彼女はまな板の水を切りながら言った。はいともいいえとも取れる返事だった。

「エクトールって名前じゃなかったですか」

「いんや、違うと思う。よく覚えてないけど」

「じゃあ、ファビアンでは？」

こんなふうに話を続けていたのは、単にじっくりこちらを品定めしてもらいたかったから。すると向こうは立ち上がって少し考え込んだ。これでおしまいにはならなそうだった。まな板を片づけながら話しかけてきたんだ。

「あのエゼキエル家の人なんだね」

「ええ……多分きっと」そう答えた。おばが一人トロワリヴィエールにいたんだ。

「そこの男はさ、エゼキエルの人と結婚したんだ。それがトロワリヴィエールの人で。男の方はブイヤントの出なんだけど」

「その話、聞いたことあります！　巨艦に訊いてみなくちゃ。ご存じですよね、この名前」

「巨艦……」相手の額に皺が寄ったのが見えた。「ああ、一人知ってる。モルヌ＝ガランの」

「その人、私の父なんです」

「あれ、まあ」何ともいえない返事だった。

私たち子どもにとって父さんの名前は薬にも毒にもなるものだったから、試しに話に出してみた。

「来たばかりなんだっけ」

「今朝来たところです。今日は暑いですね」

「何しに来たの、ほんの娘っ子がさ。ここに独りでいちゃいけないよ。働きに来たの？」

「十七歳にはなってます」自信たっぷりに少しだけさばを読んだ。

で、言ったんだ。いとこの家へ向かっていて、墓地の辺りのはずなのだけど場所がよく分からなくなってしまったので、探し続けなければいけないから水が必要なんだって。本当はね、その家へは一度しか行ったことがなかった。小さい頃、それがまだユーラリーの大おばの一人のものだったときに。思い出せることといったら、正面の様子とすぐ横のお墓だけだった。母さんが少し辺りを散歩させてくれたんだ、リュサンドと私で。墓で楽しそうに跳ね回っていたらあばずれ女に説教された。

「デデ！」商人はまな板を干しながら叫んだ。「デデ、どこにいるの」

「おう、ここだよ！」若い男が市場に上ってきて答えた。下では装備一式の荷解きに携わっているに違いなかった。

よく太っていて、中背で、がま口みたいな微笑（ほほえ）みを浮かべていた。近くからだと二十五歳ぐらいに見えたけど、後でさらに五歳上だと分かった。こちらをろくに見ようともしなかったのが、私につき添うよう母親に言われてからは、こちらの顔をじいっと眺めたり、身なりだけでどんな家の出か当てようとしたり。火傷しそうに熱い歩道を私と一緒に歩いていて満更でもないみたいだった。

私の方は何でもないような顔をしていたけど、やっぱりそんなことはなかった。男が瓢簞一杯のとても冷たい水を差し出したから。あの人たちは氷の入った保冷箱を持っていたんだ。小さく砕かれた氷を初めて見たときは塩と間違えたっけ。ルベック家でのことだった。祖母が、練乳ともぎたてのパパイヤでシャーベットを作って出してくれて。私もリュサンドも弟ちゃんも、金属の碗を手に、硬くて小さなベンチに並んで黙りこくってうっとりしていた。

こうして、ポワンタピートルの街へデデと一緒に繰り出した。得意げに雨傘を開いて、涼しい顔をしていると、またびっくりするようなものが出てきた。平日にめかし込んでいる男たちに、不意を打つ厠のひどい匂い、バルコニーの窓から鼻歌と一緒に流れ出す音楽。デデは話し続けていた。こちらが静かに辺りを見て回りたそうにしていてもお構いなしだった。だから歩きながら喋ることになった。モルヌ＝ガランでこんなことをしていたら、父さんのご近所さんから質問攻めに遭っていたに違いないね。

「で、いとこさんが住んでいるのはどこなの」

「墓地の辺り」

「家がある道の名前は分かる？」

「ううん。でも行けば分かります」

歩いている間中、デデは一角（ひとかど）の人物みたいに自分を見せようとした。暮らしぶりを語り聞かせたり、自分の庭のように街を知っている様子や、家の周りに、まあ北側の街外れなんだけど、そこにたくさんの友人がいることを見せつけたりした。コック共済組合様々だよね。彼も母親も加盟していて、近所の人たち皆のためにパーティーやダンスパーティーをときどき開いていた料理人の団体。あの頃はこの手の団体が山とあった。街以外でもさとうきびの刈り取りや酒の蒸留を行う労働者たちが集って助け合っていたのを見たことがあったし。デデが私に話していることの真意と彼の地区について見当をつけるのに時間はそうかからなかった。言わせてもらえば、街中とはいえないような場所。崩れ落ちそうな頼りない小屋が木々に覆われた小山の腹に灰色の流れを成していて、それが港に至るまで続いていた。

「ってことは、街には住んでいないんですね」私は興ざめした様子で言った。

向こうはやんわりと切り返した。

「いやいや市中だよ！　れっきとしたポワンタピートルの一部。来てみれば分かるって。静かな場所だけど、それが土曜の夜にはお祭り騒ぎになる。鶏の燻製をみんなで食べて。市内で一番うまいやつさ。俺のいとこが調理してるんだ。ちょっとした見ものだぜ。でもここへは遊びに来ただけなんだっけ」

「いとこのところで働こうと思っているんです。家事と赤ちゃんの世話をして、その間に他の仕事を探そうかな、って」

「じゃあ、力になれるかもしれない。仕事の口ならたくさん知ってる」

「お店とかにも？」

「売り子さんになりたいの？　なら簡単だよ、その見た目だったら。俺が人手の要るところに連れて行けば、すぐさ」

「教会のすぐそばのお店がいいな」

「それ、そんなに肝心なの」

「そう。簡単にお祈りに行けるから」

「去年のマリアさまの祝日には、パレードに少しだけついていったっけ、マングローブのところまで」

「私も。妹と一緒だった。列がモルヌ゠ガランを通っていったときにね。人はたくさんいたけど、マリアさまは私にしか微笑まなかった。山のような人だかりだったけど、私だけを見てたの」

「あの木製の像が？」

「あの像はもう木なんかじゃなかった。生きてたの。柔らかな頬をしてた。で、微笑んでいたのに私以外誰も気づかなかった」

そんなことを、マダム・ノノールの家の通りに出るまで話していた。

通路の入り口で立ち止まった。着いたその日に見知らぬ男とお喋りしようとしているなんて思われたくなかったから。でもデデはすぐには私を行かせてくれなかった。

「じゃ、また会おう、口の件があるし」と言ってきた。

「口？」

「売り子の仕事のさ」

「あ、それね！」

「何かあったら来るよ」

「よろしく」

立ち去ってもらいたくてばさりと雨傘を畳んだ。向こうは相変わらずその場から動こうとしなかった。

「ずっといとこさんと一緒にいなきゃいけないの」彼はさらに尋ねた。

「そうねえ」

「もしかして、ときどきなら夜に散歩できるかも」

「かもね」

私は気を持たせるようなことはなにも言わなかったけど、無礼を働きもしなかった。それで、考えがひらめいたんだね。こんなふうに言ってきた。

「最高の教会へ案内するよ」

「最高って？」

「いいミサをしてくれるところ、ってこと」

「了解！」私はそう答えながら立ち去った。

あの頃はなんてうぶだったんだろうね。もう少し注意してあの人たちを見ていたら、あの母親が息子を巨艦の娘っ子とくっつけたがっているって分かったはずだったのに。あのデデときたら、丸顔で口もろくにきけなくて、三十に至るまでずっと女がいなかったんだ。母親は、息子がこのまま独身ではまずいと分かっていた。尻軽な娘が家に来て痴話喧嘩することもなく、近所の誰かが草原のどこかではらまされたという話もなくて、それが不安の種だった。で、私みたいなちょっと白人の血が入った女なら息子も気に入るだろうと思った。

目的地に着くには、ポワンタピートルの目抜き通りのフレボー通りを行きさえすればよかった。市の中心から離れたところにあって、墓地通りは心なしか落ち着いていた。地面にじかに、もしくは石の上に傾きながら立つあばら屋がやはりずらりと並んでいて、その後には陽の照りつける空き地が続き、それから道が緩い上り坂になるともう墓地だった。小山の上の陽当たりのいい場所に広がってい て、家と草木が入り乱れている様子がよく見えた。小山の頂にとても大きな、礫にされたキリストの像があって、なかでも立派な墓の集まる辺りを見守っているのをふと思い出した。そこではご立派な大理石が、下の街区よりも整った街を築いているのだった。

デデが曲がり角に消えるのを待って歩き始めた。家を一軒一軒よく見ながら進んでいくと、探していたファサードはすぐに見つかった。

アントワーヌ
ルベックの方

ノノール宅は色褪せた無垢材の美しい建物で、二階建てだった。バルコニーがついていて、錬鉄製ではなかったけど美しく建物を縁取っていた。あの狭い墓地通りで一番広い家だった。

何を言おうかと考えて、扉を叩いた。背筋をできる限り正して、閉じた傘を脚のところまで引き寄せて。少しすると、引き摺るような足音と子どもの泣き声が聞こえてきた。扉はなかなか開かなかったけど、それでもしまいには半開きになって、いとこのやつれた青白い顔が覗いた。あの頃、エレアノールは肩が華奢で小柄なうら若い女だった。長いふわふわの赤毛を編んで冠みたいに頭に巻いていて、緑に灰を戯れに散らしたような目の色をしていた。細くて少し線が鋭い、いかにもルベック家らしい顔の輪郭で、クリーム色の肌は冬のフランス本国みたいなところでは早々と真っ白になってしまいそうだったけど、ぽってりした唇の大きな口は滅多に微笑まなかった。二十一歳の割には年嵩に見えた。

扉を開くと、彼女は私を前に驚いた様子を見せて、少しためらってから挨拶した。こちらの肩越しにちらりと外を見て、近所の人から見られていないか確かめると私を家に入れた。私は単にねぐらがほしいだけだったけど、それを簡単に承知してもらえるかが分からなかった。彼女はこちらに背を向けて薄暗い廊下を奥へ進みながら言った。「誰かと思ったら。調子はいかが？」口を開くのも一苦労といった感じの歯切れの悪い口調だった。歩き方もやっぱりそんなふうで、糖蜜の入った桶に両足を突っ込んでいるんじゃないかっていうぐらいだった。私の方はしっかりした足取りでついていった。すると彼女は振り返って、肩に掛かった縁飾り付きのショールをいらだった様子できつく巻き直したのがこちらから見えた。それでも私を追い返すわけにはいかず、暗くて冷え冷えした玄関へ迎え入れたのだった。

「こんにちは、マダム・ノノール。いかがお過ごしかしら」

「無事にやってるわ。お父さまはいかが」

「おかげさまで機嫌よく過ごしてます」

私は薄緑の壁紙の貼られた壁に雨傘を立てかけると、同志に相対するように真っ直ぐ彼女の目を見た。こちらを生意気だと思っているのが分かった。ルベック家の総意通り、彼女はエゼキエル家を大目に見ることにしてしまっていて、そこにはあいにく、イレールの肌と変わらないほど暗い粘土色の肌をした、ユーラリーにちっとも似ていない少し変わった長女がいた。

「弟さんは？　妹さんは？」

「みんな元気でやってます。ルネさんはどうしてます？」

「元気よ。今ここにはいないけど」

いないはずだ、と私は思った。マダム・ノノールの夫のルネは、モルヌ＝ガランから数キロ離れたところにある村、プティ＝カンで無一物から葬儀屋を起こして成功した。そこで若いエレアノールと遅まきの結婚をした。キャメル色の肌にもかかわらず経済的成功のおかげで彼女のような相手にも求婚する資格があると思えるようになっていたし、若さももう満喫し切っていた。彼女はたった十五歳で婚約した。相手が、結婚したらポワンタピートルに居を構えると約束したからだった。そんなわけで、十八でグラン・フォンを離れて、金歯を二本光らせていて若禿の目立つ四十男と結ばれた。

その一年後にアニーが生まれた。ノノールが家事で一時も家を離れられなくなってくたくたになっている間、ルネはずっと出突っ張りで、ほんのちょっとの時間を会社で過ごし、ほとんどの時間は毛色もさまざまな友人たちの家にいるか他の島へ遊びに行っていた。

おちびさんが泣き出した。座らされていた揺り椅子から降りようとしているのだった。私は、向こうがこちらの接近を怖がって叫ぶのをよそに駆けつけて手を貸すと、出し抜けに言った。

「私、手伝いに来たんです」

持ってきた贈り物を差し出した。ココナッツ入りのお菓子で、少しつぶれてしまっていたのを、彼女は口封じにと急いで子どもにやった。私はその日二度目の嘘を繰り出した。

「最後にグラン・フォンへ行ったとき、お母さまが、エレアノールはとても疲れているって言ってたの。で、誰かに手伝ってもらわなきゃならなくなるだろうって私に訴えてた。ノノール姉さん自身のことも、おちびさんのことも。この子、ずいぶん太ったよね。でも姉さんは痩せに痩せてる」

子どもが菓子を足で粉々にしながら泣いていたから、ポケットから例の鱈を包んでいた布切れを引っ張り出して子どもの鼻を拭った。ノノールは気持ち悪がっていたけど、やはり何も言わなかった。

家の中を進みながら、見るものすべてに酔いしれていた。大理石、蚊帳つきベッドのある寝室、室内にあるキッチン。私たちの家では、火事の危険を避けるため庭にある石の囲いのところで調理していたというのに。なかでも一番気に入ったのは、二階があることだった。でも残念なことに、別の家の人たちに借りられていたからバルコニーからの眺めは楽しめなかった。

「私ん家」の案内が終わると、これから何をすればいいのか分からなくなった。向こうは私の言うことにときどき「ふーん」と返す以外、相変わらず何も言わなかった。夕食の野菜用にお湯を沸かしてくると言ってその場を逃れた。キッチンに戻らせてもらえたので、思い切って戸棚を開けてみた。裏庭に面した扉からはトゲバンレイシの株が見えた。私は話し続けた。

「トゲバンレイシの株には気をつけないと。ねずみが寄ってきちゃう。問題はおちびさん。体をかじられたりしたら大変でしょう。私、ねずみは嫌いなの。怖いの。あの連中には魚でもあげておけばいいんです」

答えはなかった。おちびさんは泣くのも忘れて母親に抱かれていた。二人して同じ緑の目で探るようにこちらを見ていた。こちらがトウガラシみたいに目を刺してくるとでも思っているようだった。ノノールが水一杯出さないうちに私は働き始めた。よく思ってもらわなくちゃならなかったから。部屋を眺め回すと、訊いた。

「根菜ありませんか。それかパンノキの実とか」

「そこ、その箱の中」彼女は流しの下を指した。カーテンで目隠しをされた棚があった。

やる気が湧いてきた。知っての通り、私は辺りを言葉でいっぱいにするのがとても得意だったから、息もつかずに話しながら片手鍋を覗き込んだ。よく熟れたパンノキの実を一つ選ぶと、水の入った鍋を脚の間に置くようにして、とても低くて小さなベンチに座った。私は下からエレアノールを眺め続けた。立派な風采とは裏腹に、本当に悲しげで疲れ切った顔をしていた。だいぶ経ってから分かったけど、ノノールは、こんなふうに家に居座っている私を見てルネはどう言うだろうかと考えていたんだ。

家のどこにも男の影を示すようなものは見当たらなかった。シャツが釘に引っかけられてもいなければ、帽子もなかったし、髭剃り用の刃が瓢箪に張られた水の底に沈んでもいなかった。これが何日も続いたら、このいとこが小さい子どもと二人きりで暮らしていると思い込んでしまっただろうね。でも、形はなくても、彼は孤独が覆い被さるようにノノールにのしかかっているんだ、って気がついを愛していた。

た。本当のところ、あの頃の私にもやっぱり変に思えたことに、この儚げで謎めいた静かな女性は夫

　ポワンタピートルでの最初の日の夜、テーブルの真ん中に置かれた角灯の青い光の中、二人きりで食事をした。それからノノールは、私にあてがうことに決めた小さな部屋を見せてくれた。奥の方の一角は洗濯物置き場として使われていて、汚れた下着が積み重なっていた。庭に一番近いところで、庭の一部と言っていいぐらいだった。木々の匂いが部屋中に漂っていて。居心地はよかったよ、すぐ横に厠がある以外は。夜、人が行き来するたびに目を覚ましていたっけ。

　三か月が過ぎてようやくノノールの信用を得た。向こうが独りぼっちだったから、こちらの入り込む隙があった。あと、もしかすると私への好奇心みたいなものもあったかもしれない。実家ではユーラリーを死に追いやるほど悲しませたあの遊び人イレールの悪口をいつも聞いていて、それで気になっていたんだと思う。ルベック家の名物兄弟であるおじのポールとギヨームは、自分たちの姉のユーラリーを慕っていた。彼女の方が親のように世話を焼いてあげなければならない気分になるぐらいだった。私はといえば、できる限りアニーに優しく大らかであろうとした。たとえ向こうが気まぐれから部屋中に響き渡る声で泣き叫んだとしても。

　正直な話、初めの頃、ノノールは身構えるどころか鼻であしらうような態度だった。それがこちらを探り始めた。品定めしようとしていたし、私が何もお伺いを立てることなく、食事やらおちびさんのお風呂やらについて自分で判断して一日の仕事をこなしている間、じっと考え込んでいた。すぐそばに立って、居間をきちんと掃けていなかったり泡をろくに立てずにアニーの髪を洗っていたりするのを見つけては、ぴしゃりと小言を言ってきた。

私は自分の強みも弱みも知っていた。明らかに掃除は不得手だった。食事の方は大丈夫そうだったけど、レストランみたいに色々な料理を出せるわけじゃなかった。いつも同じようなものを作りがちだった。向こうがあからさまに不平を言うことはあまりなかったけど、目を合わせたがらなかったり顔がこわばっていたりすると、それが、タロイモが煮えすぎていたり豚の尻尾が焦げていたりする合図だった。そんなこんなで分かったのは、彼女には分けても仲間が必要だってことだった。どこからともなく現れて住処(すみか)しか要求しないうえ、少しばかり小うるさく言っても大丈夫な女親を受け入れるというのは、詰まるところ悪くない話だった。

その代わりこちらは、おちびさんには、トゲバンレイシを煎じた汁で眠らせてあげたり、メロディーのないような歌を延々と歌ってあげたり、言葉を与えられた蛇の話をしてあげたりできたし、エレアノールには、彼女がグラン・フォンの峡谷にある自分の曾祖母の家でしか聞いたことがなかった、昔のそのまた昔の話の記憶を蘇らせてあげたりできた。そうなると、染みがつきっぱなしになっている布で何日も家具の埃を払ったり、食器を拭いたり、アニーに鼻をかませたりしているからといってがみがみ言われることもなくなった。

おちびさんが眠ったとみると、私たちは二人して止めどなく話し続けたものだった。毎日はとても穏やかで、驚いたことにいとこはほとんど家を離れなかった。私が来てから、私たちは一度も出かけていなかった。日曜だけでいいからポワンタピートルをぶらつきたくてたまらなかったけど、一人で出ていいか訊いてみるのはまだためらわれたし、お金も全く持っていなかった。

ある夜、ノノールは私に交通事故の話をした。朝に起こるや、子どもが車に轢かれて死んだというので地区中がその話で持ちきりになった事故だった。家から出ずにあらゆる危険を避けていてよかったと彼女は言った。私はすぐさま飛び上がった。

「え、一度も街へ出てないの？」

「年の初めに行った。母さんと、家具をいくつか買いに」

「その後は？」

相手は、どうかなとでも言いたげな様子だった。

「人を訪ねたこともないの？　じゃあ、隠者みたいに暮らしてるってこと？」

彼女は少しの間考えてから、やや苛立った口調で答えた。

「ここにはそんなに友達いないし」

「私は一人、男友達がいるんだ」そう言ってすぐに、しまったと思った。

「街に男の友達がいるの？」しかめ面半分、興味半分で訊いてきた。

「どうして？　あなたってここに来て三か月かそこらでしょう。で、私、あなたをまだ通りの突き当たりの小間物屋までしか出かけさせてあげてないし！　私が眠っている間に窓から抜け出してでもいるわけ？」

私は街に着いた日にデデに出会った話をした。向こうはすぐに食いついた。

「彼、何歳？」

「知らない。二十五ぐらいかな」

彼女は驚いたように息を呑んでみせると、悪さをしていて見つかったお転婆娘みたいに片手で口を覆った。

「それじゃ、あなたには年寄りすぎじゃない！」

「どういう意味？」私は先手を打った。妙ちきりんな話がイレールの耳に入るのはいやだった。数キロなんて、悪口が駆け巡るには何てことない距離だった。

「いやその、向こうはあなたにどうしてほしいの？　友達なんでしょ。二人でどんな話をしてるの？」

「どうってことない話！　私を教会へ連れて行ってくれることになってるの」

「教会！」彼女は吹き出した。「結婚でもするの？」

「そんなわけないでしょ！」今度は私が苛立った。

「じゃあ、神父さま？」愉快そうに目をきょろきょろさせて訊いてきた。「若い神父には気をつけてね。ほらよく言うじゃない、あの連中は真面目そうにしてるけど、猫かぶりのことも結構あるって！」

そんな忠告はさておき、普段はあんなに血の気がなくて弱々しくて、木でできたカーニヴァルの案山子(かかし)みたいに誰かが動かしてあげなきゃならないような悲しげなお嬢さんといった様子のエレアノールが初めて、たがが外れたみたいにはしゃいでいたんだ。歯が見えるほど彼女に笑ってもらうにはこんな話をすればいいんだったら、お安いご用だと思った。

「神父じゃない。魚と自分の母親が作った料理を市場で売ってる」

「何それ！」ノノールは本当にいやそうな様子で真剣に言った。「ろくでもない男とくっついたら後が大変よ！」

「ろくでもなくなんかない。街、うん、まあ街、に住んでるし、お母さまは真面目そうで、いわゆる働き者で」。そして少し誇らしげにつけ足した。「しかもコック共済組合に入っているんだって」

向こうはまた吹き出してから、立て板に水といった調子で、年増女みたいに眉をひそめて喋りだした。

「でもね、男に話しかけたら、遅かれ早かれどうなるか分かってる？」

「差し当たりは何も心配ない。生理がまだ来てないんだもの」

あの頃、私も他の女の子たちも今の子みたいには知恵がなかった。お馬鹿さんだった。身持ちの堅いお嬢さんだと思われるためには、そうでなきゃならなかった、かまととぶらなきゃならなかった。性について語ってくれるのはダンスパーティーの夜に聞こえてくる酔って浮かれた男たちの言葉だけで、しかも私たちは決して同じことを口にしてはならなかった。リュサンドに生理が来たとき、近所の女が脅すように指さしながら言ったんだ。「これからは、男と喋ったりなんかしてごらん、すぐに子どもができちゃうんだから！」。はじめ、妹は相当怯えていた。男の子がはるか彼方に小さく見えただけでうさぎみたいに逃げ出していた。そんなのは単なる子どもだましだって分かるまではね。どのみち怖がっているふりはしなきゃならなかったし、キスしてこようとするような若い男と二人きりになろうなんて考えようものなら怖いお仕置きが待っている。そんなふうに大人は私たちを押さえ込んでいた。娘っ子には恐れを、ってわけ。でも私はのうのうとしていられた。ノノールにも説明したよ、私はお腹の上で特別な印を毎月なぞっていて、それで守られているんだって。向こうは目を見開いてびっくりしていたけど。

彼女は、なるべきようになっている、私の張りのある胸とくびれた腰と丸みを帯びた尻を改めてまじまじと見た。ルネにトリニダードから持ってきてもらった写真小説[*9]をむさぼるように読んでいた彼女には、私がまだ本物の娘じゃないとは信じられなかった。

「一度も来てないの？」

「うん。それに、そんな厄介な意味で早く女になりたいとも思ってない！　それで母さんがどうなったか見てきたんだもの、男なんてまっぴら！」

「でもね、お母さんは病気だったの。家でその話になると小難しい病名が出てきていたっけ」

「そう、病気だった。それにしてもしょっちゅう身ごもりすぎだった。母さんは赤ん坊連中に殺されたの」

で、亡くなるその日に母さんのお腹がふいごみたいに上がり下がりしていた様子や、夜に医者がやってきて死亡宣告だけしていった様子を語り始めた。そんなときに、誰にも内緒で、私が赤ちゃんに名前をつけたことも明かした。あの子には出てくる時間なんてなかったのに。あの子に名前があるなんて誰も知らない。だって私が考えたんだから。六十年経っても名前はずっと覚えているし、柔らかい肌でまだ目の開いていない姿も思い浮かぶんだ。そんなことがあってから、私は身ごもっている女が怖い。通りで見かけたら反対側の歩道に行くよ。

たまにエレアノールの方が打ち明け話をすることもあった。結婚生活の初めの頃やアニーが生まれたときの話だった。

「グラン・フォンの実家で出産したの。一か月横になってなきゃならなかった。産婦はそうするものなの」

「で、毎日たらい一杯の葉っぱに体を埋めるんでしょ」[*10]

「そう、毎日！　ずっと横になっていると脚がなくなったみたいな気がしてきて、起き上がりたかった。母がたらいを持ってこちらへ来るのが見えたときには逃げ出したくなったものだった！　寝転がりっぱなしで退屈だった。アニーを腕に抱いているときは別よ。でも、そんなときでもやっぱり気は休まらなかった。いつも誰かしらいて、胸の痛みについて、こうするなだのああするなだのとお節介を焼いてきた。アニーをそばに置いて眠りかったけど、それも駄目だった。ルネの年嵩の母親が毎晩私のそばへ眠りに来て、授乳のときだけおちびさんを私のところへ連れてくる。それ以外は高いびきをかいていて、そのせいでこちらは眠れなかったけど、機嫌を損ねられるのもいやだったからアニーのせいにしておいたの。そしたら、丸々一か月よりも長くいると言い出して、もうにっちもさっちも行かなくなった。毎日のように煮汁(ブイヨン)が出されるでしょ、おかげさまでお手洗いに行きたくないときがなかった！」

彼女の家で六か月を過ごした頃には、私たちは笑顔で言葉を交わすようになっていた。若い娘そのものの様子で、ともに笑い合っていた。エレアノールの方が年上で夫婦生活も早々に始めていたけど、私の方が人生経験は豊かだと思うこともたまにあった。

あるとき、彼女は私のワンピースに染みがあるのに気がついた。私がここへ来たときからあったものだった。洒落(しゃれ)っ気なく編んだだけの私の嵩のある髪を嘆くと、きれいにブロックに分かれるように髪を整えた。少し大人っぽくなった感じがした。ノノールはもう着なくなったワンピースをくれようとしたけど、私は彼女よりもだいぶ背が高かった。ある朝、彼女は高らかに言った。

「アニーは近所の女の人にでも預かってもらって、フレボー通りで羽織れるようなものがないか見てみましょう。そうしたらフエダイを買って、噂のデデさんがどの人なのか遠くから教えてもらう。ただ、ご挨拶まではしないでちょうだいね！」

そのときから、私たちはときどき午後に出かけるようになった。たまにデデの前を通るとさり気なく合図を送ってきたけど、私は答えなかった。でも向こうは遠くからでも私の姿を見られて嬉しかったんだ。

二度目の外出のとき、エレアノールは、手がほとんど麻痺している年寄りの仕立屋のところで肩紐のついているピンクの長いワンピースを一枚、私に買ってくれた。そもそもは別の女性客のためのものので、その人は試着のときに、年のせいでおぼつかない手つきで縫われた襟元の縫い目が全部歪んでいるのを見てとてもがっかりしていたのだった。すかさずノノールは、その服をパン一かけらと引き換えた。着ると丸みを帯びた肩が露わになって、雨水を集めるのに使われていた鋼板製の大きな樽だって苦もなく抱えられるほど長い腕が際立った。

近隣で、以来私はマダム・ノノールを手伝いに来ている年若いいとことして知られるようになった。モルヌ＝ガランにいたイレールは願ったり叶ったりだと思っていた。だって内輪で事を済ませられたんだ。私がお金をもらって働いているかどうかは一度も訊かなかった。私は、言ってみれば難民以上雇われ人未満だった。でも、それだって前よりはましだった。むしろすべてうまく行っていた。ルネが戻ってくるまでは。

弟ちゃん

まずはアントワーヌ、次にリュサンドと、姉たちがモルヌ＝ガランを去ると、俺はお前のお祖父ちゃんと二人きりになった。向こうは適当な間を置いて帰ってきて、しばらく何となく居座るのが常だった。アントワーヌは、歯向かうも利用するも自在といった様子で好き勝手にやっていた。父さんは姉さんが自分で万事切り抜けられるようになっていくのをどこか誇らしげに眺めていた。十六歳になってから姉さんが父さんに何かを頼んだことは、まあなかったよね。一度だけ、父さんが姉さんの世話を焼いたことはあった。その話は、またいずれ。

リュサンドはもう少しややこしかった。従順なふりをして、その方が得になるからと、いつも最も七面倒くさい道を行こうとする。あの人が、一番大きな籐のかごを値切ろうとパン屋に難癖をつけていたことがあった。パン屋は目がほとんど見えていない父親と暮らす中国人の女性だった。難癖の次は吹聴で、その売り子が生焼けの小麦で町の人たちを食あたりにしたと触れ回った。そのパン屋は一度も何も言わなかったけど、その後はパンを買いに行くのが恥ずかしかった。大人になってからは、例の小山に家を建てようと決めたアントワーヌにイレールが建材の石をたくさんあげていたと文句を言ったこともあった。リュサンドは自分が石をもらったところで何をするわけでもなかったに決まっているけど、姉のために取っておいてある石の山は激しい嫉妬の引き金になった。どこを取っても母さんの気高い心の証しであるはずの畑が、あさましい小競り合いの場になった。イレールは馬鹿じゃない。適当なことを言ってだませる相手じゃない。お調子者で、あることないこと自慢するのが大好きで、先のことなんかまるで考えていなかったけど、それはそれ。自分の子には手を上げなかった。とにかく、ぶたれたことはほとんどなかった。姉さんたちは逆のことを言うだろうけど、それは嘘だ。俺が男の子だったからじゃないかって？　あるいはね。でも客観的に見て、父さんは俺たち三人を同じように扱っていたと思う。

父さんと二人きりでいると、ザミュイさんという、見事に混ざっていてどこまでが黒人でどこからがインド人か分からない顔をした混血のご近所さんが、気の毒に思ってくれて、「引き取」って世話をしてくれた。俺たちの家と同じくぽつりと、うちから数百メートル離れたところに建っているその家のちっぽけなテラスで長い午後を過ごしていた。俺はか弱くて静かな子どもだった。ザミュイさんの腕に抱かれて頭を撫でられていた。自分が畑仕事に出ていたりどこかをぶらついていたりする間に彼女が息子を預かっていてくれるのは、父さんには好都合なのだった。カリブ山地へ、島の反対側からしょっちゅう出かけていたから。愛人が待っていたんじゃないかな。俺は一度も会ったことがないけど、そうと分かっていたらお近づきになりたいと思っただろうね。少なくとも、義理の母親ができるんだから。意地悪だったとしても、手厳しかったとしても、面倒を見てはくれる。

ザミュイさんは一番母親みたいな存在だった。アントワーヌとリュサンドは自分たちが俺を育てたと公言して憚らなかった。でもそもそも、モルヌ゠ガランでは、あの人たちは最もろくでもない教育をするような大人たちの猿真似をしてこちらを虐げていたんだ。その後、ポワンタピートルでまた一緒になったときには、こちらも知恵がついていて、やられっぱなしではいなかった。学んだってわけだ。

そこまで言うなんて何かあるのかって？　町の教会の奥で延々と過ぎていったあの時間とか。ルベック家の皆がめかし込むことになっていたグラン・フォンでのクリスマスの日に、履いていたエナメルの靴を汚してはいけないからじっとしているよう言い渡された。髪にはつや出しのワックスを塗られて。リュサンドにひどくお仕置きされたこともあった。学校を出るところで女の子と手をつないでいたのを見られたんだ。さらにまずいことには、その子は蒸留酒製造所の現場監督の娘さんだった。学校生協に支払う五フランを工面しなければならなかったときがあった。イレールは例のごとく忘れてしまった。リュサンドは無視。アントワーヌは、残りは父さんがくれると勝手に請け合って、金額の半分をくれた。手を頭の後ろに置いてチーズ用の下ろし金に跪く刑にでも処せられている気分だった。学校で教わっていた女教師は、子どもの体を弄ぶのが好きだったし。いかれた変態だった。罷免しようと言い出す大人が誰もいなかったのをいいことにそんな真似をしていたんだろう。

　アントワーヌとリュサンドは、喧嘩しては仲直りして、それからまた喧嘩して、というのを七十年この方いたずらに続けていて、意気投合したと思うと俺に関することについて最悪の決定を下していた。たとえば、教師たちを前に覚える恐怖にもかかわらず、俺は学校が好きだった。勉強に励んでいた。ある日、詩と歴史と地理で一等を取って積み上げられるほどもらっていた本を、持って帰ったことがあった。本の山が真っ直ぐになるように腕に載せて運びながら、通りすがりの人たちがこちらを見ているのを横目で確かめていた。これから休暇というときだった。家に戻ると、開いてもいないうちに本は消えてしまった。姉のどちらかが靴下を一揃いか新しい半ズボンと引き換えたのか？　知るよしもないけど、あの人たちの仕業だってことは分かっているし、それなら何か言ってみたところで無駄だ。

　いや、今日はもう文句はよすよ。ただこちらの口からも語らせてほしい。まず、俺たちの母さんは大地主だった白人たちの子孫じゃない。リュサンドは話を盛らなきゃ気が済まないんだ。あの一家はマティニョンの白人とともにグラン・フォンに住んでいたけど、あの人たちがマティニョンの白人だったかどうかだって俺には分からない。もしかすると、歴史から爪弾きされたしがない白人だったかもしれない。その中には黒人と同じように奴隷だった者もいた。はじめから、俺たちの歴史はどこを取っても継ぎ目だらけの大地に根ざしている。

アントワーヌ「失せろ！」

戻ってきて少しの間、ルネは幽霊か何かみたいだった。彼は前触れもなく真昼に現れた。空は曇っていて空気も熱くなかったから、ノノールとアニーと私は三人してトマトの苗を植え替えていた。アニーは私のそばにいて、土を掘り返すたびに湧いて出るヤスデを螺旋状（らせんじょう）に丸まらせて楽しんでいた。すると、おちびさんが、頭を上げて驚いたように小さく息を呑むと扉の方へ二拍子の動きを三度繰り返して這っていくのがちらりと見えた。そこには彼女の父親がいて、私たちをじっと見ていた。白い麻のズボンにシャツを合わせた装いですっくりと立っていて、シャツについている木のボタンつきのポケット六つが突き出た胸元と腹を波打つように飾っていた。柔らかく照る陽の下、禿げているせいで輝く頭の頂がくぼんでいるのが見えて、私は、雨の日にはそこにちっぽけな水たまりができるはずだと考えた。

最後に頭を上げたのはエレアノールだった。夫を見ると、鋤を放り出して確かな足取りでそちらへ歩み寄っていった。婚礼の日に戻ってヴァージン・ロードをまた進んでいるかのようだった。向こうは額への素早いキスで応じた。私を探るように見る夫に、彼女は手短に話をした。私は渋々立ち上がって歩いて行った。口の中は早くも社交辞令でいっぱいだった。彼は私をほとんど見なかった。旅の疲れからすぐに寝に行ってしまって、もう夜まで姿を見せなかった。

その日以来、彼がいるときには、いとこはまた私が来た頃と同じぐらい話さなくなった。私は朝とても早く、夫婦がまだ寝室にいるうちに彼らのコーヒーを用意していた。最初に現れるのはいつもルネで、サテン生地のバスローブをパジャマの上に羽織っていた。初めのうち、向こうは黙っているのが常で、私はいつも半分閉じたようなその目がいやだった。だからエレアノールが来るまでアニーの世話をしているようにした。彼は妻には自分に関わる話をした。次の店は皆がすべてに事欠いているサン＝マルタンに開きたいと思っていることや、マルティニークで見たマングースと蛇の戦いがちょっとした見ものだったことを。

ノノールは相手の言うことすべてに頷いて、湯気の立っているコーヒーを注ぎ足してあげていた。夫の前では従順な様子で、それが癪に障った。家へ帰ってきたとき、彼は黙ってこちらの品定めをしてきた。二日して、私の滞在を認めた。彼が聴衆の前で自分の話をするのが取り分け好きなのは分かっていた。私がいることで、彼は自分の物語を堂々と繰り返せるというわけだった。来る日も来る日も、特に朝、まずは自社のますますの盛栄ぶり、次にありとあらゆる小話を片端から並べ立てた。ただ、言っておかなくちゃならないのは、彼は私が人生で出会った人の中で一番才能ある話し手だったってこと。商売があんなにうまく行っていたのも頷ける。取り合わないようにしていたけど無駄だった。彼の能弁には恐るべき効果があったから。私の朝はおかげで楽しいものになった。私を笑わせるためにキッチンに何時間もいた。たまに、アニーを寝かしつけたノノールが入ってきて、真面目くさった様子で私たちを見ることもあった。そうすると場の空気ががらりと変わって、私は、自分をいつも待ってくれる妻にちらりとも目をやらない男と笑い合ったことを後悔するのだった。ルネは少し大声になっていた。興が乗っていて、もう私しか目に入っていなかった。

「でさ、棺を届けさせるために家に呼んでいたそいつら二人はトラックに乗るわけだ。一人は運転席に、もう一人は棺と一緒に後ろに掛ける。急に曲がるときには棺を押さえなきゃならないから。こうしてやつらはプティ＝カンを発って海沿いの道を進む。とてもカーブが多いから、ほら、俺みたいな運転のプロでなくちゃうまく曲がり切れないんだ。それが俺の部下たち二人ときたら、よく心得たもので、届けた棺が駄目になっていたことは一度もない」

「へー」こちらが料理しながら答えると、向こうはもったいぶった口調で続けた。彼がくゆらせる煙草の臭いはなかなか離れてくれなかった。

「そうこうしていると雨が降り始める。幸いなことに、こちらのトラックには向かうところ敵なしのいいワイパーとブレーキがついている。何せ、フランスで俺が探し出して、ピストンにいたるまで一箇所一箇所自分の手で毎週汚れを取っているシトロエンなんだ。で、ひどい雨の中トラックの後ろにいるやつがどうしていると思う？　そう、うんざりしてるんだ！　雨はどれくらい続くか分からないし、草原にいる山羊の子みたいにずぶ濡れになりたくはないわけさ。一張羅のシャツを着てきていて、それがほんのちょっとの時間で台無しになるなんてごめんだ。彼は少しばかり考えて、箱がトラックの柵にきちんと固定されているのを確かめると、その中に滑り込むよりないと思う。切り出されたばかりの四枚の板に挟まれるように横になる。アンリ四世の肖像画みたいにがちがちになってさ。こいつがまた、母さんの腹の中みたいに心地いいんだ。棺はぴったりの大きさだ。いいかい、ぴったりなんだよ。中でうたた寝だって楽にできるぐらい。それでさ、信じられないかもしれないけど、やつは仰向けになって、ひどい雨から身を守るために棺の蓋を軽く閉じる。いや！　しっかりとは閉じないよ。光が下ろしている瞼を撫でていくのをまだ感じていたいから。そして、この新しくて美しい小箱の中で硬い棒みたいにじっとして、空が水まきをやめるのを待っている。と、運転手の方は、スーツ姿の男が路上にいて、車が停まって自分を乗せていってはくれないかと待ちわびているのを見てしまう。こちらもやっぱりびしょ濡れで、このままではその場で溶けてしまいそうなぐらいだ。きれいな靴も何もかも一緒にね。そこで運転手はトラックを停めて、後ろに乗っていってはどうかとその男に言う。そいつは話に乗ってくる。路肩にできつつある泥の川の中にいるよりはましだし、乗せてもらえば自分の行き先にも少し近づく。そして、棺のそばに身を落ち着けようとすると、乗り込んだかどうかというところで雨が弱まって、やつは密かに喜ぶわけだ。五分後には、来ては去る風景を見ながら無事に陽の下で身を乾かせているだろうと。雨がやむ。水たまりができていて、目の前で輝くとたちまちのうちに遠のく。嬉しそうにしているわけさ、やつは。きれいな靴を脱いで足を乾かして（ルネは話の間ずっと身振りを絶やさずにいたけど、そのどれもがあのパントマイム師マルソー[*11]そのものの役者ぶりだった）、スーツを脱いでスチールサッシに広げて、空を見ながらシャツの襟元のボタンを外したところで、濡れている帽子を絞ろうとする。と、もう一人のやつ、ほら、あの棺野郎が、やっぱり陽を浴びたくなったんだね、片手を出してくるわけ。もう雨が降っていないのを確かめようとしたんだ。ぶるっ！　と、正装をしていた殿方は心臓を震わせるや、続いて何が出てくるか見もしないうちにトラックから飛び降りる。本当だって！　やつは走っている車から飛び降りたんだ！　裸足（はだし）で、ジャケットも羽織らずに！　で、水たまりでひっくり返っちまった！」

するとルネは大声で笑い出して、おちびさんが目を覚ました。エレアノールが急いで揺りかごのところへ向かって、こちらは口元に笑いを浮かべたまま片手鍋をじっと見ていると、ルネが私のモルヌ＝ガランでの生活やイレールについて訊いてきて、私の男物の靴をからかって、こんなにへんてこな格好をした娘っ子は見たことがないと言ってきた。実際の歳より大人に見える、本当の歳を知らなければ二十（はたち）は行っていると思っただろうとも言った。次の商用旅行でおちびさんに買うつもりのおもちゃの話もした。ルネが口を閉じると、これでもう彼の金歯が光っているのを見ないで済む、とほっとした。

ある日、私たちは二人きりになった。エレアノールがとても朝早くにアニーと一緒に医者へ行ったから。彼はいつも通りキッチンで座っていた。こっそりと、私は後ろに向かって塩をひとつまみ撒いた。そうすれば厄介な来訪者を家から追い出せるんだ。帰ってきたら昼食ができているようにすると、ノノールと約束していた。私は小豆を洗って丸いパスタと豆入りの煮込み料理を作っていた。突然、ルネが立ち上がって、こちらの背中に体を押しつけてつぶやいた。「愛しいお嬢ちゃん、悪いようにはしないから」小さく鋭い叫び声を上げながら私をだんだんきつく抱きしめてきた。小麦粉でいっぱいのボールが床に散った。

この手の悪戯をされるかもしれないとは思っていたから、調理用ナイフをテーブルに置いておいたんだ。ルネは重かったけど、私は何とか体をひねるとナイフを取って相手に向かって派手に振り回した。彼からオーデコロンの匂いがしていたのを思い出すよ。私は、イレールが怒っているときのやり口を使った。声を精一杯張り上げて、モルヌ＝ガランで、畑にいたときやサイコロ賭博の台の前を通り過ぎたときに聞いたに違いない呪いの言葉を浴びせた。あの田舎ではいつだって喧嘩が起こっていた。

驚いて、ルネおじさんは後ずさりした。でもそこで諦める様子はなかった。こちらとしては、相手に痛手というほどのものを負わせたくはなかった。私は本当に素早く動いたから、どうやったのか今でも分からないけど、瞬きする間もないうちに、彼の麻シャツのボタン全部と、たくさんのポケットが前についたままのシャツが床に転がって、部屋の隅々に散った。私はわめいたままナイフを振り回し続けた。こちらが立てているあらゆる物音を思い、彼は上階の方へ心配そうに目をやると、扉まで後ずさりした。私はシャツのボタンを余さず地面から拾い集めた。自分を守るためにね。やつがまたやらかそうとしたら、ノノールに起こったことを話してボタンを見せればいい。
ノノールがおちびさんと帰ってきたとき、食事はできていた。ルネは、その日はもうずっと家を空けていた。こちらからは何も言わなかったけど、女はこの手のことには勘が働く。いとこはこちらを見て、あの灰色の目でキッチンを眺め回すと、その日一日、いつもよりよそよそしい態度を取った。私がこの家を出ていくことになるのも時間の問題だった。

その少し前には、私は自分の小さな部屋で独り、十七歳の誕生日を祝っていた。まさにその朝に、髪を整えながら、豊かな黒髪の中に一本だけ白髪があるのを見つけたんだ。誇らしさでいっぱいになった。私が一番望んでいたのは大人の仲間入りをすることだった。この白髪は、その最初の勲章みたいなものだった。髪の分け目を少しだけ斜めにして、白髪が見えるようにした。誕生日プレゼントだと思って、大天使ミカエル様に感謝した。どのみち誕生日を一緒に祝える人は他に誰もいないんだから。

その日から、キッチンでの馬鹿話はおしまい。ルネは私を厄介払いしようとするようになった。私の至らないところを山と論(あげつら)い始めた。はじめは、ヤムイモの皮がきちんと剝けていないだの下着がろくに伸びていないだのと彼が言ってくると、エレアノールは私を庇(かば)ってくれていた。あの頃は、鉄床(かなとこ)みたいに重いアイロンを熾(おき)の上で温めて使っていた。一週間に一度、間借りしている女の人が髪を伸ばすこてを貸してくれていた。かけると家中が焼いた豚の臭いになった。
たまに、私はかわいいアニーにマモンの実をあげることがあった。あの子の大好物だったんだ。ルネは黒い目で私を見やって、出掛けに妻に言ったものだった。「アントワーヌがおちびさんの喉を種で詰まらせたりさせないように気をつけてくれよ」するとノノールは、きれいに実を剝がされたピンクの見事な種を吐き出している子どもの方を心配そうな目つきで振り返るのだった。嘘みたいな話だけど、島の子どもはみんな、マモンの枝を持てるだけ持って歩いていた。あれはね、子ども時代の思い出の果実なんだ。

ある夜、部屋で、疲れた足を投げ出して藁布団に座って蠟燭の明かりで髪を編もうとしていると、ルネが苛立った口調でノノールを呼ぶのが聞こえた。

「エレアノール！　ちょっと見に来てくれ！」いとこはアニーを寝かしつけているところだった。

「どうしたの」彼女は廊下から尋ねた。私は手を止めて聞き耳を立てた。

「いいから、来てくれと言ったら来るんだ！」

エレアノールが戸口へ向かうのが聞こえた。私は後ろからこっそりつけていった。ルネは開けっぱなしになっている扉の前に立って、通りの何かをじっと見ていた。彼は独りではなかった。上階の間借り人も一緒にいて、説教を垂れていた。

「何てこと。アントワーヌでしょう。ちょっとご覧になって。通りに汚物を散らかさないように申し上げておいたんですけどね。アントワーヌでしょう。夜に何やらやっているのを見ましたから！　朝にもね！　じきにやつらは慣れきってお宅のキッチンに直接来るようになりますよ！　そうしてある日、うちまで階段を上ってくるんです！」

犬のことを話しているのだった。家の前へ、食器を洗う前に食事の残りを投げ捨てることがあった。それが豚の尻尾だったりすると、ソースに覆われた軟骨のほんの小さな切れ端が残っているだけで、十キロ圏内にいる犬すべてが駆け寄ってきた。犬たちががつがつと食らいついているのを見るのは楽しかった。素性の知れないあいつらは何でも、アボカドの皮だって食べる。みんな似たり寄ったりで、濃さこそ一匹一匹違うけど、揃いも揃って褐色の毛をして、目を輝かせている。間抜けと抜け目のないやつ、威張っているやつと腰抜けがすぐに分かる。張り出した肋骨に毛の薄い体をしている。ひっくるめていうと、一番頭のいい雑種犬で、あんなのは他ではお目にかかれない。人から足蹴にされることもあれば、撫でられることも同じだけある。毛足の短い頭についた輝く目でこちらを見てくる。たまに踊ることもある。浜辺でね。そこで「失せろ！」って言ってごらん。鼻先を下げて逃げていくよ。でも決まって物陰に隠れて戻ってきて、パンノキの実のかけらを盗んでいく。奥行きのある口の中の牙を白く磨き上げておくのにいいんだ。で、私たちと同じで彼らは辛抱を知っている。

　私はいつも、犬たちがこちらの残りものに飛びつくままにしておいた。相手は月の下で毎夜私を待っている。でもルネが私を見張るようになってからは、そうすることも少なくなった。それが何日も続いて、あの賢い獣は私の不在に群れで抗議することにしたんだ。家の扉の前に十二匹ほどいて、きれいに列を成していた。片目のものもいれば、膿んだ脚を引きずっていたり、ぶーんと音を立てる大きな蝿たちを尻尾に戴いていたりするものもいた。注意深く静かに、彼らは同じ方向に首をかしげていた。自分たちの食事について大いなる疑問があるとでもいうように。

　エレアノールは開いた口がふさがらずにいた。間借りしているお隣さんは見るからにいやそうだった。彼女はあの犬たちを見下すのが趣味だった。ルネは、「失せろ！」と意地悪く叫びながら自分のベルトを外して鞭のように振り下ろした。犬たちは後ずさりしたけど、あまり遠くへは行かなかった。ルネが前進するたび、獣はちょうど打撃から逃れるのに足りる分だけその場を動くと、私の仲立ちを待っているかのようにもの言いたげに家の方を見た。隣人は舌打ちをして踵（きびす）を返した。エレアノールはもう何も彼らにはやらないと約束して、ルネに戻るように言った。私が自分の部屋へ音もなく戻ってまた髪を編み始めたとき、ルネはこちらを不潔な無能呼ばわりしていた。

翌朝、気まずそうな様子で、ノノールが、モルヌ＝ガランへ戻った方が身のためだと遠回しに言ってきた。

私は鞄と雨傘を持って何も言わずに出ていった。彼女を少しかわいそうに思った。ルネが家を空けるともう、彼女はオオムカデに十回刺されたみたいな孤独に苛まれ始めるから。それからこう思った。「彼女には悪いけど、私がどうこうできることじゃないし！」。そして最初の日のままの姿でこの墓地通りに舞い戻った。着ているワンピースだけが白からピンクに変わっていた。

姪

近代的ななりをしたクレテイユの街は、私が生まれるたった十年前にできた。どうして私はよそではなくここで生まれたのだろう、歴史も、慣わしも、伝統も、お節介な人の目もない「天国」、生活様式にまで高められた素っ気なさの中で。七〇年代のフランス社会において、それは両親の意思による選択だったのか、ただの成り行きだったのか。

一九七四年、父は三十一歳。将来の街に当たる場所で、いずれビヨット将軍通りになる道に沿ってベビーカーを押す。一九六五年から一九七七年まで市長だったこのド・ゴール派の軍人は、まさにそのとき、フランス海外県・海外領土と呼ばれるものの大臣でありつつ、クレテイユを近代的にすることを夢見ていた。「月で歩き、踊る」時代にふさわしい街を造り、子どもたちにはそこでフランス人らしくきちんとしたありようを身につけてもらいたいと言っていた。外国人、貧民、そして、それこそ大臣も知っての通りアンティル人に関することなのだが、国内移住者の共栄を前に温情主義的態度が揺るぎないものとしてあった、当時のフランスの驕りと能天気さというべきか。

ブラジリア、ルーヴァン＝ラ＝ヌーヴ、チャンディーガル、シウダード・カリビア、クレテイユ……戦時もしくは栄光の三十年間に生まれた者を住まわせようと、お上が設計した計画都市だ。フランスでは、こうした新しい街は権力の偉大な行使の表れであって、ベビーブームやアメリカン・ドリーム、脱植民地化などよりもよほど分かりやすい、詩情あふれる戦争の所産となっている。

二歳。私はフランス人らしくきちんとした女の子で、いわば将来のための観測気球と考えられていたこの街で歩くことを覚える。

四歳。両親と子ども二人の家族向けの公務員住宅のピンク色の浴室でのこと。縞模様になって出てくる歯磨き粉のチューブを絞る。A2の子ども向け放送[*12]をテレビで観たところだ。オレンジ色の毛足が短いカーペットがあって、弟とじゃれ合って膝を擦り剝く。通りでは、皆に髪の毛を触りたがられる。

八歳。土曜の午後にいつもしていたように、家にほど近いカフェの前をローラースケートで通り過ぎる。カフェの中は騒がしくて、薄暗くて、人いきれでいっぱいだ。正面は煤(すす)けたガラス張りで、昼日中でも天井灯がついている。

私たちの家の壁とカフェはコンクリートの円天井でつながっていて、一種の洞穴(ほらあな)というか、尿の臭いのする不気味な通路になっている。午後中ずっと遊ぶ場所へ赴くにはそこを通らなければならない。さもなければ、建物の反対側を回る羽目になる。それではあまりに遠すぎる。このカフェが子どもの行く場所ではないのは分かっている。だから、銅でできたカウンターが這わせてある、あの大きな部屋へは絶対に目をやらない。いくつかの顔が通り過ぎる私の方を向いているのはぼんやりと分かる。いやな臭いがする。開いた扉から通路に溢れ出ているんだ。煙草、焦げた油、アルコール分を含んだ汗。脚に力を込めて、毎度のごとく「鬼に捕まりませんように！」と小声で唱えながら、全速力でスケートを走らせる。

が、その土曜、鬼は私を捕まえる。店主一家の犬だ。巨大なシェパードで、カフェの騒々しい客の中にあってはおとなしそうに見える。スケートの金属音に苛立っているようだ。靴は安いもので、向きの変えられる四つの車輪が薄い鉄板にねじ止めされていて、それが革のバンドでスニーカーに結（ゆわ）えつけられている。あまり速くは走れない。アスファルトの上では、たくさんのねじ釘が地面を凄まじい勢いでこするような音を立てる。キィィイン、キィィイン、キィィイン。二跳びで、この大きい番犬は飛びかかってくる。私は重みでふらつく。気づくと唾とチューインガムだらけの舗道に倒れ込んでいた。こちらの脚が何秒か宙でばたつく。犬は一番肉付きのよいところを噛んでくる。すべてはあまりに速く進み、叫ぶ時間もない。店主はカウンターからすべてを見ていて、戸口から身を乗り出すとこう言う。「レックス！　来い！」犬は命令に服す。男と獣はカフェに戻る。私はそのまま地面に伸びている。

当時私が抱いていた激しい恥の感情とシェパードの記憶は、アントワーヌの訪れで蘇った。彼女が言ったのだ。「あんたはずっとフランス本国で暮らしてきたんだもの、本当の人種差別を分かってない」私は黙っていた。話を聴いていたかったからだ。それでも記憶は、向こうが話している間、蝶のように舞っていた。

犬が遠ざかったと分かると、私はスケート靴を履いたまま立ち上がった。噛み傷はさほど痛まなかったが、とても怖かった。九階で降り、テレビを観てゆったりしている両親の腕の中へ戻ろうと、エレベーターに乗った。屈辱感が胃の中を広がって胸まで上がってきていた。廊下で誰にも会わずに済んでほっとした。母が扉を開けた。私は何秒かためらってから、思い切って無念さに身を投じた。無念というのは、この件について話すのは、それが事実だと認めることだったからだ。「カフェの犬に噛まれたの」

母はすぐさま私の体を調べ始めて、右の尻に二つの穴を見つけた。父は脱脂綿を探しに行った。私にはこの胸苦しさが何なのかまだよく分かっていなかった。親が教えてくれるのではないかと思っていた。母は汚らわしい獣を呪った。父は黙って手当てしてくれた。その手つきには怒りとまめやかさがともに表れていた。それから私のスケート靴を脱がせて、ジャケットを羽織って、私と手をつないでエスカレーターに乗った。

私がそのカフェに入ったのはそれが最初で最後だった。自分がちっぽけになった気がした。煙で辺りが見渡せず、刺すような臭いは目に染みた。私はとても小さかったから、父が話しかけているカウンターの後ろの男が見えなかった。

「お宅の犬が私の娘にさっき何をしでかしたかご覧になりましたか」

「やつは何もしていませんよ」

「どうしろって言ってんの、この人」カウンターの後ろにいた女性が尋ねた。

父は話を続けた。

「何もしていないって？　ではこれは何です？」

父は私を横向きにして私のスカートをめくり上げた。一瞬、父が私の下着までたくし上げて皆が私のお尻を見ることになるのではないかと怖くなった。しかし、スカートをめくり上げない限り傷はきれいに隠れたままだったのだ。恥ずかしくて、走り去りたいぐらいだった。私の上で沈黙が広がると、カウンターの後ろの男が淡々と言った。「うちの犬は性悪じゃないんだ。あのがきどもにしても、どいつもこいつも通りでティントン音を立てるから苛立ってるんですよ」

私たちは警察署に行った。カフェの主人は出頭を命じられた。警察は彼の犬がワクチン接種を受けているか確かめたかったのだ。彼は証明書を持って派出所へ数日後にやってきて、誰にともなく言い放った。「どうってことないさ、たかが黒人女一人のことで……」

私はその後もカフェの前を毎日通った。背筋を伸ばして、脇目も振らずに、暗い通路を抜けてしまうと和らぐ軽い痛みを胃に感じながら。

一九四八―一九六〇

姪

私がほんの子どもだった夏に、母は私と手をつないでポピーの花がまだらに咲く野原沿いを歩いた。数か月後、野原は、スーパーマーケット、駐車場、百貨店、そして地下鉄の出口がついたショッピングセンターになった。パリを横切る路線の果ての駅が最寄りだった。百貨店は毎年少しずつ大きくなっていって、宇宙で唯一永久不変なものであるかのようだった。十二歳の頃には、好んで親友のドミニクとそこをぶらついていた。男友達で唯一のアンティル人だった。昔は女子校だった建物の脇にある、時とともに煤（すす）けてひび割れもある低家賃住宅[*1]に、母親と住んでいた。彼はマルティニークに残っていた自分の父親に一度も会ったことがなかったのではないだろうか。温度にかかわらず、いつも同じ、けばけばしい青色をした合成繊維のブルゾンを着ていた。丸い頬のもっさりした少年で、掠れた声をしていて、歳の割にとても背が高かった。にこやかだったけれど、大人とは目を合わせなかった。

ドミニクは私の家の下の、タール塗りのだだっ広い広場に遊びに来ることもあった。土曜の朝には市が立ち、それ以外のときには子どもで占められている場所だった。住宅から、親たちは私たち子どもが遊んでいるのを見下ろさせた。

彼に家まで送ってもらった日のことだった。彼はアメリカの黒人俳優T氏の写真をポケットから出した。テレビの番組表から丁寧に切り抜いてきたものだった。ずんぐりした指の間で皺を伸ばされた写真には、裂けた袖から隆々とした肩が覗くデニム生地のスウェットを着て腕組みしている、険悪な雰囲気を漂わせたスターの横顔があった。

「ほら、君の父さんそっくり」と、大切な切り抜きを触らせないようにしながらドミニクは言った。私は疑るようにそれを見た。肌の色以外、この、ごつい金の首飾りをぶら下げたスキンヘッドの野郎と父の何が似ているのか全く分からなかった。

私たちがエレベーターを降りると、父が出迎えてくれた。私はドミニクの指に挟まっている写真を指して言った。「ねえ、父さんがこの人に似てるってドミニクが言うの！」。T氏はむしろ、ドミニクがいつかなるかもしれない姿だった。たくさんスポーツをして、もう少し背が伸びれば。彼は急いで写真をポケットに突っ込もうとしたが、父はそれをつかんで、見つめて、吹き出すと、決まり悪そうにしている親友に返した。私の場合とは逆で、この比較は父を面白がらせただけではなく、得意にさせたようだった。

その頃、私たちは毎週土曜の夜にダラス[*2]を観ていた。フランスのテレビ番組には黒人男性は誰もいないも同然で、黒人女性は本当に一人もいなかった。けれどたまに、母が夢中になっていたシドニー・ポワチエ[*3]やレイ・チャールズ[*4]が出てくることはあった。才能の塊のようで、自分に自信があって、上流の雰囲気を漂わせていて、私たちが知っているアンティル人たちよりも断然粋で魅力的な男性たちだった。彼らを見ていると誇らしくなったものだった。それは、作り物の誇りだった。

アンティル人とアメリカ黒人とでは、マイノリティとしての経験と歴史の一部は共通していたが、フランスとアメリカ合衆国とでは、個人の扱い方が全く異なっていた。フランスでの方が暴力に遭うことは否定の余地なく少ないものの、逆に、アンティル人にはロールモデルが一人もいなかった。

どんな英雄が私たちにいたというのだろう？　ガストン・モネルビルは？　一九五八年から一九六八年までの十年間上院の長を務め、あと一歩で大統領になるところだったけれど、国家史には刻まれていない人物だ。奴隷制を復活させようとしたナポレオン政権下のフランスに抵抗したルイ・デルグレは？　残酷にも革命の意義は早々に打ち捨てられた。第三共和制下の将校で、第一次世界大戦時には手堅くパリの対空防御を行ったカミーユ・モルテノルは？　その強さと勇気にかかわらず歴史の彼方に葬り去られた。女性政治家であり、フランス国民議会に議席を獲得したジェルティ・アルシメードは？　祭り上げるにはあまりに女性的だし共産主義的だ。黒人の作家やスポーツ選手はテレビにときどき出てきたけれど、申し訳程度だった。企業のトップにこの肌の色をした人はいなかったし、銀行家にも、実業家にも、貿易商にも、研究者にも、大学学長にも、組織犯罪の首謀者にも、司教にも、名だたる文化機関の長にもいなかった。私たちは、とはいえそれを待ちわびていて、反射的に反応するほどになっていた。フランスのテレビ番組に黒人が出ているのを見ると、笑いながら大声で言ったものだった。「この人、どんなわけでこんなところにいるのかな」。フランスは、民族の別は関係なく一枚岩になっている人民の集合としての姿を自らに見ていた。八〇年代を通じて、とりわけ、移民の子どもの最初の世代が生きた現実を前に、機会平等の概念はひどく力を失っていった。フランス生まれ、学位取得済、職なし。父は、銀行、自動車工場、電話会社、テレビ会社の民営化に抗って地下鉄のナシオン駅からレピュブリック駅までデモ行進を行っていた。あらゆることから、国は砂浜の上の波のように手を引いていった。幸い、ヤニック・ノアが全仏オープンテニスで優勝し、私たちの気分は上がった。アンティル人はフランスの全き一部となることを望み続け、フランス本国の価値観を金科玉条としていたけれど、私たちは、何かがこの共和国の公約からずれていると確かに感じていた。

大きくなるにつれ、私はこの隔たりをまじまじと眺めるようになった。八〇年代を通じて、私はいくつかのグランゼコール[*5]へ通っていたけれど、海外からの学生とは一度も一緒にならなかった。クレテイユですれ違う人たちはたいていい大学を出ていなかった。私のいとこもまたいとこも誰一人、長い間学業に従事しようとはしなかった。よくて、自分たちの親がしていたように役所や工場に仕事を得ようと努めるぐらいだった。六〇年代にパリに着いたときのことについて「弟ちゃん」やリュサンドに尋ねると、彼らが私に伝えてくれたのは呑気さでも楽観論でもなかった。その三十年後には、時勢は全く変わっていた。アンティル人は、パリ都市圏のサルセルや、パリ近郊のラ・クールヌーヴや、フランスの周縁のヴィルールバンヌに生まれようと、ポワンタピートルやフォール゠ド゠フランスの街に生まれようと、かつてより安全に生きられるようになったと同時に、マグレブやアフリカの他の地域から移民してきた人々やその子孫と同じ苦難を味わわなければならなくなった。

やむを得ず、彼らは大西洋の向こうに自らの範を見出した。フランスの煮え切らなさよりも、きらきらしたアメリカン・ドリームを好んだ。叶えるのはより大変だけれど、より嘘偽りなく見えたのだ。彼らは桁外れのギャングスターにも金満家のビジネスパーソンにも、スラム街出身のラッパーにもニューヨークの敏腕黒人警官にも、自らを重ね合わせた。とはいえ、その幻想がお粗末なものであることも承知していた。フランス領アンティルはアメリカから地理的にとても近くにありながら、根本的に異なっていたし、映画のアメリカは実際のアメリカとは何も接点がなかった。こうしてフランスは彼らの土地であり続け、そこでは手の届かない社会的成功がきらめいていたのだった。

アントワーヌ

ポワンタピートルの街外れ

エレアノールの家を出て、私は続く三年間を、ポワンタピートルの高所にあるデデとその母親の家で過ごした。市街地ではないけれど、ほぼ市街地ではあった。いとこの家を出て市場へ行くと、住み込ませてもらうとデデに言い放った。向こうは夢か幻でも見るかのようにこちらを見た。この日の彼ほど幸せそうな顔を見たことは今に至るまで一度もない。私たちは四つの石の上に載っている彼らの小屋まで間に合わせの道を上った。高みからは、島が二股に分かれているところに広がっている街全部を一望できた。何なら「蝶」の二枚の羽の谷間って言ってもいいけど。

街の上の方、私の向かい側では、バス＝テール島の青い山々が唸りを上げていた。後ろでは、グランド＝テールの平原がイグアナみたいに甲羅干しをしていた。すぐ下では、海がポワンタピートルの港の口、船着き場の辺りを打っていた。毎朝、この街のずっしりして生気に満ちた体を慈しんでいた。大洋に握られている貝殻みたいに小さくて、身が詰まっていた。南では、ダルブシエの工場が、さとうきびが砂糖に変わるときに出る黒い煙をたゆみなく吐き出していて、互いに体を寄せ合っている長い体の商船と倉庫のある港湾口の目印になっていた。工場は街の中枢で、住人皆の注目の的だった。その数百メートル先にあるサン＝ピエール＝サン＝ポール大聖堂さえ凌ぐぐらい。その二箇所の間には、古くて美しい家と崩れ落ちそうな頼りない小屋をともに編み込む旧市街と、エレアノールを伴って行っていた商店の数々で賑わう通りがあった。

工場の裏にはカレナージュ地区のスラム街が広がっていた。そんなの全部が入り混じっていて、それこそが、私が深く愛していたものだった。パリとは違っていたよね。ここじゃあたいていの地区は単色だから。私のお気に入りの十八区は別だけど。ポワンタピートルは、あらゆる不思議なものとあらゆる肌色の人をこね上げてできた生地だった。港から港へと歩くと、あり得ないほどの金持ちからその辺の貧民まで、色々な人とすれ違うことになる。皆が同じ溝で用を足していた。単に、その溝が街のまさに中心を通っていただけのこと。あの頃は、私たちの汚らしい街区にある張り板どうしのつなぎ目のすき間から溢れてくる一筋の水の流れに過ぎなかった。スラム街の人たちはその横を街まで毎日上り下りして働きに出ていた。

私も働きに下りていた。第一、デデとその母親を手伝って、彼らの家が建つ均(なら)された小さい正方形の土地を、目玉が飛び出るほど高い額で私たちに貸している黒人のウェイターに支払うお金を稼ぎ出さなければならなかった。毎週、男は追放を鼻先でちらつかせて私たちに脅しをかけた。彼がどこからあのちっぽけな庭地の権利を手に入れたのか、私にはいまだに分からない。あるいは包丁の一突きで地主になりおおせたのかもしれない。

市役所は、この手のことが街のあらゆる周縁で横行していてもお構いなしだった。こうしたことがあるからこそ市長は貧民向け住宅の建設に踏み切らなかった。市の中心街すべてを所有している、白人や白人と黒人の混血の人たちも、やはりお構いなしだった。そんなふうにしておけば、彼らは壁で囲い込むまでもなく、群れなす労働力を確保できるんだ。住人の方は、鋼板や木の板を港の近くで集めてきては窓を補強したり塀を造ったりしていて、しかもサイクロンのたびにそれを繰り返していた。だから一つの小屋が二年のうちに百回は形を変えていた。

私はたまにデデと港のドックの近くへ瓦礫を集めに行っていた。そうして私たちは、デデの母親が眠っている主室から離れていられるように物置程度の小さな寝室を造った。

店を開く計画は今までにも増して頭から離れなくなっていた。母のユーラリーの霊が後押ししていたんだ。私は彼女みたいになりたかったから。引けを取るつもりはなかった。のめり込んでしまえば凌ぎさえするかもしれないと思っていた。デデは私に中心街の商人を紹介してくれた。ピロットさんという方で、デデが選り抜いた、マルティニークで服を仕入れて売る肉体労働者の女性だった。

ピロットさんは年嵩で、黙りこくっているに等しいぐらい控えめだった。子どもたちはフランス本国へ行ってしまっていた。彼女は彼らにまとまった額のお金を毎月送っていて、引き換えに便りを受け取るでもなかった。ワンピースの上にいくつも重い金の首飾りを下げていた。いかにもインド人という感じの髪を後ろで束ねていて、白髪は一本もなかった。顔はその代わり皺だらけで、ブーダンの中身を吸い取って空（から）にしたらこんな皮が残りそうだった。生き生きした目は落ち窪んでいて、たいていのインド系女性労働者の額にあるような赤いインクで描かれた点の下にあって、私を頭から足まで眺め回した。少しの間の後、彼女は訊いた。

「本当にアントワーヌっていうの？　隠修士みたいな名前」

「で、その隠修士がよく私に話しかけてくるんです。私に会いにきてくださるの。どうしてか分からないけど。多分単に名前が同じだからと思う」

「彼は何をお話しになるの」

「ご自身が遭った困難についてお話しくださって、安心させてくださるの」

「商いについては何を知ってる？」

「知っておくべきことなら全部。明日は昨日よりきっとたくさん売れますよ」

「じゃあまた明日。お店のことを説明するから早く来てね」

そんなふうに私の商いは始まった。デデは、ピロットさんと私は気が合うと分かっていた。彼女は、正午の刺すような光や価格交渉から離れて店の奥にいる以上のことは求めてこなかった。息子たちのことを思いつつ、背中の下の方を苛む痛みがひどくならないようにじっとしていた。私は、子どもたちから便りがない限り彼女の痛みは消えないだろうと早々に分かった。望むところだった。肩越しに延々と疑いの目を向けられることなく自分の商いができる。それに、初めて給料をもらった。店をどうするか決めるまでは息子たちにまだ雲隠れしていてもらいたいと思っていた。手に職をつけたかった。初日から腕を見せつけた。

店に華を添えもした。十九歳のとき、私は乾季の果物そのもので、引き締まっていて甘かった。巧みな言葉と爽やかな笑顔で男も女も引きつけた。日がな一日進んで戸口に立って、通行人に声をかけた。織物やワンピースや紳士物のシャツがかかっている木のハンガーを十回もかけ直した。女の客が来たらその手に、目に、耳になった。店の品すべてがいいものに見えるようにした。小麦袋用の布を四角く縫っただけの布巾でも。男の方は、五分居座ってこちらの口上を聞ければ充分だった。私をじっくりと眺めて、断られるのを承知でデートに誘えれば、それでよかったんだ。

正午になると、午後二時までいったん店を閉めて、そこでそのまま、ピロットさんが前の晩に作っておいてくれた山羊（やぎ）の香草煮込みを一緒に食べた。特によく話したのは宗教のことだった。私は、カリタス修道女会のシスターたちがサン＝ピエール＝サン＝ポール大聖堂で私にくれた、スパンコールで一面飾り立てられたきれいなカードを彼女に見せた。私を頭から足まで揺さぶる波を受け取るには、手をその上にかざすだけで充分だった。私はカードが伝えてくることを彼女と分かち合った。それは彼女の気を引いたようで、彼女はときたま笑ったり、少し不安そうにこちらを見たりしていたけど、この気晴らしを楽しんでいるようだった。私は聖女ベルナルデットを讃えるためにルルドへ巡礼に行きたいと打ち明けた。向こうは、聖人をインドの神々と結びつけながら、先祖に払うべき敬意や転生について話した。私はヒンドゥー教の宗教儀式に参加したことは一度もないけど、モルヌ゠ガランの近くでヒンドゥー寺院なら見たことがあった。鮮やかな色で塗られていて、絹の旗を頂いていた。

ピロットさんは私の若さをちょっとしたからかいの種にした。

「人生を何も知らないあなたが私によき存在についての説教を一日中垂れるとはね」

ハンガーに新しいワンピースをかけながら、私は切り返した。

「でも私、住んでいた片田舎の界隈で聖なる者の顕現を見たんです」

「ああそう」向こうは明らかに疑ってかかっていた。お上手を言うのはお客にだけというわけだった。

「本当ですって、誓ってもいい！　私が母さんを待っていた夜にはいつも。私は一人きりで、家の前でうろうろしていたんです。誰もいなくて、近所の人も来なかった。物音一つしなかった。一年のうちのあの時期、田舎がどんなふうだかご存知でしょう。さとうきびが刈り取られて少し経っているから静かで、家からは遠くまで見渡せて、それで私は外にいることにしました。月が出ていたから家の中より明るかったんです。両親が帰ってくるのを見たかった。だから目を見開くと、突然、私のすぐ前から何かが聞こえてきた気がしました」

「すぐ前って、自分のお腹が鳴っただけじゃないの」

「違いますって。前と言ったら前。けど何も見えない。真っ暗な夜です。なのにそれが近づいてくるのは聞こえる」

「じゃあ、その物音は何に似てるの」

「そうですね、地を踏み鳴らす重い音とか、吐息とか」

「ご両親でしょ」

「違います、親ではなくて、でも怖がるつもりはなかったから、それがやってくる野原を進んでいきました。明かりは持っていなかったけど、頭の真上に真ん丸の月が出ていて充分明るかった。私はそれが何なのか見たかったんです」

「で、見えた？」

「ええ！　突然のことでした！　牛だったんです、美しい白牛がすぐそこで寝そべっていたんです」

「それなら、どうってことなかったんじゃない」

「それがあったんです！　だって牛は目から二筋の光を放っていたんですよ！　ぎらぎらと！」

「トラックのヘッドライトみたいに？」

「いえ、もっとぎらぎらでした！　太陽が二つ回っているように！　あの目の中には空がすべて入っているみたいでした！　牛は動かずに私を見ていた。顔の真ん中にある二つの光の渦でね。で、横になっていました。実におとなしい様子だったし、本当に白かった。イレールの牛じゃなかった。父の家畜は、私は全部知っていましたから」

「じゃあ、角はどんなふうだった」

「大きかったです。やっぱり白くて。先がよく尖っていました」

「何かしてみた？」

「まあ、草原に横たわっている牛の前で何もしようがないですよね。牛さんはそのままにして家まで戻りました。でもあの目は絶対忘れない」

　話を聴きながら、ピロットさんは笑って、老いた手を叩いていた。夜、シャッターを下ろしてから、デデ親子の家まで歩いて坂道を戻った。街外れのこちら側には街灯がなかったから、界隈をよく知っていなければならなかったし、路地の織り成す迷宮の中、手探りで自分の場所が分かるようでなければならなかった。私は、小屋の開いた窓越しに見える石油ランプの赤々とした光を頼りに進んでいった。「トーチ」って呼ばれていた明かりだった。石油はとても高かったからいくつかの家は洞窟みたいに真っ暗だったけど、賑やかな話し声は聞こえていた。女たちは家の外で、切った樽を鍋がわりに料理を作っていて、周りではお腹が空いたと騒ぐ子どもが群れをなしていた。売春婦はこの時間になると出てきて、挨拶かたがた私に何かを呟いた。私は服を脱いで、住んでいる家のすぐ裏の小川へ水浴びに行った。皆が体を洗い、ごみを捨てていく場所だった。

私は一番近くに住んでいるご近所さんの様子をうかがっていた。妻が子どもを連れて出ていってからは独りでいる人だった。闇に紛れて、彼は私たちの小屋の陰に痩せていて丈のある体で突っ立っていた。押し黙ってじっとしていたけど、気配がしていた。界隈ではもっぱらビラールと呼ばれていた。ある医師が、このご近所さんの家が「ビルハルツ[*6]住血吸虫症の発生源」だと断定したせいだった。最初、彼はこの呼称にご満悦だった。血のような尿を出し始めて山のような薬を飲まされかけるまではね。彼は働けなくなって、周りの人から皿に入るだけのスープをもらって生きていた。

たとえ蚊の溜まり場であっても、あらゆる病気の素晴らしい温床であっても、私は自分たちが住んでいる辺りをなかなかに気に入っていた。流血野郎のビラールは、日中は悪いやつじゃなかった。ココナッツを割って爽やかな果汁を私にくれた。フイヨールさんは滑らかな太い脚で挟みながら市場で一番きれいなかごを編んでいて、きらきらした大きな目の子どもを立て続けに作った。靴修理職人のファエトンさんは器用な人で、働きに働いて子ども六人を養っていた。子どもたちは界隈で初めての高校進学者になった。足がねじれている一番下の子も。歪んだ足の形に合う見事な靴を一足、父親に作ってもらったんだ。肩に乗っている頭もだけど、ファエトンさんは心ばえの方がよくて子ども思いだった。タイヤの切れ端で底のしっかりしたサンダルを彼らのために作って、病気から身を守るためのものだと説明してあげていた。でも子どもたちの大半は、水たまりの中、裸足（はだし）で遊ぶ方が好きだった。そんなわけで、彼らは肌を溶かす虫に取りつかれてしまった。この泥だらけのがきんちょたちは凧を持って家々の間を駆け回ったり、自分たちで作った荷車で坂道を一気に下ったり、「当てるか、外すか！」と叫びながら石を投げて遊んだりと、路地の至るところから楽しみを汲み出し続けていた。

　デデとの生活は割とうまく行っていた。彼の母親はこちらを特に気に入ってはいなかったけど。私が料理を手伝うのを拒んだときにはしょっちゅう、「この無用の美女が」とか何とか言っていた。こちらは厚かましそうな様子で肩をすくめ返していた。彼女は、デデがほくほくした顔で私たちが寝室に使っている部屋の一角から出てくると態度を和らげた。私が彼と関係を持っていると思わざるを得ず、そうなると彼女は孫を山ほどこしらえてもらえるのを当て込んでこちらを支えてくれるのだった。

　私たちの家には、一つだけ威光を放っているものがあった。ド・ゴール将軍とその妻イヴォンヌの写真だった。デデの母さんが何かから切り抜いて、彼女自身のワンピースを二着詰め込んでいた木製のトランクの上の金の写真立てに入れたものだった。二着のうち青い方を月曜から土曜まで着たら、日曜に洗って、翌週は黄色い方を着ていた。日曜、つまり主イエスの日には、簡素な長シャツを引っ掛けていた。寝る前には、夜だけ使っていて昼の間は壁に立てかけてある鉄製のベッドボトムから、イヴォンヌへしばしの別れの眼差しを毎夜向けていた。

「どうしてそんなにイヴォンヌさんとやらが好きなんですか」と私はある日尋ねた。

「そりゃもう、大好き！　フランスの母なんだもの。将軍のお世話をしているんだ。大変なことだよ。

責任を持つっていうのがどういうことか、私には分かる」

「でもどうして彼女がそんなにお気に入りなんですか。人が崇めるべきものは神を除いてないはずです」

「だってあの方は私と同じ年の同じ日に生まれたんだもの」

「それで？」

「姉妹みたいな感じがする。あの方と私はきっと気が合う。彼女、強い女性だよ。大変な不幸の中を生きてね。勇敢だと思う」

「不幸ってどんな？」

「病気の娘さんがいらっしゃるみたい。それも重い病気。重すぎて人前へ連れ出せないぐらい」

「へえ、じゃあ私たちは腰抜けだと？　あの人は大きな帽子を被って、どこへ行くにも大型四輪馬車で連れ回されているから？　きっと市場へだって馬車で行ってるね」

私はイレールみたいにぶつくさ言いながら舌打ちをした。「理解の余地なし！」

私を無学だと思わないで。ド・ゴールが誰かなんて分かっている。戦争中、人々はソラン総督とその警察のすぐ前で、挑発するように彼の名前をつぶやいていた。壁に書いている人もいた。ヴィシー政権[*7]からの派遣議員との対立を露わにし、自由フランスへのグアドループの賛同を表明して流刑に処せられたわれらがグアドループ評議会議長ヴァレンティノ[*8]の名前の横に、黒文字で。たくさんの人が、小細工を施された不正ラジオでＢＢＣの放送を傍受して六月十八日の演説を草原でこっそり聴こうとした。三年間、私たちグアドループの民はヴィシーの人種差別主義的な政権を相手に孤軍奮闘していた。彼らは大地主だった白人たちの子孫の支持を受け、フランス領の島々に圧政を敷いて自由を踏み躙（にじ）ったんだ。フランス本国の、彼ら自身が政権を打ち立てていた、ドイツに支配されていない地域ではとてもできないようなやり口だった。奴隷制を復活させたナポレオンの記憶が再び蘇った。だから女も男も武器を取り、食糧の受け渡しをし、イギリス領の島々とのつながりを強めた。

　マルティニークでもそんなふうだった。数々の英雄たちがいた。若者も、女も男も警察の弾丸に当たって死んだ。そうしてしまいには、あれを港で立ち往生させたんだ。フランスの金が積まれていてドイツ人もアメリカ人もほしがるような大きな船を。一九四三年にはアンティル人皆でソラン総督とロベール提督を追い出した。それでもド・ゴールが責めを負うべきだと思うのは、そんなのが全部終わって、車に乗って国旗とともにシャンゼリゼに入ってきたとき、私たちの独立について一言もなかったから。それに、あの人が全国抵抗評議会を組織したとき、その中にいて意見を求められた黒人がたった一人でもいたと思う？　ううん、全く。それで戦えだなんて、グアドループからドミニカまで、ヴィシーの海軍の砲火の中を風の強い日に小舟で渡るようなもの。私たちのことなんてヴァランスとグルノーブルの間での鉄道ストにも値しなかったってわけ。

　だから、デデの母さんのトランクの上の金色の小さな写真立ての中のイヴォンヌ・ド・ゴールだけど、私には彼女は上から目線に思えた。で、デデの母さんとその馬鹿げた信仰心に平手打ちを食らわせてやりたくなった。投げやりな態度には、彼女本人、その息子、私たちのうち誰の身になってみても、腹が立った。

　毎朝起き抜けに、私は街を眺めて、アンティルの海に筋を引きながら進んでいく支度ができている眼下の船の一隻になったつもりでいた。デデと母親は市場で売る魚を買いに、朝とても早くに漁港へ行っていた。午後には、彼女は翌日に売るハヤトウリと蟹を裏庭で調理していた。それが好都合なのだった。唯一デデ母さんが怖れていたのは、息子がバス＝テールのバナナ園を耕しに行ってしまうのではないかということだった。そのおじやいとこがそうしていたように。誇りをほとばしらせて、母はきっぱりと宣った。

「私は白人の家へ背中を折られに行くためにあんたを育てたんじゃないんだよ！」

デデは答えた。「充分稼いだら、あそこにいい土地を買って何ヘクタールにもわたってバナナを植えるんだ」

「でも、どこにそんな土地があるっていうの」私は訊いた。そこについては、太腿を拳で叩いている彼の母親と同じ意見だったから。

「グランド＝テールとバナナは大地主だった白人たちの子孫のものなんだ。それが、土地のためにあの人たちと一戦交えてくるなんて何様のつもりだい？　働きに行ったらあいつらにいいようにされるよ、そうだとも。お前がほしいのは奴隷みたいな人生かい？　お前のいとこの雇い主だけど、あいつが何より好きなのはね、銃を背にバナナの樹の列の間を見回って、黒人がきちんと働いているか確めることなんだ。私は息子が殺されに戻れるようにバス＝テールを離れたんじゃない。街には未来があるからさ。ここにいるべきなんだ、何が何でも」

私は私で、しっかりと首を縦に振った。するとデデは参ってしまってしばらく何も言えなくなった。けど、彼のバナナの夢は相当しつこいものだった。

日曜、デデと私はヴィクトワール広場を一周して、港がいつ止まるともなく動き続けているのを眺めていることがあった。デデは船を一隻ずつ指し示して言った。

「あれはポルトープランスから来てるんだ。あれはマルティニークから」

「じゃあ、とびきりきれいな布はどこに行けばあるの」

「知らない。でもどの貨物船がフランス本国へバナナを運んでいくかは知ってるよ。一度でいいからそのうちの一隻に乗り込みたいとさえ思ってるぐらいなんだ。行ってみたいんだよなぁ、フランス」

「何でフランスなの」

「だってさ、何より俺たちの祖国だし、他の言葉は喋れないし、それに、バナナの行く先だからさ」

「けど、残りは？　他の売り物はどこに積むの」

「あの船、見える？」

「もちろん。全部あの船の中に入ってるの？」

「船倉にね。コンテナに入ってる」

「あれはベネズエラから来てるんでしょ。ピロットさんがいつも言ってる。一番きれいな綿布はベネズエラで買えるって」

「余計な心配は要らないよ。君は世界で一番きれいな婚礼衣装を着るんだ」と、デデは私を抱き締めながらささやいた。こちらはすっかり呆れていた。

　こんなことを言うと、彼を、デデを奈落の底に突き落とした人呼ばわりされそうだけど、彼は、それが理由で別れられても仕方ないぐらい先読みが全くできない人だった。

リュサンド

私はアントワーヌの後釜としていとこのエレアノールの家に入った。あんなにいい暮らしをしていて、あんなに夫が成功しているのに、彼女は長いこと独りでいるのに耐えられなかったの。ある日、テラスであなたのお父さんと遊んでいたら、父さんのところまで直々に私を迎えに来た。そう、まさに渡りに船だった！

こうして、今度は私がポワンタピートルへ行った。デデの家へアントワーヌに会いにいくと、ルネおじさんに気をつけるように言われた。少しぞっとしたけど、ノノールの二度目の出産のおかげで助かった。彼女は二人目の女中が要ると考えていた。彼らには手があった。悲しみのマリアたる彼女を満足させるには二人分の手が要る。それで、ルネは別の娘をつかまえる方が無難だと考えるに至ったのね。痩せていて口の利けない、赤銅色の肌をした黒髪の娘で、自分のために声を上げてくれるような家族もいなかった。私は涼しい顔をして、ルネが彼女と寝室へ消えているときには知らんぷりを決め込むか、縫い物をしに家の小庭へ行くかしていた。

そして数か月後には、飽き飽きしてしまった。そもそも、ノノールがアントワーヌとのようには私としっくり来ていないみたいだった。家事はあの人よりよほどうまくやっていたのにね。ルネだってそう言っていたし。でも、子どもに嫌気が差し始めたのか、夫よりは私に当たり散らす方がまだしもだと思ったのか、彼女は自分のスリッパの片方でしょっちゅう私を叩いていた。

ある日、意を決して、これ以上は無理なぐらいへりくだった調子で言ってみた。

「ノノールさん、私、働きたいんです。その、外でっていうことですけど。そうさせていただければ、稼いだお金の半分は差し上げられますし」

彼女は、私がとんでもないことでも言ったかのようにこちらを見た。腰に当てた拳が肉に食い込んでいた。

「半分ですって？　誰がここであなたを養ってると思ってるの？　居候させてもらって、家では何もせずに、そのうえ私の知らないところでお金を稼ぎたいわけ？」

「でしたら全額差し上げます。ただ、手に職をつけたいんです。これからのために」

「これから、ね。そんなことは私が一番よく分かってる。あなたは親戚だし、私としても、これ以上庭の奥のベンチでぼんやりしていてもらうわけにはいかない。しかもご近所さんが私たちの様子をうかがっているんだもの。何とかしなくちゃね。あなたのお父さんのためにも、逝ってしまったユーラリーのためにも。みんながあの人を慕っていたっけ」

母さんが皆に慕われていた話は、もうたくさんだった。それじゃあどうして母さんは独りで困難と闘う羽目になったの？　何でルベック家の人たちは、母さんがお店を失ったときに誰も助けに来てくれなかったの？　母さんがイレールを頼れなかったのはよく分かっていたはずなのに。私が大人しくノノールの話を聴いていると、しまいに、売り子を探しているパン屋の話が出てきた。そんなわけで、私は二街区先のパン屋で働き始めた。

嬉しかった。仕事が終わってすぐに帰るよう言われていても、相変わらず日曜には家族みんなの食事を作って食器を洗わなくちゃならなくても。「街をうろついていてもいいなんて言ってないからね！」と、彼女はお気に入りの肘掛け椅子にもたれかかりながら一発食らわせてきたものだった。

夜は走って帰ってきた。半分は小言を言われたくなかったから、半分はとても怪しげな黒人たちが住んでいる一角が怖かったから。でも、ノノールさんは一体何を考えていたんだろう。パン屋に来る男の子なんていないとでも思っていた？　まあ、すぐに一人現れたよね。ほとんど毎日立ち寄っていた。自分用にクロワッサンを一個買うって話だったけど、私の方ばかり見ていた。この、肌が真黄色で波打つ髪の混血男は、オーケストラの歌手みたいな笑顔をしていて清潔な靴を履いていた。そこにいて、ただその場をちょろちょろしていた。大きすぎるシャツをなびかせて、頭を掻きながら何を言おうかと考えていた。ある午後の終わりに私が熱い籐のかごを大きなかごにしまっていると、相手は充分に確信が持てたのか、こちらへ歩み寄ってきた。

彼はしっかりとした足取りで道を渡るとカウンターの前に立った。私は、花飾りがついていて真っ白な、砂糖でできた十字架を頂いている初聖体拝領用のお菓子を包んでいるところだった。彼が歩いてきたときの様子は今でも覚えている。片方の足を青いタイルが敷かれた店の入り口に確かめるように乗せ、もう片方の足はまだ埃っぽい通りに置いたままで、片手を腰に当てて、余裕のあるふうを装って格好をつけていた。彼は肘から先をカウンターに置いた。袖口からは手首がきれいに見えていて、金鎖の腕飾りが覗いていた。細い指の先には、青と白のチェック柄のハンカチがぶら下がっていた。

「お嬢さん」

「はい」

「このハンカチを洗っていただけますでしょうか」

「駄目です、お客さま」

「どうして」

「だって私、お客さまのことを存じ上げていないんですもの」

「でも顔見知りだよ」

「お見かけはしてましたけど存じ上げてはいないわ。それにあなたのハンカチを洗っている余裕もないし」

ハンカチの話はそれきり出なかったけど、私は嬉しかったし、向こうもそうだったと思う。それからは何の気兼ねもなくちょっとした言葉を交わしたり軽口を叩いたりできるようになった。彼はシャルルマーニュ・タルシスという名前で、タタールと呼ばれていた。

大人たちはあっという間に私たちのことを知ってしまった。エレアノールは切り出した。

「何なの、人が働いているところに抜け抜けと話しかけてくるそのきざ野郎は？　あなたも恥を知りなさい！」

「あの人、私に一言だって話しかけてなんかない！」

「一言だって、ですって？　じゃあその人、何で唇を動かしていたのかしらね？」

「でも何でもないんだもの！」

「ああそう！　で、次にはあなたが何でもないのに唇を動かしていたってわけ？　覚悟しなさい、あなたのお父さんに言っておくから！」

ほどなく、イレールと、ノノールさんと、今では知恵あふれる長子として一目置かれているアントワーヌで家族会議が開かれた。この知恵者は、とはいっても、死ぬほど大笑いすることになるんだけど。会議の間中、私は頭を垂れて座っていた。でも、私は目の前に開けている大人への入り口を覗き見て大喜びしていた。

「私はその人の母親を知っているんだけど」いとこは話し始めた。「足をひどく引きずっていて、言うなれば荒れ狂う海の小舟。アイロン掛けの仕事をしている。父親はいない。でもまあ」一呼吸置いて彼女は続けた。「人伝に聞いた限りでは実直な青年みたいだし。ダルブシエで働いているんですって」

「じゃ、結婚で決まりだね」アントワーヌが言い放った。とっとと切り上げたかったのね。

「それなら、婚約期間はどのぐらいにする？」エレアノールは訊いた。

「六か月だな」父さんが答えた。

「六か月後？　クリスマス時期の只中じゃない。クリスマスに結婚なんて無理よ」

「でしたら、婚約期間は三か月にするよう父に頼んでいただければ」私はおずおずと言った。

三人はいきり立った様子で六つの目を私の方へ向けた。

「あなたは黙ってて！」ノノールが噛みついた。

今考えても、どうして私があそこまで見張られていたのかなって思う。アントワーヌは結婚もせず、誰にも知らせないままにデデと暮らしていたのに。あの人は運がよかった。だって、何度となくデデは警察沙汰にしていいような目に遭っているんだから。代わりに、彼はたまにうちへ来た。諍いが激しくなってくると、彼女は猛獣と化した。それが証拠に、彼が一度自分のシャツをたくし上げたことがあったんだけど、背中におぞましい傷跡が二つあるのが見えた。アントワーヌがはさみで襲いかかったんだ。まあ、あの姉さんならやりそうなことだけど。

アントワーヌ
コンテナの生活

もし私たちがあそこにいたら、あんたの子どもに葉っぱ風呂を用意してあげるんだけど。大きなたらいに体を埋められるだけの葉を入れて、太陽で温めておく。男の子はみんなそれで体をさすられるんだ。ちゃんと眠れるように、風邪が治るように、あるいはかゆみが治まるように。ここでは何を使うの？　クリームとかパウダーを使うのかな、中身も分からずに。私だって信じていたよ、フランスの医学を。とある白人の女性が、自分の娘の気管支がよくなるように黒ヒマシ油とベイラム[*9]を胸に擦り込んでいるって、ある日私に言ったときまでは。どういうことだと思う？　まさにそれが私たちのお祖母さんが私たちに塗ってくれたものだったんだ！　白人女性がそうするなら、あんたもそれがいいものだったんだって信じられるんじゃないかな。この前に来たときはどこまで行ったんだっけ。ああそうだ！　街の話をしていたんだ！

私は、毎週末、家の扉の前にぬうっと現れては、自分が私たちに貸している四角いぬかるみの賃料を現金で支払うよう要求してくるあのならず者にうんざりしていた。いつまで耐えられるだろう。死が私たちを見舞うまでやつに札を払い続けるのか。消防士さえ火を消しにも病人を運び出しにも決して来ないような、水も電気もない辺鄙な場所のために？

ピロットさんのところで働いて三年すると、自分でやっていけるだけのお金が貯まった。デデは中心街に私と一緒に引っ越すと言ったけど、母さんの方がついてきたがらなかった。分けても勘の鋭い人だった彼女には、私の家での生活が自分にとって恵まれたものではないことがよく分かっていた。「私はここにいる」スツールに座ったまま背筋を正して彼女は言った。「あんたたちは街で暮らしな、それで楽しくやれるならさ」

最後にもう一度部屋中を見回した。貿易風が吹き込む四つの窓、雨で色褪せた、寄せ集められて床と壁をなしている板、大きな釘で留めつけてある、赤茶色の鋼板でできた屋根。それらすべてが泥にやられないよう六つの石の上にまとめ置かれていて、全体として脆そうに見えた。それがたいてい、風は、取っていくものなど何もなかったとでもいうように周りや床下を吹き抜けていった。雨季の暴風の後でも全部がきれいに残っていたんだ。

私たちは彼女を小屋に残して行くことになった。会いたいときには来ていいし、毎週の家賃はデデが支払うという条件で。墓地通りにあるエレアノールのきれいな家が頭から離れなかったし、ねずみみたいな暮らしはもうごめんだった。

デデが貸し間のある建物を見つけてくれた。シュルシェ通りで、商いが一番盛んなフレボー通りほどじゃなかったけど、悪くなかった。係船ドックに近かったし、同じように胸の高鳴る場所だった。そこには、昔は地主のものだった邸宅があって、それが三つに区切られて小さな貸し間になっていた。私たちの家は真ん中を占めていた。部屋は二階にまたがるよう按配されていた。二階建てだよ、エレアノールの家みたいな！　洗練の極みだった。越してきたときはわくわくした。私の将来のビジネスのために一階は取っておこうと早くも考えていた。私たちは台所と寝室と居間のある二階で暮らせばよかった。最初の家賃と敷金は、ピロットさんが世話してくれた。ひとえに私の商才を買ってくれてのことだった。フランス本国への旅は諦めて、私の事業にまとまったお金を投資してくれた。デデは社員と呼ぶべき立場に就いた。彼は仕事に勤しんだ。建物を整頓し、掃除し、家具を置き、レジスターを買った。

フレボー通りには私の知らないことはなかった。屋台もそこで売っているものも全部知っていた。誰がいい場所で物を仕入れているかも、誰が税関にお金を払わずに済む術（すべ）を心得ているかも分かっていた。税関は大地主だった白人たちの子孫の手にあって、手前勝手にやっていこうとしていたんだ。

はじめに考えたのは、他では見られない貴重な品々を私が一点一点選んで提供して、他の店と差をつけることだった。だから、ポワンタピートルの港を発つ船の時刻表をすべて覚えた。毎月二十一日はドミニカの首都のロゾー、サント＝リュシー、それにレ・グルナディーヌ、十五日はポート・オブ・スペイン、オランダ領ギアナ、カイエンヌ。四月には、船はたいていマルセイユからやってくる。九月が訪れると強風が吹きはじめて、発着の時刻があやふやになる。港湾の役人連中を丸め込む術も覚えた。税関が私の買い付け品をすべて知らなければならないという法はない。金はブラウスや下着に簡単に隠せる。

初めての商用旅行は朝八時発、カラカス行きのマゼラン号でのものだった。私は、乗船券を両手で挟み持って甲板に座った。男たちはこちらをじろじろ見ていた。長身にまとわりつくレースの縁飾りがついた緑色のワンピース——これがデデからのプレゼントだったんだけど——に男物の靴という出で立ちのせいだった。船員が一人、甲板の船首側から船尾側まで雄牛を移そうとしていたっけ。彼のがんばりにもかかわらず、この動物ときたら痙攣（けいれん）したまま甲板で通せんぼうしていたんだ。船員が後ろに回ってそいつを押そうとしたら、平衡を失って、梁柱（りょうちゅう）のところで何とか体勢を整えた。それからそいつの脚の下に転がり込んだ。しまいには五人がかりで、私たちの周りで出港する船の汽笛と同じくらいよく響く唸り声を必死で上げる獣を退かせた。

そんなのを見ながら、私は来るべき自分の店を思い描いた。きちんと整えられたショーウィンドーがあって、それを色々な人たちが額をつけて眺めている。どきどきしていると、船はついに港を出た。グアドループの海岸線がだんだん横に広がって目の前に立ち現れてくると、ココヤシの樹々は花に似てきて、マングローブは白い鳥でまだら模様をつけられた灰色の絨毯みたいになった。そしてすべては小さくなって、船が泡立つ航跡を描く大洋上の一点でしかなくなった。

カラカスはポワンタピートルとそんなに違わなかった。ただ、だいぶ大きかった。巨きな山に囲まれていて、大きな並木道があった。ここでもアンティル人に会った。工事現場や製油所で働いていた。私は、自分が使っているクレオールにスペイン語を混ぜた取引言語を早々に話すようになった。市場の人たちはこちらの言うことを充分に分かってくれて、いつ果てるともない値切り交渉に応じてくれた。語彙量もなかなかのもので、たくさんの布地と金でできたいくつかの装身具を買うことだってできた。装身具は、配給制が敷かれていた頃以来グアドループではもう見られなくなっていたのが、少しずつ、それこそ夜空の星のように出回り始めていた類いのもので、女性たちは狂ったように飛びついていた。この初めての旅では、ポワンタピートルの市場にはそうないような調理品も買った。

戻ってくると、ピロットさんの店で買い付け品を売って、二人で売り上げを分け合った。次の旅のときには、彼女は、めぼしいと思われるものを仕入れるようにと、まとまったお金をこちらに託した。そんなふうにして、私は自分自身の店のための資金を少しずつ蓄えていった。

私が本当に夢中になっていたのは、この、商売というやつだった。金儲けよりも、物をある場所から別の場所へ移動させられること、今自分が持っているものを翌日には何の心残りもなく手放せることの方がずっと面白かった。私は雑貨と布地に的を絞った。私の商品は水みたいなもので、激流のように流れなければならなかった。イギリス領の島々や南アメリカ沿岸の卸売商人たちに張りついて、顧客を満足させる術を覚えていった。蜜蜂が蜜を作って、それで自分の幼虫を養うように。こうして私は、自分の血管の中の血と同じぐらい大切な荷物の包みや束を携えてグアドループに戻ってくるのだった。

商用で港を行き来していると、グアドループが変わっていくのが見て取れた。五〇年代初めのその頃は、人々は船便が届くリズムに合わせて暮らしていて、とびきりの大商人の気まぐれに従っていた。そうした商人はお偉いさんとつるんでいて、お偉いさんはお偉いさんで、フランス本国とつながっていた。久しく、辺りの島々では一粒の米だって実らなかったけど、袋入りの米は毎日、インドのポンディシェリーか中国から届いていた。小麦は一番融通の利かない穀物で、湿っていて塩気のある私たちの土地ではそもそも芽吹けなかっただろうけど、フランス式のパンはその頃から、私たちの昔ながらの、地元のキャッサバから作られる平らで灰色のガレットよりも好まれるようになってきていて、パン屋はフランスで原料を、割賦で買い込んでいた。島では、ニューファンドランド島の辺りで冷たい水にいるのを釣って、乾燥させて、塩漬けにした鱈も買い入れていた。デデの母さんが市場で売っていた加工していない新鮮な魚はとても高くて、買える人はほとんどいなかった。

コンテナでの商いは住民に、過去の別離と切れ切れの混沌たる歴史の上に打ち立てた新たなアイデンティティを無理矢理吹き込んでいた。カリブやアフリカの料理に、インド伝来のカレー、カリブの海賊たち伝来の鱈、フランスのバゲットがつけ加わった。お返しに私たちが輸出するものはラム酒とバナナしかなかった。土着の文化は少しずつ消えていった。今や輸入商の天下で、彼らはル・アーヴルかパリかに本拠を構えていた。私も変わっていった。どうにか切り抜けるために、警官や税関吏が一番強い者の側にいる、生き馬の目を抜くこの世界で、自分ができる限りのことを試していた。

カラカスへの三度目の旅行のとき、港のバーで船出までの時間を潰していると、男が一人やってきて私の正面に座った。よく日焼けした顔をして、太陽の下で人生を全うする白人の雰囲気があった。皺くちゃの灰色の麻のスーツを着て、顔の半分が隠れるような帽子を被っていたけど、それでも彼の見事な鷲鼻は覗いていた。彼は私がよく知っている歌の一節でこちらの気を引こうとした。フランス語だったけど、妙な訛りがあった。

「かわいい人、君はこの庭の華だ」

「庭じゃなくて、船とねずみと煙しか見えませんけど」私は身構えながら言った。

「そうだね。俺はきつい一日の終わりにはこのバーの胡散臭い水よりラム酒を一杯引っかける方が好きでね」

彼は小さいグラス一杯のパンチを頼んで、飲むように勧めてきた。私は断った。彼はハンカチで額を拭いながら微笑(ほほえ)んだ。私は、見知らぬ白人がそんなふうに話しかけてきたので少し面食らっていた。でも、守りは崩さなかった。

「君を見たのは初めてじゃないな。しっかり者って感じだよね。どこから来たの。グアドループかな、それともマルティニーク？」

私は答えなかった。向こうは帽子の裏側でにやりとすると、言い当てた。「グアドループ」。で、クレオールで話しかけてきたけど、相変わらず妙な訛りがあって、それが私の気を引いた。

「どちらのご出身ですか」私は尋ね返した。

「レ・サント諸島生まれ。ギアナ育ちだけど、今はここ、カラカスに住んでる」

彼はこちらに向かって微笑んだ。私は彼の風体に、訛りに、態度にぼうっとなっていた。それほど初めてのことばかりだったんだ。しかもそんなの全部が、仕入れ品を書類に記入して疲れ切ったところで場末のバーにたどり着いて、小さめのグラス一杯のグァバジュースしか頼む気になれないでいたところで起こった。

　バーの店主はジャケットもベストも羽織らないシャツ姿の若い男で、そのときは姿を消していた。給仕されるまで長いこと待たなくちゃならなかった。傷のついたレコードがワラチャ[*10]の曲を奏でていた。いつも同じところで音が聞こえなくなって、そうするとその男が、たまたま気づいたときには最初から掛け直しにくるのだった。

　私と話していた男の右頰が震えた。彼はまたハンカチで汗を拭って、一瞬だけ私は男の目を見た。真っ青できらきらしていた。

「あのさ、君に見せたいものがあるんだ。興味を持ってもらえるんじゃないかな」

　彼はジャケットのポケットに手を入れると小さなハンカチを出してテーブルにそっと置いた。確かめるように、左右に目を走らせた。バーのもっと奥にある他のテーブルでは、汗ばんだ何人かの船員と二人の労働者が意見を交わし合っていた。私の方は、男の誰かがあまりに馴れ馴れしくしてきたらすぐに席を立てるように、いつもの通り扉の近くに座っていた。身じろぎもせずにハンカチを見た。丁寧に、彼はそれを解(ほど)いてテーブルの上に広げた。布の窪みに詰め込まれ、ひよこみたいに寄り集まって、十個ほどのダイヤモンドがあった。ダイヤモンドの原石。人生で初めて見るものだったけど、すぐに値打ちも美しさもぴんと来た。

アントワーヌ　往復

カラカスから戻る間、私はデデに何も言わなかった。私自身、どうして熱に浮かされたようなあの男の話に乗ってしまったのか考え込んでいたんだ。四つのダイヤモンドが入ったハンカチに、帰り道ずっと胸を焦がしていた。税関吏が近くを通るたびに歯を食いしばって耐えた。帰還は滞りなく遂げられ、家に着いたら、手放す手立てが見つかるまで、ポケットにその石ころたちをただ入れっぱなしにしておいた。

名前さえ分からない、あのバーの男は、そこそこに高くて、けど法外ではない値で売り渡してはどうかと言った。彼の話はこうだった。いい値で買い取ってくれる宝飾店が、ポワンタピートルに一軒、グルナードに一軒、プエルトリコに一軒あるし、もし思い切れるのならキューバまで行ってしまえばさらに儲けを生める。彼はカリブ海全域の利に聡い仲買人を知っているようだった。こちらが商いをしているのに気づき、一緒に商機を狙いたいと思ったと彼は説明した。私が敏腕で果断に見えたから。いうなれば、カラカスは私のギアを上げてくれる場所だった。お金持ちのベネズエラ人が街の広々とした並木道を立派な車で散策していた。画廊も一軒あって、好奇心から立ち寄ったことがあった。ヴィフレド・ラム[*11]の画やヘスス・ソト[*12]とかいう人の彫刻を見たよ。これほどの造形、これほどの創意を前に、自分の目が信じられないほどだった。画廊とか美術館が何なのかそもそも知らなかったんだ。全く新しい世界が開けて、背中を押してくれている気がした。それも、お金持ちになったり、グアドループからおさらばしたりすることに向けてじゃなくて、ただ、揺らめく炎で私の若さを満たす、想定を超えたこの世界を生きることに向けて。私が独りで時間を潰していたあの薄暗いバーに現れて、美しくて純粋なものが古びたハンカチの中に入っているのを見せてくれたあの男は、聖母さまが私に届けてくれた知らせだった。

店は軌道に乗ってきていた。客たちは、カノチエ帽、テーブルクロス、何メートルもの綿布、そして遠征先から持ち帰ったさまざまな品物の前で立ち止まった。宝物を囲っているこの場所こそが私の城だった。あらゆるサイズのエプロンが揃っている日もあれば、ケルト音楽に合わせて踊る週末のパーティーのために仕立てられた、横畝(よこうね)のある生成り(きなり)色のブラウスを置いている日もあって、こちらは特権階級の女性客たちがフランス本国での滞在を見越して買っていった。何巻もの糸、束にして置いてあるジッパー、ミシン、さらには茶器セット、薬用の壺、それに革の鞄までもが、ランプシェードを作るのに使うようなクモガイのピンク色の貝殻の間に広げて置かれていた。

モルヌ＝ガランは遠くなった。押し黙ったような平原や退屈な長い夜も。私はポワンタピートルの似姿だった。惨めさと苛酷さの名残が、限りない力や新時代のお気楽さと、私の内で同居していた。

街全部が目に見えて発展していった。格子縞をなしている中心街には小屋の多くや数軒の美しい木の家がまだ並んでいたけど、年を追うごとに街はクレーンで覆われていき、コンクリートさまが居座り始めた。最初、それはフランス政府を称えるために造られた建物の表で威容を見せつけた。コンクリートってやつは、私たちを統べる国家そのものだった。労働者たちが持ち上げるその大きな袋はフランスから直接やってきた。そいつは、美しい邸宅を造るときには決まって使われてきたロッグウッドやバラタノキに少しずつ取って代わっていった。これらの木材は涼を保ってくれて虫を追い返してくれる。コンクリートは熱くなって、図体の大きな建物を砂糖作り用の窯みたいにしてしまう。そこが、脚がたくさん生えたムカデやヤスデが体を丸めて休む格好の場所になっていた。コンクリートの壁は黒ずむし、風や塩分や地震に襲われると、ひび割れる。しまいには大きな穴が空く。コンクリートはわれらが火の島には向いていなかったんだけど、すぐにはそうと分からなかった。要は、コンクリートはわれらが火の島には向いていなかったんだけど、すぐにはそうと分からなかった。要は、パリで使われていたものだったから、お偉いさんたちはご満悦だったし、間抜けどもは圧倒されていた。家で飼っている動物用にと、私たちはドイツから来た強力な殺虫剤を売りつけられた。朝な夕な思い切り吹きかけなくちゃならないやつを。室内は殺人的な石油臭を放ち始めた。結局、貧しい人たちはお金持ちの真似をしたいものだから、彼らもやはりセメントを夢見るようになった。慎ましく暮らす人たちが懐に十二フランを貯め込んでちっぽけな土地に堅い上物を建てるようになっていった。慎ましやかな小屋は工事現場に姿を変えた。セメントの表面を保護して四本の柱を立てるところから始めて、何年もかけて、少しまた少しとお金を注ぎ込んで事を進めていたんだ。これで近代化されるんだ！と言いながら。

さらに二十年早送りしてみよう。そうすると、ほら、こちらを食いものにする連中の時代だ。フランスの建築資材会社、ラファルジュのやりたい放題。ド・ゴールの命令で港に居座って辺りをセメントで固めていった。七〇年代には、すべての家が何かを約束するかのように空にも届きそうな鉄骨入りの柱を誇示し始めた。行く行くは子どもたちを住まわせようと建て増ししていたんだ。で、それがいつまでも終わらないものだから、塗装のために待ちぼうけを食わされることになった。コンクリートのせいで、太陽の下、至るところが灰色だった。田舎の奥の奥でさえ、そう、グラン・フォンでだって、セメント、セメント、って、みんな「フランス」かぶれになったみたいだった。

近代化というやつの初めの頃に話を戻そう。中心街では、サイクロンへの尽きない恐れ、地震、そして塗装したばかりの公的な大規模施設の土台を襲う高波が問題になっていた。コンクリート化こそが文明化だった。そこへ空港ができることになった。その完成を待つ間、港は片時も休まなかった。日曜、私は教会へ行っていた。その間、デデは、私が買ってきた品物でいっぱいになった大きな袋を肩に担いで、街の外を歩き回っていた。一日中、布巾やらハンカチやら、暑い中で十二時間担げるだけの物を持ち歩き、呼び鈴を鳴らしてはセールスを行っていた。彼が夜、くたくたになって帰ってくると、こちらは昼の売り上げを計算するのだった。

私はずっとダイヤモンドのことを考えていた。ポワンタピートルの宝飾店には行きたくなかった。あまりに無茶だと思った。だから次の旅のときまでおとなしく待つことにした。

アンギラ行きの船に乗った朝、私はあの四つの石の入ったハンカチを持って家を出て、いつものように、外甲板の、舷(ふなばた)に近い方に座った。波しぶきがかかったところで、帽子をしっかり押さえて笑ってやる。実際、その方が好都合だった。ブラウスが濡れているのを見ると、税関吏はうろたえて私をしつこく見られなくなったから。そうなると、検問が手短になった。足元の荷物についての質問をいくつかされて、それでおしまい。

かの地に着くと、初心者英語と、商人皆の魔法の言葉だったクレオールで、まずは売り物にする品を買い入れた。広大な浜辺のあるこの小島にはあまり人がいなかったけど、滅多にないホテルはどれもなかなかに豪華だった。私は主要道路を町まで歩いた。宝飾店を探していたんだ。派手に色づけされた木の家数軒と、赤さびに侵された車数台があるだけだった。私は諦めてサン＝マルタン行きの船に乗った。

船は真昼に着いた。辺りは飛んでいる波しぶきだらけで、停泊地の赤い岩肌は陽の光できらめいて、溶けているときの溶岩に似ていた。私はすぐに同じ島のオランダ領の方へタクシーで向かった。レストランが並んでいるところに一軒の宝飾店が見えた。

扉を押すと小さな鈴がちりんと鳴って、金髪の若い女がレジの向こうで頭を上げた。こちらを見て驚いているのが見て取れた。

「何のご用でしょうか」相手の口調は丁寧で、冷たかった。私は、店主に用がある、ご覧に入れたいものがあると言った。女と同じく金髪だけど、年嵩で眼鏡をかけている、背の高い男が現れた。

彼は頭から足まで探るようにこちらを見て、何が望みかと英語で尋ねた。私はカウンターに近づいた。目立たないように彼のオフィスで見てもらいたいところだったけど、まあいい。ハンカチをゆっくりと取り出して広げた。向こうは長い間、そこに載っているものを、頭を上げず、触りもせず、舐めるように見た。毒蛇を相手にしているみたいだった。それから何か尋ねた。どうやらそれがどこから来たものなのか知りたがっているのだった。私はベネズエラ人で、夫が川底を掘っていてこれを見つけ、私たちは盗んだことになるのが怖かったのだと言った。信じてもらえたかは分からない。「いくらにしましょう（ハウ・マッチ）？」と彼は訊いた。

私は米ドルの分厚い包みとともに店を出た。そんなものを見たのは初めてだった。敷居をまたぐ前に、向こうが私を呼び止めた。私は振り返った。心臓が激しく打っていた。彼は、その川でまたダイヤモンドを見つけてくれたら、関心を持ってくれそうなアメリカ人の客がいると言った。私は首を振ってよく分からないふりをした。

後になって、もしあそこで警察を呼ばれていたらまともな逃げ口上など言えなかっただろうと気がついた。ぞくぞくした。うっとりしたといってもいいぐらいだった。そして、カラカスに次に寄るときにもう一度このダイヤモンド売りを訪ねるかどうか考えた。

弟ちゃん

結婚した午後、タタールは宴(うたげ)に集まった家族に見せつけるべく、リュサンドに所有者の眼差しを絶えず投げかけていた。口にするたびにその言葉が二十センチずつ大きくなるとでもいうように、「妻が」と何度も繰り返した。姉さんは十九歳だった。笑顔が少し引きつっていたっけ。誤魔化(ごまか)しきれない秘めた思いがあるかのようだった。体に沿った、四角い襟ぐりの、こざっぱりとした生成りのドレスを着ていた。自分で縫ったんだ。すっきりとしていて仕立ても完璧だった。飾り気がないデザインに、服作りの才能が光っていた。エレアノールおばさんからくすねたアメリカのファッション誌に載っていたのをそっくりそのまま作ったに違いなかった。そんなわけで姉さんはバハマからやってきた歌手みたいになっていた。

　タタールは父なし子で、学がなくて、結婚相手の母親に気に入られそうなところがまるでなかった。彼は父親のイレールさえ説得すればよかったから、ラム酒一瓶とドミノ札を一揃い貢いで同意を取りつけた。彼にはまた、肌色がとても明るいという利点もあって、エゼキエルのおばたちが彼を見て、姉さんにこう言ったほどだった。「この色に生まれたら、子どもたちは苦労せずに済むよ」

　リュサンドはモルヌ＝ガランできちんとした結婚式を挙げたがっていたけど、あの人は、父さんの牛の糞だらけの、でこぼこの庭がある俺たちの小屋を恥じてもいた。もっとましなものを望んでいたんだ。特に、招かれたルベック家一同のうち少なくとも二人、エレアノールとその母アドーズが出席するつもりだと知ったときには。

イレールは役場の隣の小さな庭で食事会を催す許可を得た。役場の長のジャンパノーさんは父さんにはいやと言えなかった。それで俺たちは、きちんと刈り込まれた柔らかな草の上に置かれた、サポジラの樹と杏の樹の立つ中にある、二本の壮麗なゴムの樹の下の白い長テーブルに落ち着くことになって、俺はといえば、あの頃の自分には何とも言いようのなかったある種のメランコリーに囚われていた。食事の後は、モルヌ＝ガランから数キロのポール＝マオンの浜辺でお祝いを続けなければならなかった。

アドーズ、ノノールさん、その夫のルネ、そして夫婦の娘のアニーがルベック家側の代表だった。ポワンタピートルからわざわざ揃って出てきてくれた。エゼキエル家の者は三十人ほどいて、忙しなく料理を突いていた。アントワーヌもいた。くびれた腰と引き締まった脚を引き立たせるサフラン色のドレス姿が華やかだった。サンダルを履いていて、これが彼女にとっては相当な骨折りだった。デデはその隣にいて、人のよさそうな様子で笑い、まずは新郎新婦、続いて「巨艦」を称えて乾杯していた。

アリスティップが通りかかったところをイレールに招かれたことはさておき、すべては予定通りに行われた。この突然の客は気位の高い男で、目立ちたがり屋だった。モルヌ＝ガランで唯一の通りで呼びかけられると、決して振り返らない代わりに、通りの真ん中で立ち止まって人差し指を掲げ、高らかにこう言うのだった。「挨拶したい者は前へ出られたし！」彼は俺たち子どもに受けていた。芝居がかった歩き方やいつも優雅な装いに加えて、話が面白かった。あの人はあそこでは数少ない気晴らしの一つだった。

席に着くと、彼は自分の皿の横を拳でがつんと叩き、突然立ち上がって怒鳴った。

「赤隠元豆(あかいんげんまめ)の飯を俺に食わせようとしているのはどいつだ、それもこのめでたい席で？　俺のことを、ろくでもないもので腹をいっぱいにしなきゃならない浮浪者か何かだと思ってるんだ！」

怒ったリュサンドは、聞こえなかったふりをした。大人たちは再び席に着くのを拒むアリスティップをからかった。鼻っ柱を折られて震える叫び声で出席者たちに尋ね続けた。

「俺を口も利けないほど怒らせたがっているのはどいつだ？　今日この俺さまを蔑(ないがし)ろにするのは？」

「ああ、アリスティップ！　リュサンドの結婚式なんだ、不貞腐(ふてくさ)れないでもいいじゃないか！　アリスティップさん、あんた、巨艦さんを困らせようっていうのかい！」

少しして、父さんが割って入った。席を立たずに、残念そうな舌打ちを長々と響かせて、目を閉じて、大きな手の片方で額を押さえ、もう片方でアリスティップに向かってハンカチを振って言ったんだ。「皿に装ってあるやつ、食べてくださいよ！　おいしいんだから。夜通し仕込んだんですよ」父さんは台所で何が起こっていたかなんて全然知らなかったのに。

アリスティップはゆっくりと席に戻った。婚礼の場でお伺いを立ててもらえたことに満足したのと、実をいえば、とびきりおいしい山羊の香草煮込みと熱々のご飯にご満悦だったから。ジャンパノーは盃を掲げ、当たり障りのない挨拶をして、新郎新婦をうっとりさせた。

俺が要求されたのはお定まりの通り、着ていると暑苦しくなる暗い色の子ども用スーツ姿で、椅子の上で動かずに背筋を正していることだけだった。だから動かずにいたけど、アドーズがやってきて近くに座ると、風向きが変わった。俺はこの、母さんの姉をまじまじと眺めた。それまで一度も会ったことがなかったのか、思い出せないだけなのか。褐色の髪をシニョンに結っていて、青白い顔で、娘と同じ灰色の目をした小柄で華奢(きゃしゃ)な女性だった。母さんについて訊いてみたくて仕方がなかったけど、できなかった。向こうはついに視線を下げて俺にこう尋ねた。

「ねえ、どうしたの。口を利けないわけじゃないでしょう」

「利けます」

「どうしてそんなふうに私を見るの」

「……」

「答えてったら！　私のこと覚えてないの？」

「その……母のお姉様ですよね」

向こうは俺が何か無礼なことでも口にしたかのようにため息をついてから、こちらへ向き直った。光が溶け込んでいるみたいな目だった。硬い口調で、彼女は言った。

「そう、あなたのおばのアドーズよ。今日は妹のために来たの。あなたが知らないあの子のために。リュサンドのためでもあるけど。かわいらしい子なんだもの。学校の勉強はきちんとやってる？」

「はい」

「じゃあ……詩を暗唱してもらえるかしら」

からかっているつもりなのか、エゼキエル家の者は根っからの無教養な田舎者だということを横に座っている自分の娘に見せつけようとしているのか、それともただの出来心からなのか、見当がつかなかった。俺は頭の中から使えそうなものを探し出して、緊張する喉で唱え始めた。

「冬なのだ、夜、暖炉のそばでのことなのだ、炎がその魂の奥の過去を照らすのは[*13]」

それが覚えているもののすべてだった。暗唱を切り上げた。相手はこちらを見つめて続きを待っていた。何も言わずにいると、彼女は娘の方を向いて言った。

「この子、ユーラリーの面影がある。私のところに写真があるから見せてあげる」

電流が走ったような気がした。母さんの写真があって、俺たちはそれについて何も知らなかったんだ。あるいはイレールはそれがあるのを知っていたけど俺たちに言わない方がいいと思ったのか。とにかく、俺はすぐさまその写真を、どうしても見たくなった。

アドーズはエレアノールについての話の輪にまた入ってしまっていて、こちらには背を向けていた。俺は思い切って言った。

「おばさま、僕もそれ、見ていいですか」

視線がまたこちらに戻ってきた。お邪魔虫だと言わんばかりだった。

「何を見たいって?」

「写真です」

「ユーラリーの? 駄目に決まってるじゃない。家族写真だし、とても傷みやすいんだもの。折られちゃうかもしれないし。それに私に残されたあの子の形見はあれだけなんだから。エゼキエル家のあなたたちがあの子が持ち込んだものを全部横取りしていって」

「気をつけますから」

「お利口さんにしていたらそのうち家に呼んであげる。あなたがどんなふうになっていくか、あなたがあの子の名に恥じない子なのか見定めないとね」

「それって……近いうちじゃないですよね」

彼女はあいまいな素振りを見せて娘の方へまた向き直った。俺は怒っていた。写真は、ユーラリーの子どもの俺たちに当然返してもらえるものだと思っていた。しかも俺には母さんの思い出が何もない。姉さんたちについては、少なくとも記憶の中には母さんがいる。なのに母さんのことを話してほしいと頼むと、アントワーヌは早々に言葉に詰まるし、リュサンドは彼女をおとぎ話の王女さまに仕立て上げる。

どきどきしながら、俺は姉さんたちと父さんがテーブルの反対側の端で忙しそうにしているのを霧の向こうのことのように眺めていた。白点、黄点、褐色の点。婚礼の残りの時間は、すぐにその写真を見る手立てを考えるうちに過ぎた。手に入れたいわけではなかった。母さんの顔をただじっくりと見たかった。その日から、孤独な子どもたる俺には、それが強迫観念になった。

リュサンド

うぅん、その写真の話は覚えていない。お父さんはその頃九歳ぐらいだったの？　そうすると、家を出てポワンタピートルのアントワーヌの家に住み始めた少し前か。弟がモルヌ＝ガランで寂しさを感じているのは分かっていたけど、まさか写真のために父さんを置いて出たとはね。本当に？　どのみち、あの頃は他に片づけなきゃならないことがあったし。まあ続かないだろうと思ったから、彼との結婚生活は。タタールは文字を読むことも計算もろくにできない無作法者だったけど、私は実際、彼と結婚したかった。あんな明るい色の肌の男と一緒だったら一目置かれるだろうと思ったから。

婚約期間中、二人で散歩しているとき、自分の腕の中で誇らしげにしている私を、彼は、自分の母親と住んでいる家の入り口に来るまでずっと、隙を見ては壁に押しあてていた。その弄（まさぐ）るような手つきは、一緒に堅信を受けたエゼキエル家のいとこを思い起こさせた。アントワーヌと私は、子どもの頃、彼女の家へ泊まりに行っていたものだった。アントワーヌも笑いながらそう言っていた通り、いわゆる「レズ」だった。いつも私たちの股間を撫で回そうとしていて、ベッドの中では彼女の手首を押さえておかなきゃならないぐらいだったんだもの。でもタタールの愛撫には甘い言葉がついてきたから、少し好きにさせてあげてから手早くキスして差し上げて、逃げるように立ち去っていた。

ある日、彼はパン屋に電話をかけてきて、自分の母親の家に小包が届いているのですぐに取りに来るように言ってきた。行ってみると、母親もいなければ小包もなかった。

「来なよ、かわい子ちゃん」彼は扉を閉じながら言った。私は腹を括った。とはいってもそれとなく抗いはしたけど。「いいかい、僕たちは婚約者どうしなんだ」と彼はつぶやいて私を寝室へしょっぴいていった。

彼に性格が悪いと言われるのはいやだった。どうやって向こうが自分のズボンの留め金を外しながら私のワンピースをたくし上げおおせたのか分からない。だってこちらは誓って手を貸していないんだから。相手は私の中に入ってきて、私が愛想笑いを浮かべている間にせっせと事を済ませた。それから、立ち上がってあっさりと言った。「じゃ、もし痛かったならごめんね。酢水であそこを洗っておけば大丈夫だから」

この酢というやつは、股間で起こるあらゆることへの、十三歳以来耳にしてきた唯一の対処法だった。私は出ていく前にワンピースの状態を確かめて、で、どうなったか。数週間して、妊娠しているって気がついた。初めの一回で、よ。ついてないでしょう。タタールに言ったら、向こうはしかつめらしい顔になって、子どもは十人よりももっとほしいぐらいだと宣った。それで、できるだけ早く彼と結婚しなければならないけど、この男と一生をともにはするまいと思ったわけ。

結婚後、私たちは市内に引っ越した。中心の方じゃなくて、ヴィクトル・ユーゴー通りの端の端。水道、バス、トイレつきの、しっかりとした建物が立ち始めた地区だった。私は得意になっていた。タイル張りになった一角にシャワーがあったんだもの。換気設備がなくて、しかもそこで下着を乾かしていたから、いつもかびの臭いがしていたけど、やっぱりいいものではあった。

結婚後初の買い物はミシンだった。裁縫に入れ込んで他はどうでもよくなった。タタールも、本当ならこんなに早くほしくはなかった子どもも。で、自由の身になったことだし、アントワーヌに連携の話を持ちかけたの。向こうは商いをしているし、私の手はすごいものを作りたくてうずうずしていた。ショーウィンドーに飾らせてもらった服には早々に買い手がついたし、仕立ての注文も来た。

工場での一日が終わって、タタールが私に会いに店へ来ると、私が山のような布と針の中で跪いているのを見る羽目になることがよくあった。彼は首を横に振って去りながらこう言ったものだった。「今夜は何か温かいものが食べたいな。さっさと帰ってきてよね！」。私は彼に食事を出しに帰って、ときにはそのすぐ後に仕事場に戻ったりもした。タタールは、私が持ち帰るお金と、家で穏やかに待っていて次々に子どもを作ってくれる妻を娶（めと）らなかった後悔の間で引き裂かれていた。

アントワーヌとの連携は割とうまく行っていたけど、長くは続かなかった。あの家の散らかりぶりときたら。ちょっとした見ものなんだから！　どうしてあの人は、そこかしこに積み重なっている下着の山や包んだままになっている鞄の間で迷子にならずにいられたのかしらね。がらくたの只中に立って、脂（あぶら）っこくてひどく臭う鱈のフリットを食べてはどこかしらで指を拭っていた。そのうえ、彼女が怪しげな売春婦やらピスタチオ売りやら通りにいるありとあらゆる人たちと扉を開けたままで延々続けるお喋りを、こちらも聞かなくちゃならなかった。

いけると踏んだところで、私は抜け駆けした。何か月かすると、コネが少しばかりできた。私も自宅で客を取れそうだし、ついでにタタールを少しはなだめられそうだと思った。

ヴィクトル・ユーゴー通りの家で一人目が生まれると、女中を一人雇ってもいいだろうという気になって、私は仕事に文字通りのめり込んだ。私のミシンは聖書のように奉られるべきものであって、ご飯の種であって、タタールと喧嘩しているときの避難所でもあった。型紙が持ち込まれると、それをお客さま方の腰にぴったり沿うように直した。

少しずつ、私が作るドレスやスーツは街で開かれる祝宴で見られるようになっていった。女性たちはそれを、結婚式、洗礼式、海辺に新しくできたホテルでのささやかな歓迎会、さらに空港の落成式でも着ていた。まずはおばやいとこ、それから友人、友人の友人、公証人や歯医者の奥様、そして、ついでのあったマルティニークの社交界の白人たちが買い入れた。いつも旅して回っている、大地主だった白人たちの子孫と裕福な市民たちは、以来、事あるごとに服を注文するようになった。さらには一部の黒人たちもそれを真似したがりだした。礼服を作るかお医者へ行くか、どちらかを選ばなければならないような人たちも。

あのね、あの頃、社会保障とか年金とか健康保険とかは、グアドループでは言葉からして知られていなかったの。あそこの人たちが知っていたのは、やることが出てくるたびに細々（こまごま）とした仕事をする何でも屋の大工やダルブシエの工員が週払いで給金を受け取っていることぐらいだった。夫の話を受け売りする私の上顧客たちによれば、社会保障などというのはフランス本国が打ち出した悪魔的新機軸で、この島に導入されたら黒人たちをさらなる怠惰へ導くだろうとのことだった。私は、敬意と誇らしさの入り混じった気持ちから、ノノールとまた会うようになっていた。私だって若い娘っ子たちを雇い入れられるようになったし、自分の下着を自分で洗うことも、やっぱりもうなくなった。どう、なかなかのものでしょ？

何日にもわたる試着と仕立て直しの中で、私はさまざまな年代の女性たちの腹心の友になった。最も大切なお客さま方には本当に気を遣った。口に針をたくさんくわえて、裾を触るために膝をつきながらも、彼女たちの話を聴くことは心得ていた。私には、自分の夫の愚痴を言い、可哀想な自分を演じ、相手の生き様を上々に見せてあげる術があって、おかげで客は得意にもなれば安心もした。質問したり、意見したり、必要があれば驚いてみせたりもした。最もお金のある人たちに対しては、あらゆる望みに応じた。私は少しばかり馴れ馴れしく振る舞ったけど、私の服できれいになれるものだから、彼女たちはそれを許してくれた。

ポワンタピートルの市長夫人にだって言っていた。「腕を上げて!」、「爪先立ちして」、「歩いて。そうしたらここがどんなふうになるか見たいの」、「いいえ、頭をもう一度上げて!」。プランテーションの相続人の女性の言葉を遮ってこちらの考えを言ったりもした。「襟が大きすぎる。直して差し上げなくちゃ」、「ジッパーよりもボタンで留める方がずっと優雅に見えるわ。この柄にだったらボタンは薄紫かしら」、「胴回りにバンドを裏打ちすればプリーツが保てるけど、それには四キロ痩せないとね、お嬢さん!」

彼女たちは、反抗的な黒人を従わせなければいけないとか、労働組合が不始末をしでかしたとか、フランス本国への旅が楽しかったり疲れたりしたとかいうことを遠慮会釈なく話した。どうってことないの。あの人たちはそういう悪口を聞いてもらう相手に私を選んだってだけ。人生なんてそんなふうに進んでいくもの。あなたのお父さんは私がこんなことを言ったら憤るんだけど、実際、嘘も方便っていうじゃない。初めの財は盗むもの。私は億万長者になんてなったことないけど、言おうとしていることは分かってくれるはず。白人たちがあそこでどんなふうにやってきたか見てみさえすれば。グアドループっていうところはいつだって嘘だらけの土地だった。私たちに襲いかかって来る人たちは他の人たちよりさらにずる賢いの。ええ、もちろん、あなたなら、彼らはいつも自分たちの側に権力を留め置いていて、自分たちの都合でルールを曲げるんだって言ってくれると思う。そうね、それにしても私たちはずる賢くなくちゃいけない。知恵を働かせなくちゃ、貧しいお人好しになるしかないんだから。

少し経つと、たくさんの客が小さなリビングにお茶を飲むためだけに来るようになって、こちらはいつもその後しばらくして注文を受けるものだから、何人かの子たちに手伝いを頼んで、私はずっと話しっぱなしで裾やボタン穴を準備していた。私のそばでひとときを過ごすのは愉快だっただろうと思う。私はきれいだったし。アントワーヌみたいに美しくはなかったけど、ずっと身ぎれいだったんだもの！　疲れた様子を見せることなく、いつも面白いねたを一つは持っていて。生活のために、お客さまには、どんなに貧しかろうと即金払いしてもらっていた。白人には、お金のあるなしにかかわらず比較的甘くしていた。あの人たちのおかげで人脈が広がっていったから。知恵といえば、友人に、私のビジネスライクなやり方に眉をひそめていた人がいたけど、来客皆が私の家で楽しんでいたから、しまいにはいいんじゃないかって思ってくれるようになった。こんな言葉の才をアントワーヌと私が持ち合わせているのはきっと、駄弁を弄するモルヌ＝ガランのすべての弁士たちの中で一番の弁士だったイレールの話を散々聞いたからだと思う。

アントワーヌ

ご清栄

カラカスへ戻ると、私は少し心許なさを感じながら、同じ時刻に、同じバーへ立ち寄った。人気はほとんどなかった。店主も何キロか先まで出かけていたようだったけど、ワラチャはやっぱり流れていた。見事な音楽だよ、ワラチャは。私もずっと好きだった。何でもないふりをして、待った。何をしたかったんだろうね。もしかすると単に、ダイヤモンドを無事に転売できた顚末をあの男に語り聞かせたかったのか。

ポワンタピートル行きの船は一時間後に出る。私はまだ考えていた。こちらは向こうの名前も知らなければ、顔の輪郭だって完全には知らない。三十分して、がっかりしつつもほっとして港を発つつもりでいたところに、彼は不意に差した影みたいに現れて私の前に座った。初めてのときと同じだった。

彼は前より少し痩せていて、顔が汗で薄く覆われて光っていた。顔の上の方が隠れるようなあの帽子を相変わらず被っていたけど、私は彼の青い目を追っていて、自分が彼を美しいと思っていることに気がついた。向こうは何も言わなかった。スーツは皺くちゃで、長すぎる髪は耳の辺りで輝く金色の光輪みたいになっていた。

「で、どうかな、暮らし向きは？」相手はついに口火を切った。

「ダイヤモンドが売れました」

彼はとっさに顔を上げて辺りを見回したけど、私は大きな声で話してはいなかった。向こうは首を縦に振った。私は話を続けた。

「お名前は？」

「アルマン」

「名字は？」

「教えない」

「ああ、これ、あなたの分です。単刀直入に言っちゃいましたけど。船がもうすぐ出てしまうから」

相手はポケットに手をゆっくりと入れて例のハンカチを取り出すと、背筋を正して、テーブルの上でそうっと広げた。私は胸がつかえたみたいになった。お互い数秒間押し黙って、それから私が尋ねた。

「どうしてまた出てきたの？」

彼は笑いを漏らした。

「こいつに興味がある人は他にもいるんだから」

今度の二つは小さかったけど、きれいに光り輝いていて、子どもの涙の粒みたいだった。取引は手短に済んだ。私は支払いをして石をポケットに突っ込んだ。他にも訊きたいことはあったはずだけど、そんな時間はなかった。相手を席に残したまま鞄を持って店を出ると、港へ早足で歩いていった。

私は慎重になっていた。石を売るのに同じ場所へもう一度行きたくはなかった。十五日後に、ババマのナッソーへ赴いた。

ヨットや澄んだ水の中でエイと戯れるダイバーを見たのはそのときが初めてだった。私は大きなホテルの門と贅沢品の店が代わる代わる現れるアーケード街に入り込んだ。プリント地の短いワンピースを着た白人の女たちがいた。色とりどりの花みたいに軽やかだった。これみよがしにサングラスをかけて、麦わらの大きな鞄を肩から提げていた。あと、背が高くて陽に焼けている男たちもいて、白い靴底の布靴を履いていた。みんなお金持ちそうで、街角で女性の誰か一人を呼び止めてダイヤモンドを直接売りつけたくなるぐらいだった。買い取ってくれたのは、海岸通りの裏にある舗装された小さな広場の宝石商だった。カラカスで払った額の三倍のお金を手に入れた。

私はポワンタピートルで平穏に暮らす術を、それ以来持つようになって、デデは結婚の話をしてくるようになった。私は結婚なんて全然したくなかった。この数か月で、自分は一度もデデを本当に愛したことはなかったと分かった。単に情が移っていただけだった。彼は私を支えてくれた。こちらが留守の間も商いを回してくれていたけど、彼に結婚の話をされると、こちらは空へ目を向けていた。

私たちがシュルシェ通りに居を構えてから、もう二年になっていた。ある日、彼はウェディングドレスを持って帰ってきた。ピロットさんの助言に従ってフレボー通りで買ったのだった。向こうは自分の買い物に満足していた。面食らって、私は言った。

「ああ、え、そう、じゃあもう結婚するって決まっちゃったってこと?」

「いや、した方がいいでしょう。まだ何かあるの?　八月には結婚できるよ、雨季になる前に」

「そうねえ、神さまがそう望むなら」私は肩をすくめて答えた。

その少し後、デデの母さんが私に会いにやってきた。自分の息子が留守なのを知ってのことだった。眉をひそめて、店の真ん中に座り込んだ。こちらは木の輪に生地見本をかけている最中だった。私はグラス一杯の水を差し出した。気乗りはしなかった。このところ彼女によくこき下ろされていたから。ご近所さんを相手に愚痴を言っていたんだ、息子が使用人にされてしまったって。陰では、私のことを「元首さま」と呼んでいた。デデは嫌がるんだけど、私の大きな足をさりげなくからかったりもした。ウェディングドレスが、椅子二脚の間に広がってあった。

彼女は結婚のことで文句を言い始めた。招待客のリストさえ作っていないものだから、祝宴に誰が来るか分からないとか、それで式がうまく行かなかったら恥ずかしいとか、いついつから式を待ちわびているとか、積もりに積もった不平不満をそんなふうに何分間もくどくどと言い続けた。

向こうが腹を立てるのを承知で、私はぞんざいに答えた。

「お母さん、そんなことに拘っているほどこちらは暇じゃないんです。来月にでも考えましょう」

「来月？　だけど、実のところいつ結婚したいの？　今から二か月後って話だったよね」

「いえ、もっと先でしょう。ここの仕事もありますし」

「もっと先ってのはどういうことだい？　うちのアンドレがもうどれだけ待ってると思ってるんだ。四年も五年もお預けを食らわせるつもりかい？」

「もう半年はお待ちいただこうかと」

「そうさ、そうして年増になるがいい。初めの頃は私たちのところに住み込ませてもらえればそれで満足だったのにね」

「もっとお金がほしいのでしたらおっしゃってください」

「問題なのはお金じゃない。日取りだよ！　あんたの父さんにしてもさ、なあなあにしておきたいのかね」

「父は、婚礼費用は払うと言ってます。それでも駄目ですか？　どうしてそんなにお急ぎなんです？」

「結婚もしないでふらふらしているのをやめてもらわなきゃならないからさ。落ち着きたいって言っているのは自分じゃないか。司祭さまは何て言ってるんだい、あんた、いつもミサに入り浸っているんだろう？」

「お母さんが気にしていらっしゃるような人たちはそういうことをおっしゃるんでしょうけど、私はそういうのどうでもいいんです」

「何を考えているんだか」

「すべきことをし終えたいだけです。今、ここで」

「で、そのあとは？　それって結婚したいかどうかよく分かってないってことだよね、うちのデデと。なのに、あの子をこき使う。朝な夕なさ！」

最後の一言が癇に障った。デデが私に乗ってくるたびに事が終わるまで横になってあげていたのは誰？　私は相手の方へ向き直った。この人は、私のおかげで自分の息子がどれだけ昔よりもいい暮らしをしているか分かっていなかったんだ。突然、もうたくさんだと思った。この一家の皆が憎らしくなった。私は少しずつこの家の人たちのことを知るようになっていた。いとこにしても、おじにしても。税関吏をしていた出世頭を除いては誰も彼も貧乏暇なしで、釘拾いをしたり、日雇いで農作業をしたりしていた。そんなわけで、長いウェディングドレスを引っつかんで丸めて脇に抱えると、ためらうことなく陽の光で圧しつぶされそうな通りに飛び出した。

彼女は追いかけてきた。私は荷台を土でいっぱいにした大きなトラックのところまで歩いていった。ちょうど古い裁判所を改築していたんだ。そこでドレスを荷台に投げ捨てて、自分の店の方を振り返った。せいせいした。胸のつかえが下りたと思った。私の周りでジグ[*14]を踊るみたいに体を揺すっているデデの母さんのことなんて顧みるどころじゃなかった。

「やっちまったね！　そんなことをしたら罰が当たるって知らないのかい？」

「そうおっしゃるなら、息子さんはあのド・ゴール夫人と結婚させせればいいんです！」私はそう叫ぶと、相手の鼻先で店の扉を力任せに閉めた。

向こうは扉の向こうで長いこと動かずにいた。私は知らないふりをしていたけど、見られていると思うと気分が悪かった。その後、彼女は一か月間一度も来なかったし、デデとはやっていきにくくなった。デデは私を恨んでいた。働きたがらなくなった。お気楽に過ごすことと何もしないことを当然のように要求したけど、ともに一つの畑を耕すって、そういうことじゃないよね。私はいつまでもこちらを責め立てるデデにいらだっていた。ある夜、私たちは最後の喧嘩をした。こちらが繰り出したパンチが背骨に命中すると、相手は振り返りもせず逃げていった。通りの果てまで叫びっぱなしだった。こうして私たちの共同生活は終わった。私は満ち足りた気分で扉を閉めた。

そんなことをしている間も、あのアルマンとハンカチの中のダイヤモンドが頭を離れなくて、私は、次の船で彼に会いに行こうかと考えた。

弟ちゃん

ユーラリーの写真があると分かったから、俺は、たった数分間であれ、それを自分の手に収める計画を立ててみた。母さんの母親を丸め込むのに最も力になってくれそうな人はエレアノールだった。だから彼女とお近づきになって、彼女が、アシール＝ボワヌフ通りにある、クレディ・マリティームの上階の、錬鉄製のバルコニーがついているアドーズの家へ俺を招いてくれるようにしなければならなかった。うまい具合に、こちらは一年遅れで七年生[*15]に復学することになっていた。アントワーヌとリュサンドのとんでもない思いつきのせいで、一学校年度の間、寝床にはりつけられていたから。

その前年、あの人たちは何の病気のためなのかよく分からないワクチンを俺に受けさせようと思い立った。医者には来てもらいたくなかったから、近所の女の人に注射を打ってもらうことに決めた。ときが来て、そのご近所さんは僕をじっとさせると太腿の上の方に針を手加減なく深々と突き刺した。俺は叫んだ。彼女は、過敏な子だとかぶつぶつ言ってから、こちらにお代を支払わせるとそのまま去った。俺がずっと痛がり続けていたものだから、姉たちは小さなトカゲが生きたまま入れてある温かいミルクを俺の喉に注ぎ込んだ。翌日には、歩けなくなっていた。アントワーヌがついにジャンパノーを呼んだ。この役場長は地域の医者でもあった。彼は静脈炎の初期症状だと診断し、無期の絶対安静を命じた。

いつまでも、俺は椅子の上で脚を伸ばしてテラスの縁に座ったままでいた。イレールはお湯に浸した濡れタオルを朝な夕な当ててくれた。そんなわけで授業に出られなくなって、俺はますます退屈するようになったし寂しくもなった。何か月もの後にまた歩けるようになった。飛び跳ね気味に、それからほぼ普通に。でも、大きくなっていっても、その脚はもう一本よりも少しだけ短いままだった。

モルヌ＝ガランのふんだんな自然や、巨大なココナッツのてっぺんまで誰が一番速くよじ登れるかをわんぱく仲間どうしで競い合うことや、ザリガニ釣り対決なんかは、思春期に近づくにつれどうでもよくなっていった。母さんの不在がどこまでも辛かった。俺はほとんど話さなかった。ザミュイさんも父さんも、自分でもうまく言葉にできないこちらの心持ちなど分かってくれっこないと思ったから。俺がおとなしく、行儀よくしていれば、イレールはご機嫌だった。

ここに来て、ポワンタピートルへの出発が、内側から喉を締め上げてくるものから解き放たれる唯一の手段だと思い至った。復学にあたってポワンタピートルの学校に通わせてほしいと父さんに頼んだ。アントワーヌは寄宿してよいと言ってくれた。イレールは、毎週日曜に帰ってくるなら、と認めてくれた。

商いにかかり切りになっている姉の家で暮らして、俺は少しばかりの自由を手に入れた。ポワンタピートルの街角ではほとんど誰も俺を知らなかった。港の近くをよくぶらついた。いくつもの白い塊のような商船に目を丸くしたものだった。陽の下でひどく大きく見えたんだ。その横には、第一次観光ブームに乗った客を運ぶ豪華客船が何隻か並んでいた。ニス塗りの木で内張りされた船室では三つの言葉が流れていて、休暇を楽しむ人々がのんびりしているに違いなかった。彼らは係船ドックに下りてきて、市場のスパイスの香りを嗅いで、売り子たちのわざとらしいおべっかに踊らされるがままになるのだった。

夜には、客たちは来た客船にまた乗り込んで別の島へ移っていった。あらゆる港が彼らの記憶の中で混ざり合っているに違いなかった。グアドループは停泊時間が最も短い島の一つだった。きらびやかなキューバ、そこはかとなく美しいジャマイカとハイチのそばにあっては砂粒みたいなものだったから。ハイチは、その栄華と貧困もよく話に上っていたけど。

ポワンタピートルで俺は初めて真の友に出会った。イヴァンだ。三歳年上だった。目端の利く少年たちに囲まれた年若い統率者で、それが俺には魅力的だった。周りをうろついている俺に目を留めて、仲間にしてくれた。中学生で、続いて高校へも行くという話だった。それは、彼にとっては決まりきった将来だった。風が枝々を吹き抜けるぐらい自然なことだった。高校生なんてあの頃は珍しくて、そんな将来が約束されている彼がさらに素晴らしく見えた。イヴァンは学校の教師になりたがっていた。自信があってひょうきんで、引っ込み思案だった俺を引っ張り出して叙事詩の世界へいざなってくれて、俺は興奮して息もつけなくなったり、うっとりしたりした。俺たちが落ち合うのに約束は不要だった。うまい具合に会えたんだ。歩道に座り込んで、西部劇の漫画雑誌『バック・ジョン』やキット・カーソン[*16]の冒険譚を彼の肩越しに読んでいた。

俺がイヴァンのところへ通い詰めているのは、むしろ歓迎すべきこととされていた。彼の姉が医学の学位を取ったばかりで、それで彼の家族全員が威光を放って見えたから。両親と八人の子どもたちはなかなかに貧しかったけど、強い絆で結ばれていた。彼らは街の高所の場末で暮らしていた。父親は地域の顔で、口がよく回るから皆がお頓知（とんち）さんと呼んでいた。お頓知さんは求められれば誰彼なしに助言を与えていた。弱きを助ける正義漢で、工場でもめごとが起こると憚りなく声を上げ、しがない人々が政治意識を欠いているのをいつも残念に思っていた。

お頓知さんは漁師だった。メカジキをはるばるアンティグアまで追いかけていて、船に乗ってとても朝早くに出て、翌々日、夜になるまで戻らないこともよくあった。きつくて危険な仕事だった。食い扶持を稼がせてくれる巨大な生き物と戦わなくちゃならなかった。ある日、彼は首に血だらけの布切れを押し当てて海から戻ってきた。広い海に独りでいたところでメカジキの長い口先が喉に突き刺さったんだ。もう話せなくなってしまうんじゃないかと皆が思ったけど、政治と爽やかな弁舌への彼の情熱はそれを凌ぐものだった。

仕事がないときは、読書をしては息子たちにその感想を語っていた。イヴァンが、中学で文学の夕べなるものに参加していると話していて、俺はそれがとても気になっていた。それは、読んで情熱を掻き立てられたものについて自由に話せる場所があるということだった。それだけのために、すぐにでも六年生になりたかった。

俺は、チョーク、販促目的のイラストやロゴのはいったデスクパッド、インクを挿されたがっているペンなんかをまた目にすることができて嬉しかった。放課後にはイヴァンが待ってくれていて、道すがらずっと路上サッカーの勝負をしながらアントワーヌの家まで帰った。それから彼は自宅へ向かっていった。道の突き当たりに差し掛かるまで手を振りながら。ある日、二人で歩道に座っていたときに、俺は例の写真の話をした。彼の機敏な精神は、始められるかもしれない冒険の匂いをすぐさま嗅ぎ取った。

「なあ、その写真さ、絶対に取り戻そうぜ！」と、彼は飛び跳ねながら叫んだ。翌日、彼に言われて俺はアドーズが住んでいるところまで彼を案内した。向かいの歩道から、訳知り顔でバルコニーの高さを目測した。

「樋をよじ上れば行けるだろ」

「笑わせるなよ！　俺もやってみたんだ、どきどきしながらさ。無理だって」

俺は首を激しく横に振った。臆病だったからこの手のことをしでかすのは気乗りがしなかったし、アントワーヌやら、リュサンドやら、イレールやらが、俺がそんなことに手を染めていると察したら、どんな大惨事になるか目に見えるようだった。俺は、ルベック家がエゼキエル家にそもそも抱いている不信感について大まかに話した。相手はこちらの話を聞き流してから、アドーズおばの家を見つめたまま、こちらが呆気に取られている前で、一言一言を噛み締めるように、こう言い放った。

「住処(すみか)は影に満ちつつ、仄暗い黄昏(たそがれ)の向こうの何かに照らされているようでもある」[*17]。それから、しかめ面(つら)でこちらを向いた。「おかしいだろ、その人が君の母さんの写真を持ってるなんて。馬鹿馬鹿しいけち根性とブルジョワの偏見に囚われているんだ。明日の放課後、俺の家で落ち合おう。どうすればいいか考えておくから」

翌日、俺は、イヴァンの家のある小山を迷路のように囲んでいる細い街路を急ぎ足で抜けていった。中腹から、街路はぬかるみ道になっていった。彼が住む小屋は、道の突き当たりの、簡易なタール舗装をした地面に建っていて、雌鶏が敷居のところに巣を作っていた。俺は扉を叩いた。親友の母親がお決まりの惜しみない笑顔で迎えてくれた。俺は彼女のお気に入りだった。トゲバンレイシのジュースを出してくれて、子どもたちのうち下の二人が遊んでいる居間で陽射しを避けて待っているようにと言ってくれた。窓越しに、俺は窪地にある桁外れに大きなポワンタピートル国際空港の建設現場を眺めていた。クレーンとパワーショベルを「装填」された滑走路が伸び広がっていた。

イヴァンがやって来た。息を切らして笑っていた。ランドセルを部屋の隅にぶん投げて、家の裏の大きなマンゴーの樹のところまで俺を連れて行った。

「二か月後はカーニヴァルだ。君のおばさんはきっと一日中家を空けているだろう。君はそのときまでにおばさんが何時にどのあたりへ行くつもりなのか調べておきさえすればいい。そうしてくれれば俺がおばさんの家に戻るまでどれだけの時間が取れるか分かるから」

「イヴァン、俺、本当にそんなつもりじゃ……」

「あのさ、俺はただ君が持つべきものを取り返しに行くだけなんだ」

そのとき、お頓知父さんが俺たちを呼んだ。彼は子どもたちと議論するのが好きだったし、喜んで俺を混ぜてくれた。新鮮だったのは、彼がよくこちらに意見を求めることで、それも、これこれのことについて考えを聞かせてほしいからぜひにと言うのだった。実のところ、語らいはしょっちゅう演説に変わった。お頓知さんは熱烈な共産主義者だった。大規模な労働争議や、蜂起の義務について弁舌巧みに話していた。雇用主と労働者の血みどろの対決を語り、また、俺たちには信じにくいことだったけど、そうした争議はフランスでも、白人たちの間で起こっていると言って、あの社会主義者の政治家、ジョレスのことを話してくれた。イヴァンはいつも身を入れて彼の話を聴き、俺は俺でとても感銘を受けていた。ただ、あの日は、彼は新たに知った話を俺たちにも伝えたくて戻って来たんだ。

「弟よ！」彼は俺を呼び止めた。「シャンジーさんは君の先生じゃなかったっけ」

「そうです。彼女が何か？」俺はわくわくしていた。

「いや。ただ、どうしてあの人があんな悲しそうなのか考えてみたことはあるかい？」

俺のクラスの担任は、半分アフリカ系、半分ポルトガル系の、険しい顔をした細身の小柄な女性だった。まるで悪い知らせを毎晩受け取っているみたいな様子で、よく、昼の只中に、生徒たちの机の列の間でカタレプシー患者よろしく身をこわばらせていた。何分かして、計り知れない努力の末に片足をもう片方の足の前へ運んで頭を横に振ると、授業を再び始めるのだった。

お頓知さんは語り部の口調で話し始めた。いつもそうだったけど、彼は話を押し広げ、グアドループの不幸に結びつけて語って、それを聴いていると、こちらはイレールが生きるために足掻(あが)いているこの世界が前よりも少しは分かった気になった。

あの先生は、同じく教員で、製糖業に従事する労働者の偉大なる代弁者でもあるエドモンド・シャンジーと結婚していた。数年前、プランテーションの主たちがさとうきびを工場へ運んでいたときに、ダルブシエの工場主と一悶着あった。刈り入れ時にはいつも緊張が走ったものだった。小さい頃は、意味もろくに分からないままそんな場面に何度も居合わせていた。さとうきびはトラックか牛の引く荷車に乗ってやって来た。つまり、農園主たちは積荷とともに朝四時に畑を発っていたんだ。彼らは、収穫物を量ってもらい、その対価が支払われるのを工場の前で待っていた。何も話さずに互いの顔を見ていた。あの日は、白人と黒人の混血でつんけんした物言いの現場監督が、秤が壊れているので直し終わるまでその場で待つようにと告げた。グランド＝テールの農民たちは係船ドックまでのさとうきびの運送料をすでに払っていた。彼らの全財産はそこ、女たちが何日もかけてくくりつけたその荷物の中にあった。

彼らは拳を握り締めて、打ちひしがれた様子でその場に留まった。二日経つと、牛たちは喉の渇きを訴え始め、さとうきびは糖と樹液のねっとりした匂いを放ち始めた。三日経つと、収穫物が乾き始めた。一週間後には、それは相当軽くなっていた。そんなときに工場は秤の復活を告げた。農園主たちが期待していた売値の三分の一がふいになった。こうした不手際は何度もあった。ただ、今回、グランド＝テールの民は反乱を起こすと決めていた。活動家、工員、港湾労働者、そして何人かの教員も支持していた。彼らはダルブシエ工場の大きな鉄格子の門の前に群れ集まって、シャンジーは彼らのために演説を打った。彼が雄弁で反乱者たちの士気を上げてくれるものだから、軍が割り込んできた。一人の兵士が弾丸一発で彼を殺した。胸に命中したんだ。

イヴァンはと見ると、父親の話に興奮していた。それで分かった。彼にとって、俺の母さんの写真を取り返すことは、大義のために勇ましさを発揮する機会だったんだ。

俺はもやっとした気分で家へ帰ってきたけど、アントワーヌには何も言わなかった。写真のことも、先生のことも。言ったところで、よくて同意の身振りを示してくれたぐらい。最悪ならびんたが待っていただろう。姉さんは、こちらがルベック家に何かしら要求しようものなら躾がうまくいっていないと考える人だったから。それが母さんの写真でも。

アントワーヌ
愛と風

私はカラカスに戻ってきた。布を買うわけでもないのに。アルマンにまた会いたいだけだった。何か月も、秘蹟か何かのように彼のことをしょっちゅう考えていた。さらなる好奇心に駆られて、ダイヤモンド以上に彼について知りたくなった。また何個か買い取るつもりはあったけど、それもこの密会にまといつく危険な香りを求めてのことだった。

その日に限って、彼を探し出せなかった。長いことカフェで待った後、港の辺りを少しふらついて様子を見た。彼は界隈のどこにもいなくて、私は独りでそこを遠く離れるわけにはいかなかった。舐め回すようにこちらを見てくる男どもがいて危険すぎたから。私は怒って港を発った。

帰ってくると、リュサンドと少し話した。作った服を私の店に、まだときどきは掛けに来ていたんだ。人の店で王女さまを気取るものだからいらいらした。向こうは私の客をみすぼらしいと思っていて、しかもしょっちゅうそう言ってきた。みすぼらしいって？　じゃあ、自分が店主だったら何を望んだんだろうね。私の店には誰だって入れた。小さな蠟燭一本だって買いに来られた。けどあの子と来たら。あの、彼女の言うところの「創作物」には、それに相応しい場所とお客が必要なんだって。できることなら大地主だった白人たちの子孫にしか売りたくなかったんじゃないかな。私の目は節穴じゃない。あの子は白人に媚びを売ることしか頭になかった。だから、向こうが、この散らかしっぷりには頭が痛くなる、ちょっと床を掃くぐらいはすべきだと言ってきたときには、出て行きたければご自由にって切り返した。こちらがこの家の主なんだ。ほどなくして私はカラカス行きの船に乗れた。

今度は、バーに入るなり、アルマンが扉近くに座っているのが見えた。私は誰にも何も言わなかったのに、向こうはまるで探されていると知っていたみたいだった。彼の向かいに腰を下ろして、今度こそは相手の顔をしげしげと眺めた。

「帽子、取ってください」と、私は前置きなしに言った。向こうは驚いた様子でこちらを見て、ゆっくりと言われた通りにした。ついに彼の首から上全部が露わになった。続く一分間、何も言わずに見つめ合ってから、彼は小さいグラス一杯のパンチを頼んだ。目が熱っぽく潤んでいた。ごつごつとした頬骨が陽に焼けた肌に包まれていた。彼は額を手で拭った。ようやく、彼はぼそりと言った。

「さあ、どうしようか？」

私は肩をすくめた。

「私にあれを売りたいのかな、と思ってたんです。でなきゃ、お友達みたいにお喋りするだけでもいいかなって」

相手はいつもの静かな笑いをまた浮かべた。胸が一度だけ上下した。

「今日は、ダイヤはないよ。目をつけられないようにしなくちゃ。そもそも、ここにいてはまずい」

「誰かに追われてるの？　警察とか？」

「あり得るね。そうなったら、君が隠れ蓑だ。君と港を散歩しに来たんだって言えるからさ。どう思う？」

私はまた肩をすくめて、向こうはパンチのグラスを空にすると、歩こうと言ってきた。

そんなわけで、話もせずにドックの辺りを歩き回って、彼の方は下から、気を緩めることなく人をずっと見ていた。私は、どうなっても構わないから行くところまで行きたいと思って、住んでいるところを見せてほしいと言ってみた。相手は少しためらってからこちらを見て言った。「どっちみち……」で、私を連れて、しっかりした造りの家が並んでいる細い街路をいくつも通り抜けた。赤い教会が一堂、緑のも一堂あって、丸みのあるファサードがきれいだったのと白い刳形（くりかた）がついていたのを覚えている。

家ではなくて、彼は私を広々とした公園へ連れてきた。樹が植わっていて、ベンチや噴水もあった。そんな場所を見たのは初めてだったか、もしかすると遠くから、どこかの家の柵越しに眺めたか。いや違う、あれと同じようなものなんてなかった。フランスに来て初めて再会したんだ、あの手の公園には。ちょっとビュット＝ショーモン公園みたいな。もっとずっと大きかったけど。彼は木の茂っているところを探して、頰を緩ませて私の正面に回り込むと、キスをした。あんなふうにキスされたのは初めてだった。激しいのに繊細だった。デデはあんなの知らなかったよね。私にしても。

それから向こうは私の全身に触れて、長身の私の背は彼より高かったんだけど、ちっとも気にならないみたいだった。こちらの胸に身を委ねて、それが泉の水を飲んでいるみたいだったから、私は彼の頭に手をあてがった。聖母さまがわが子にするように。彼は私の尻をつかんで、息が切れるほど胸をしゃぶって、私を草地に押し倒した。

私たちは三十分後に起き上がった。向こうは軽く私のワンピースを伸ばしたり、靴を差し出したりした。一つの若さが惜しみなく差し出されたことに驚いていたみたいだったけど、夢見心地な反面、喜びが覗きそうなところに悲しみを抱えているようだった。港まで送ってくれた。手は自分のポケットに入れっぱなしだった。去り際に、どうやってまた会いたいと言えばいいのか分からなかったから、宝石の話にならいつだって飛びつくと言うと、彼はそこで初めて、空を見ながら微笑んだ。

私は何度も訪ねていって、そのたびに向こうは私を公園へ連れて行った。それはそれで楽しかったけど、彼のことをもっと知りたかった。長くは一緒にいられない気がしていたから、すべてを知りたかったんだ。少しずつ、私は彼の過去を組み立てていった。彼自身の話とは違って、彼はレ・サント諸島の出ではないと早々に勘づいた。あの小さな岩の群れのことならよく知っている。バス＝テールの南岸からきれいに見える。あそこに住んでいる漁師たちは彼と同じ目をしているけど、あの人たちはある意味、安らかだ。自分たちはいるべきところにいると信じていて、自足している。それは、アルマンにはないものだった。言ってみれば、彼はレ・サントのあの古臭い小さな社会より世界全体を見ていたんだろうね。あそこの人たちが黒人を見るようには私を見なかったし。

「本当はフランス出身なんでしょう？」私はふと尋ねた。港の周りの街角を歩いているときだった。

「うん、ボルドー。知らないでしょ」

私は首を横に振った。

「美しい街だよ、覚えている限りではね。大きくて、まっすぐな道や古い建物があって。古い城市なんだけど、ここより洗練されているんだ。これよりずっと大きくてもっと美しい港もあって、大きな河が流れ込んでる。その河の辺りが俺の出身地。街の裏手だった」

彼は切なげな笑いを浮かべて自分の足を見ながら、彼に言わせればおとぎの国であるボルドーについて話し続けた。そして私の腰に腕を回した。公園の小さな林の外でそんなふうに優しくしてくれるのは初めてだった。それから彼は言った。「それも全部大昔の話。だからもう訊かないで」

その次のとき、彼は私にダイヤを二つ売った。ポワンタピートル行きの船に乗ると、税関吏がいつもと違っていた。しまいには顔見知りになって、こちらが乗船するたびに人懐こい笑顔を向けてくれるようになっていたあの男じゃなかった。灰色の髭の小柄な男で、小うるさかった。通路から通路へと歩くときの様子からそれと分かった。鞄を大きく開けるよう皆に求め、申告すべき物すべてを、小さな香水瓶一本に至るまで注意深く帳面に書き入れていくのだった。

私はダイヤモンドを隠していなかったことに気がついた。いつものように無事済むとばかり思っていたし、きらめくほんの小さな石の入ったハンカチを握り締めながら、まだアルマンと一緒にいる気になっていたんだ。税関吏は私の荷も全部解かせるだろうし、そうなると、結んであるこのハンカチも置かなくちゃいけなくなって、さらにはそれを広げるようにとまで言われるかもしれなかった。私のところまでもうあと二席しかなかった。海は凪いでいた。いっとき、パニックと怒りに囚われた。こんなふうにしていて捕まるなんて間抜けすぎると思った。だから、向こうが制帽を被って、口髭をぶら下げて、古びた電話帳みたいな顔をしてやって来るすぐ前にハンカチを船縁から投げ捨てた。風がまるで海から取り上げようとするみたいに一瞬それを持ち去ったかと思うと、それは水面に落ちて航跡を優雅に漂ってからヒトデみたいに青い水へ沈んだ。

その後、アルマンと私のお決まりの場所になっている岸辺の排水管に座って、どうして私があの二つの石をなくしたのか彼に話した。

「それは、君が今までしてきた中で一番変なことだね」と彼は断じた。出会って以来彼が発したうちで一番長い台詞(せりふ)の部類だった。

「私がした一番変なことをあなたが知ってるわけないじゃない。変なことなんてたくさんやってるんだから。べらぼうにね。これからだって。私は変なものやことの守護者なの。変なものやことの思い出ならあなたが知りっこないぐらいたくさん溜め込んでるんだから。そもそも私のことなんて何も知らないんでしょ。だったら私がしてきたことの中でどれが一番変かなんて言わないで。それを言うっていうのは、あなたは私を知っていて、私の人生をあなたのグラスの中に浅く広がる透き通った水みたいなものだと思ってるってことになるの。そうなの？　違うでしょ、何も知らないじゃない。何で私が時間を割いてあなたの言葉に反応してこんなことを説明しているのかだって分かってないじゃない。確かなのは、あなたも私の長大な変なものリストに入ってるってこと。ランキングの上の方でさえないけど」

なんでこんな長い台詞を彼に吐いたんだろう。私が、女に向かって「変」だと早々に言ってくる男たちの習性にむかついていたってことかな。言い終わると、相手のラム酒を飲み干した。向こうは面白がっているみたいだったけど、驚いてはいなそうだった。

「結構、結構」彼は言った。それが私たちのやりとりを切り上げたいときの彼のやり方なのだった。それから立ち上がると、少しよろめいた。この男はもう長くないだろうと不意に悟った。そもそも歳だったし、痩せすぎていた。彼の下にいると、その肌の下の骨が華奢なのが感じられた。鎖骨のくぼみも会うたびに深くなっているようだった。

一度だけ、彼の家へ連れて行ってもらった。通りの突き当たりの、薄暗い建物を何階も上ったところにある素っ気ない部屋だった。

一間きりのところに、ベッド、床にじかに置かれた木箱、そしてグラスが一つ、その横にあった。妙な匂いが漂っていた。濃厚で、蚊除けのために実家のベランダの辺りでいぶしていた草木の匂いを思い出した。阿片の匂いだったと後で分かった。寝床は、黄ばんで染みのついたシーツのかかった汚らしい代物だった。私たちはその上に寝そべって、彼は私の胸を撫でているうちに寝入った。窓から、二羽のアホウドリが舞い飛んでいるのが見えた。ポワンタピートルの停泊地の船にやって来るのとそっくり同じ鳥だった。

私がアルマンについて一番知ることができたのは彼が死んだときだった。そんなものだ、って言われそうだけど。一度、どうしてポケットというポケットにダイヤモンドを入れているような男がこんな暮らしをする羽目になるのか尋ねてみたことがあった。いつものように向こうは逃げた。小娘の知ったことじゃないと言って。どうあれダイヤはちゃんと売ってあげているんだから！　って。

彼が港へなかなか来なかったある日、私は彼に何かあったのだと気がついた。走って彼の家まで行った。扉は開いていた。腕を出したエプロン姿の中年の女が雑巾掛けをしているところだった。彼についてで尋ねると、クレオールの混ざったスペイン語でアルマンさんは前の日に死んだと説明してくれた。見つけたのは彼女だった。市の職員がどこかよく分からないところへ遺体を持っていったけど、確かなのは彼の親戚らしい人が誰一人いないということだった。女の煙草色の顔には表情がなかった。彼女は空っぽの部屋の隅で雑巾をかけていた。

「でも彼はフランス人でしょう」私は叫んだ。「当局に知らせないと！」

女は肩をすくめると清掃を続けた。そうしてずっと一緒にいると、しまいには相手のこわばった顔つきの裏になけなしの共感が垣間見えた。彼女はつぶやいた。「私が知る限り、徒刑衆はいつもただ消えていくだけなのさ。特にこの人みたいなお年寄りはね」

彼女はそれでも、少しの間、私を部屋に入れてくれた。ベッドに座って彼の体のあらゆる部分、目、態度、声色なんかを詳しく思い出そうとした。彼がどんな性格だったか考えてみたけど、それを言い当てるには私は彼を知らなすぎた。それから、彼をよろしくと神さまに頼んで、出ていった。

私は私たちが出会ったバーへ引き返した。テーブルに一人きりで座って、ビールを頼んだ。相変わらず、あの酔わせるようなワラチャが部屋の奥から響いていた。店主が給仕に来ると、私はいきなり言った。「アルマンが死んだの」

相手は頷いた。それほど驚いた感じはなかった。その後、ためらっていたけど、私のことがかわいそうになったんだろう。彼自身が知っている少しばかりのことを話してくれた。

アルマンはギアナのカイエンヌにあるフランスの監獄からやってきた。戦後に釈放されたんだ。何年かの間、どういうわけかカラカスにたどり着く前には、マロニ河の近くで浮浪者みたいに細々と生きていた。それで思ったんだ、あのダイヤモンドはそっちの方から来ていたんじゃないか、彼はギアナかどこか別の場所からそれを持ち出したんじゃないかって。

そんなことを彼がいなくなったときになって知るなんて悲しいよね。私はなんて馬鹿だったんだろうと思った。カイエンヌの監獄がどんなところかは、後になって救世軍の友達のおかげで知った。どんな扱いをそこの人たちが受けていたのか。獣以下の扱い。どんなふうに彼らが死んでいったのか。蠅みたいに。何だか奴隷制みたいだった。アルマンが生き長らえたのは単に、とても若い頃、それこそ十八、九ぐらいでそこへ流されてきたから、そしておそらく、その年頃っていうのは自然の力に溢れている頃だからだった。

私が彼と知り合ったときにはその力はもう何も残っていなくて。でも彼はそんなに歳じゃなかったんだけど。四十ぐらいだった。少しだけ目に残っていたかな、その力がさ。カイエンヌに戻ることもフランスへ帰ることもできずにカラカスで身動きが取れなくなって、有り金すべてを阿片に注ぎ込んだんだ。

麻薬という代物を、私はそんなわけで知った。五〇年代のグアドループにはないも同然だったから。どんなふうに今どきのアンティル諸島の若い子がこの禍（わざわい）に飲み込まれているか見ていると、まあ辛いよね。私は年寄りだけど、社会の流れは追っているんだ。

正直な話、私は阿片のことで警察沙汰に巻き込まれるんじゃないかと怖れていて、バーの店主によれば、そんなことはよくあるらしかった。それでまた船に乗った。私はがらりと変わった。その上を歩いていたアルマンがいなくなったのと一緒に地球の方が変わってしまったのでない限り。

カラカスへはもう一度も戻っていない。

弟ちゃん

アントワーヌの家での暮らしは穏やかで、むしろ単調だった。俺たちが顔を合わせるのは、夜、こちらの学校が終わって、彼女が店のシャッターを下ろしてからだった。一緒にいながら孤独で、水の張られた瓢簞に浮かぶ二滴の油みたいだった。部屋の隅に座って、言われた通りに編み物の目を八十作りながら、こちらは彼女を横目で見ていた。あの人は静かで果断な怪物で、決して片づかない物の山を前にせっせと働いていた。

俺は、姉の心を波立てる謎の動乱を、組み上げられては崩されていくこの無秩序の中に見ていた。彼女を駆り立てる親譲りの気まぐれを呼び覚まさないようにする術を心得ていた。向こうが言葉を浴びせてきたら上の空でも聴いているふりをしていた。彼女には怖れと崇敬を抱いていた。巨大な滝や、大地にぽっかり空いた穴のような、凄まじい自然現象を前にしたときみたいに。引き換えに、向こうは思いついたように、あふれる優しさと一緒に気配りを差し向けてくれた。頭を撫でてくれたり、手をつけていない見事な果物を昼ごはん用にくれたり、新しいシャツを用立ててくれたりした。夜には、温かなおかえりの挨拶をしてくれた。あの、愛想よくお喋りするにはあつらえ向きの、甲高い、裏返ったような声で。

俺は相変わらずあの写真のことで頭がいっぱいで、二月のカーニヴァルをどきどきしながら待っていた。舞い上がったイヴァンが、ボワヌフ通りを粘り強く観察して様子を毎日報告してきたから。彼はその頃には界隈のあらゆる人の勤務時間を覚えてしまっていて、アドーズの家や辺りの商店の誰が出ていったり戻ってきたりするか言い当てられるほどだった。俺の方では、彼の手を借りずに事が早く進むようにしたいこともあって、はとこを訪ねるのを口実にエレアノールの家へ足を運んだ。こんなふうに手ぶらで出向くわけにはいかないけど、こちらに言わせればすでにすべてを手にしているような家に何を贈れるというのだろう。散々悩んで、手元にあるうちで最も値打ちのあるものを持っていった。皺のあまりない『バック・ジョン』を一冊、新品のデスクパッドを二枚。何を話すという当てもないまま墓地通りへ向かった。肝心なのは好印象を与えることだ。

同い年ぐらいの女の子が扉を開けて、眉をひそめてこちらを見た。

「こんにちは、僕、エゼキエル家の『弟ちゃん』です。お母さん、いる?」

廊下の奥で女性が尋ねた。

「アニー、誰なの」

「弟ちゃん、っていう男の子!」おてんば娘が吹き出しながら言った。

俺は赤くなって黙り込んだ。若い女性が女の子の後ろに現れた。おそらく女中さんだ。俺が後について台所まで行くと、彼女は俺を、気になって仕方がないといったふうにこちらを見てくるアニーと一緒に置き去りにした。子どもがもう一人家でわめいているのと、乳飲み子が上階で叫んでいるのも聞こえた。大人がなかなか来ないので、アニーにデスクパッドをぎこちない様子で差し出した。

「どうぞ、君に持ってきたんだ」

相手はお礼も言わずに受け取ると、注意深くそれを見た。一枚にはお気に入りの広告が載っていたっけ。見事な黄色いオープンカーが描いてあって、車によく合う手袋をはめて、サングラスをかけている運転手の絵まで添えられていたんだ。エレアノールが手厳しく何かを言いつけるのが聞こえた。

彼女は赤ん坊を抱えてキッチンに入ってくると、すぐにこちらをそれと認めた。

「あら、こんにちは！　こんなところで何してるの」

俺は『バック・ジョン』を一冊差し出した。

「マリノに持ってきました」

向こうはテーブルにそれを無造作に置くと、乳飲み子を膝に抱えて座った。

「どなたかご病気？」

「いえ、ただ伺っただけです。あの……その、アニーとマリノに会いたくて。あと、赤ちゃんにも」

相手の表情が少し和らいだ。

「まあ、嬉しい」

このマリノ君は一筋縄では行かない子で、七歳ぐらいだったけど、ロケットみたいに部屋へ飛び込んできた。挑みかかるようにこちらを見た後、俺が持ってきた『バック・ジョン』を引っつかんで消えた。アニーはというと、デスクパッドを切り抜き始めた。イレールとその妹たちの体調について一通りの質問をした後、ノノールは娘のアニーと同じようにこちらを見て、マリノを呼んだ。

彼はしかめ面で再び扉のところへ現れた。

「弟ちゃん、よ。覚えてる？」エレアノールが高らかに言った。「あなたのために来てくれたの。よかったね。二人で一緒に遊べるね」

彼女は灰緑色の目でこちらをまたじっと見つめた。気障りだった。

「マリノはちょっとむずかり屋なの。父親がずっといないから寂しいんだと思う。年上の男の子と遊べるなんて願ったりじゃないかしら。学校が終わったらときどきは来てマリノと一緒にいてあげて」

「はい、もちろんです」

「よかった。じゃ、お庭へどうぞ」

俺は渋々この駄々っ子についていった。庭、いや、奥に便所がある狭い四角形の草地って言った方がいいけど、そこで、まずはにらみ合った。相手は地面につけている足を入れ替えながら体を揺すっていた。

「『バック・ジョン』、読まない？」こちらから声をかけた。

向こうは頭を横に振って、相変わらず探るようにこちらを見ていた。アニーがやって来た。後ろから忍び寄ってきて、俺には足音が聞こえていなかった。彼女は弟に言い放った。

「この人と話しちゃだめ！　この人のお父さんはこの人のお母さんを殺したんだってお祖母ちゃんが言ってた！」

これにはたまげた。この子のお祖母ちゃんはアドーズで、自分のおばなのだと気づくまでに少し時間がかかった。イレールに対する非難は全くの見当違いだと思ったけど、それで事が済むわけはなかった。胸苦しさを感じながら、注意を向ける子ども二人を前に穏やかに言った。

「母さんは病気で死んだんだ、俺が小さかった頃に」

マリノの視線がこちらから自分の姉に移った。彼はどうすればいいものか分からなくなっていた。

「これは本当よ」アニーが言葉を継いだ。「お父さんはね、この家はごろつき一家だって言ってた。アントワーヌに上から唾を吐きかけられたことがあるんだって」

「アントワーヌって誰？」マリノが尋ねた。

「私が小さかったときに私の世話をしてた女中」

彼女は一瞬考え込んでこちらをにらみながら高らかに言った。

「この人のお姉さんだと思う」

マリノはにやにやしながら近づいてきて、こちらの顔から二センチのところまで来ると上から唾を吐きかけた。俺は飛んできた唾が頬を伝い流れるのを感じた。アニーは大笑いした。姉の反応に気をよくして、向こうはもう一度やってみようとしたけど、俺が押しとどめた。優しく、でもきっぱりと。

「もう一度やったら鼻っ柱をへし折るぞ」

「ほらね！」勝ち誇ったようにアニーが叫んだ。

俺は手のひらで素早く汗を拭った。恥をかかされて震えながら、マリノに言った。

「俺たち一家がもしごろつきならお母さんは君を俺と遊ばせてくれないんじゃないかな。さあ、外でボール遊びをしよう」

「僕はお外に出ちゃいけないんだ」少しだけ残念そうな声だった。

彼は石をひと蹴りした。そのとき初めて、俺は向こうが仕立てのよい半ズボンを穿き、こちらのものよりずっと新しいシャツを着ているのに気がついた。

「何で外に出ちゃいけないの？」

答えたのはまたアニーだった。

「お母さんがお外をぶらついちゃだめだって言うの」

「じゃあどこで遊べばいいのかな？」

マリノは肩をすくめた。そして言った。「僕のビー玉をここに持ってくればいいよ」

俺たちは草の上でビー玉遊びを始めた。あまり気持ちのいいものじゃなかった。ビー玉がきちんと転がってくれなかったから。アニーは遠くからこちらをうかがっていて、こちらはいい気味だと思いながら彼女を無視していた。三十分して、俺は立ち上がりながら言った。

「帰らなくちゃ」

「次はいつ来るの?」マリノが尋ねた。

「さあね。しばらくしたら、かな」

俺は何週間も、日曜のたびに、エレアノールの家へ通った。マリノが持っているおもちゃは年相応で、こちらにとっては死ぬほど退屈だった。その間にもイヴァンと街を駆け回れたはずだったのに。姉の方は相変わらず疥癬病みの犬みたいな目つきで眼をつけてきたけど、男の子は俺がきっちり手懐けて、こちらの両親の話などきれいに忘れてもらえるまでになった。そんななかで、どうしてアドーズはそんなふうにこちらのことをとやかく言うのかとアントワーヌに尋ねたことがあった。彼女は肩をすくめて、人というのは自分が何を言っているのか分かっていないのだとこぼした。

「父さんが母さんのことをあまり構っていなかったのは、事実だよ。でもそれを除けば、母さんが天に召されたのは神さまの思し召し。他の誰のせいでもない」

二月、カーニヴァルの季節がやってきた。断ったにもかかわらず、イヴァンの頭から空き巣を狙うという考えを追い払うことはできなかった。彼は初日から動き出そうと決めていた。皆が浮かれているのと長大な行列がヴィクトワール広場に流れ込むのに乗じようというのだった。ポワンタピートルで金管楽器の奏者や鼓手、つまり打楽器奏者を務めると当て込まれていたすべての者が、何週間もかけて衣装を調えて、複雑なリズムを繰り返し取って、歌の練習を繰り返して、朝な夕な音を響かせ続けた末、その日、そこに集結する。アントワーヌとリュサンドは行かないつもりだった。アントワーヌは、それが商運のある日に当たっているから、リュサンドは、仕事がたくさんあるし二度目の妊娠で疲れているからということだった。

「私たちと一緒に行けばいいじゃない」エレアノールが言った。俺には、俺の家族への用心と関心の間で絶えず釣り合いを取ろうとしているこのいとこは、つかみどころがなく思えていた。後から、あのつんとした態度は彼女自身の性格というよりグラン・フォンの人たちの習性によるものだと分かった。エレアノールはどちらかといえば心温かい人だった。

アドーズもこちらについてくるはずで、そうなると、イヴァンは自由に写真をくすねに入れることになる。

俺は、周りの踊りと浮かれ騒ぎに身を委ねながら街を歩いた。グウォカ太鼓[*18]とチャチャチャの鋭い笛の音がこちらの胸にも響いてきた。祭は、次々に開かれる舞踏会とともに一週間続く。あらゆる地区が想像力を競い合う。優れた楽団どうしが合奏の約束を交わす。街の中心へ近づくほど、人だかりは膨らんでいく。俺たちはすし詰めの通りを一列縦隊で進んでいった。ルネを先頭に、アニーとマリノの手を引くエレアノール、白いレースの服を着て赤ん坊を腕に抱いた女中、そして俺。

海からの微風に揺れる樹々に縁取られた大きな長方形のヴィクトワール広場が、楽しげな様子の人群れに埋め尽くされていた。こちらが約束していた場所に着くと、アドーズは折り畳み式の椅子に座っていた。足の間にはフルーツジュースとパウンドケーキがいっぱいに入っている保冷ボックスがあって、おば自ら取り分けてくれた。俺たちは一日中そこにいることになった。

近くでは、鼓手たちが声もかけ合わず、目で合図さえせず、合わせたようにリズムを変えていた。大太鼓どうしがじかに通じ合っているのだった。音楽が勢いを増すにつれ、不安は飛んでいった。大太鼓のせいで俺は半ばトランス状態になっていた。じっとしたまま魅入られたようになって、応じ合い、絡み合い、再び足並みを揃えて、人群れを互いに溶け合ってしまいそうなほどの交感へと導くいくつものリズムに身を明け渡していた。ここにいて、手を叩いてグウォカの高らかな音に酔っている人たちこそが民衆だった。列はゆっくりと進んでいった。踊り子たちは、立ち止まって、金の輪をはめた腕を広げて、歌で演奏に応じて、流れる水みたいにしなやかに身を翻して、艶（つや）やかな背中と首を観客に見せつけるとまた前へ去っていき、トランペット奏者とクモガイの吹き手が後に続いた。

陽が傾いた頃、俺は、娘と義理の息子と孫を従えて帰宅する、堂々たるアドーズの後についていった。俺たちは音楽とダンスには飽いていなかったけど、熱気で喉が渇いていたんだ。俺はアシール＝ボワヌフ通りの前で暇乞（いとまご）いをしてイヴァンの小屋まで走っていった。

街外れの高い場所を賑わせていたのは別のカーニヴァルだった。もっと鄙（ひな）びた、もっと素朴な祭。太鼓は一度にあちこちで合図のように響いていた。小山全体が脈打っていた。大地が揺れていた。地区のすべての住人が外にいて、名鼓手の呼びかけに斉唱で応えていた。一つならずある鼓手たちの輪の中には空間が広がっていて、その真ん中では人群れから引っ張り出された踊り手が炎のように身をくねらせ、跳ね、日々の暮らしの中の所作を詩に変えてみせると、ただの人に戻っていくのだった。シロップや煤にまみれて見分けがつかなくなったいくつもの顔が暗がりから湧いて出てきた。子どもたちは顔いっぱいに喜びを浮かべて、大人たちに劣らず優雅に舞っていた。

俺はマンゴーの樹の下に座って耳を澄まし続けた。一晩中いるつもりで、動いていく人影が揺すり掲げる松明（たいまつ）の火に照らされて。イヴァンの父さんがいた。手を叩いて、叫んで、諸世紀を超えていく合図を打ち鳴らしているかのような鼓手たちを力づけていた。下では、カーニヴァルは華やかで純粋に楽しいものだった。ここでは、それが闘技になった。

一時間後、友がやって来るのが見えた。俺は立ち上がって合図を送った。向こうはこちらまで来ると一言も言わずに座った。炎が顔に映っていた。彼は疲れているみたいで、がっかりしているふうでもあった。

「何か見つかった？」俺は訊いた。答えは分かっていた。

相手は首を振った。

「駄目だった。鎧戸が全部閉まってて、こじ開けようにも持っていたのはこの小刀だけだった。宵闇を待ってから家を見て回って、見られずに入り込む方法を探し出そうとしたけど、どうにもしようがなかった。屋根を伝っていて危うく下の道に滑り落ちそうになったりもした。でも何とかバルコニーの上までよじ登った。大きな石とかそんなものがあればよかったんだけど。それから家の人が帰ってきたのが聞こえたからそばのバルコニーへ飛んで、バルコニーからバルコニーへと通りの果てまで移っていって……」

自分の冒険譚を語るうちに彼は無邪気で得々とした様子を取り戻した。こちらは彼が写真を見つけてくれると心から信じてなどいなかったし、そもそも、どうやって彼がその写真をそれだと確実に見分けられるというのか。でも俺は誇らしさに満ちたひとときを彼と分かち合って、街中を揺さぶっている秩序破りの楽しみに乗じて二人で大笑いした。こう思い返すと、この、わんぱく仲間どうしの秘密はポワンタピートルで最も素晴らしい思い出の一つになっている。

姪

十五歳で、私は両親に付き添われずグアドループへ行った。一人で旅立てるのが嬉しかった。独り立ちの始まりだった。そこを長いこと離れていたし、祖父にまた会いたくて気が急いていた。

何年かのうちに、たくさんの物事が変わった。大型百貨店一店と、そこのファストフード店とがポワンタピートルの入り口で野放図に居座って、地場の慎ましい生産者の暮らしをがたがたにし、本国流の消費活動の真似事を加速させ、食品の価格をフランス本土の二倍に吊り上げていた。ちらほらと異議が唱えられはして、労働組合は抵抗を声高に叫んだものの、何も起こらなかった。過剰消費への道は敷かれてしまい、外部への依存は決定的になった。

私が子ども時代に行っていた浜辺、弟ちゃんやアントワーヌも子ども時代に行っていた浜辺は、ひどく変わっていた。とある企業が何のお咎めも受けずに汚したうえ、オランダのとあるホテルコンソーシアムが入江を掘り起こした末に計画を打ち切ったのだった。掘られた穴には水が溜まっていて、不意に足元に現れると死をもたらすおそれがあったし、波が寄せる場所は砂で埋められてしまったし、蟹に占拠されたセメント造りの別荘は海に細長く突き出た土地で朽ちるがままになっていた。海と真水の泉に育まれた、辺りで最もきれいな湾の一つだったものが、それ以来、茶色くて危険な頻水低地そっくりになった。

イレールの家に着いて早々に、私は、当然の務めとして各戸を訪ねては、いとことおじ、おばに挨揶した。そうしなければ祖父がこう言われてしまうから。「あの子は自分を何さまだと思ってるんだ」それは結局、私が傲慢だと思われるのと同じだった。私を通して皆が見定めているのは弟ちゃんなのだとも感じていた。皆と話すのは楽しかった。知らない男の子が、自宅にこもっているおばさんから渡すように頼まれたと言って、よく熟れたパンノキの実や房になっているバナナを持ってきてくれるのも珍しいことではなくなった。

しかし一方で、私が本物のグアドループ人ではないと言われているのも耳にしていた。遠い親戚の一人が三回きっぱりとそう言ったとき、ついに私は傷ついた。そして自分が傷ついたことに驚いていた。コンクリートのテラスの真ん中で小さな折り畳み式の椅子に身を沈めている太った女性一人の言うことを、そんなに気にかけているとは思っていなかったから。私は家系を、皆が知っている祖父の名を盾に抗議した。父やおばを引き合いに出した。無駄だった。自分の子どもがフランス本国へ行ってしまっているこの人は、私がアンティル人ではないと言って譲らなかった。

悔しくて、私はしまいに言い返した。

「どっちみち、たった四世紀前には誰もここにはいなかったんだから。あなたも、私も、私たちのご先祖さまも、白人の大地主もそのお金も、プランテーションの古い風車と、私たちの祖先が敷いて今ではマングローブ林の中に隠れている錆びついた何本もの鉄道も。私たちの周りのさとうきびだってなかった。よそから持ち込まれたの。ここのほとんどすべてのものと同じように」

向こうは肩をすくめただけだった。だからといって私が休暇を過ごしに来ているフランス本国の人間であることは変わらないだろうと言わんばかりだった。

ごもっとも。

私はグアドループ生まれではないし、来るのもせいぜい二年に一度だった。私がこの島を、このクレオール社会を深く愛しているといっても、私の人生はよそにある。それは、この土地から私が何も受け継いでいないということを意味しはしない。その逆だ。私はそれを、自分の体の内に、言葉の内に、世界の多様性の受け止め方の内に感じていた。モルヌ＝ガランで、私の祖先は生き残るために闘わなくてはならなかった。島の住人の多くがそうだった。大地主だった白人たちの子孫は別だ。法を犯し正義を踏みにじることも辞さず、権力を保持するために闘った。

十五年の後、アントワーヌと話していて、私も彼女と同じだけ自由に違いないと気がついた。戻らずして思い出し続けて構わない。それが、詰まるところ、ニューヨークからセネガルのサン＝ルイへ、カラカスから深圳へと、すべての大陸を旅した迷えるさすらい人たるアンティル人の運命であり可能性なのだ。私は、自分の来歴とそれを形作るものを愛することを学んでいた。一連の暴力、それらの間で結び合わされた運命、服従、そして抵抗を。

一九六〇—二〇〇六

姪

灰色の場所に生まれた私にとって、あの島は、ほとんどの間は立ち入れないながらも、みんなの知らない知覚の世界を形作るものだ。私があそこで過ごす時間は、感覚の次元でいわば括弧に入れられていて、そこではすべてが移ろいやすさゆえの存在感を帯びている。私は触り、味わい、感じる。足下の草は焼けるようだし、陽は見る間に姿を隠すし、星空には気が遠くなる。

思春期に、初恋の相手にキスをしたのもあそこだ。深い関係になる前の真似事みたいなものだった。モルヌ＝ガランで一か月過ごすと元気になった。肌は艶（つや）やかに焼けて、筋肉はよく動くようになった。それから家へ帰ると、次のときまでほとんど何も思い出さなかった。ちょっとした記憶喪失だった。

大人としての暮らしを始めると、島の姿はまた少しおぼろになった。切れ切れにしか意識に上らなくなった。それも、誰かが、そばかすの散った私の褐色の顔に何の気なしに目を留めたついでに肌色のことに言い及んだようなときに。私のグアドループとの関係は、そんなわけで、些細なことに限られていた。長い髪を編み込みにしている若い郵便局員につい向けてしまう人懐こい微笑（ほほえ）みとか、アンティルの音楽、ズークの引き込まれるような調べでこちらを休暇気分に浸らせてくれる、キューバ黒人料理のレストランでのパーティーとか。

結婚するとき、父方の家族について具体的な情報が手元にほとんどないことに気がついた。エゼキエルという名についてさえうやむやだった。その由来を伝える者とは無関係なところに根ざしていて、当たり前のように自らのものとして受け取ることはできない名であるにもかかわらずだ。一八四八年、役人が一人窮屈そうに座っている事務机の上で手短な話し合いをして創られたか認可されたかした姓だった。事務所の前には、自らの真っ新な自由を認定してもらうために身分証明記録への名前の登録を急ぐ解放奴隷たちの列が、事務机の後ろには、分厚い記録簿にペンを走らせる代書人が控えていた。私の先祖は、聖日前夜の礼拝で聖書の物語を頭に詰め込まれていて、この名を名乗りたいと主張したのかもしれない。あるいは、朝から姓を配当しすぎて万策尽きた身分証明担当の吏員が、主任司祭との昼ご飯か何かから戻る道すがら、このメソポタミアの預言者の存在を思い出したか。

私の婚約者は系譜に関心があった。自分の家の歩みを詳しく知っていて、公証人証書、写真、古い宝石なんかを持っていた。二十世紀の初めに先祖の一人が作った曲の楽譜もあった。曾祖父にまつわる記録も。彼の両親は、一般向けに出回り始めたばかりのビデオカメラを買っていた。ＶＨＳフィルムが大きな衣装簞笥にきちんと並べられていて、彼がおじやおば、父や母の輝かしい青年時代を見たいと思えばいつでも観ることができた。

保存することは、いい家の出の人たちにとっては反射的な行動だ。彼らは自分の家系のきらめく足跡を代々伝えることに心を砕く。私にはそんなものはない。本家にあるどっしりとした石造りの建物の中に囲われている書類のようなものはない。祖先の足跡を伝えるものなど何もない。彼らは生き抜くだけで精一杯だった。でも私には経験が、所作が、言葉が刻まれていて、密やかに私を養ってくれていた。

私には私だけの記憶があった。いつだって休暇は島で過ごしていた。そこには、仕草が古めかしくて、穏やかで、モルヌ゠ガランでの日々ののどかさの中で安らっているイレールがいた。月日が過ぎてもその佇まいは何ら変わらなかった。朝、牛をつないで、午後は畑仕事をしていた。時は世界の進展の徴を彼の小屋にそっと置いていた。いかついテレビ、鍍金された羽根の扇風機。こうしたものは彼の存在の周縁に留まっていた。一九二三年の幻影たちと話すには赤みを帯びた物陰に入り込みさえすればよかった。ユーラリーが窓にかかっている古い下着のそばを通っていく感じがした。ベッドの上方の棚板に置かれっぱなしになっている、埃を被ったカノチエ帽には、からかい屋の遊び人の雰囲気があった。開いている扉の前での正午の昼寝の間、イレールの瞼は三本のココヤシの樹のざわめきに応じてひくついた。二本は大きくて、一本はそれより少しだけ小さかった。彼が、子どもが生まれるたびに植えたのだ。苗木の根の辺りには胎盤を一緒に埋めた。この焼けつくような時間帯の静けさに乗じて、私は祖父の顔に存分に触れた。湿っている、顔の平らな部分をこそっと撫でて、頭の頂にあって盛り上がっている母斑を感じ取って、歯のまばらな顎をなぞった。気前のよさそうな微笑みがその大きな鼻の下に広がっていく。すると彼は目を開けて、痩せた体を起こしながらいつも決まって「おい、こら、ユーラリー！」と言うのだった。私が自分の妻と同じ名前なのを喜んでいた。

午後には、浜辺の塩と砂を洗い流そうと、母さんが雨水の溜まった亜鉛製の大きなたらいで私に水浴をさせた。近所の子どもたちが近づいてきたものだった。裸足で、ぼろぼろの服を着ていて、痩せた膝周りは土埃にまみれていた。たいていは、名も知らないいとこやはとこたちだった。たらいの横でおとなしく並んで、母のカメラに向かって微笑んでいた。

夜は、蛙の声に囲まれて、父と祖父が何時間も話しているのを聴いていた。彼らは失われた時を取り返そうとしていた。次の旅費付帰省休暇[*1]までの長い別れを前に急いでいた。クレオールでの会話は、このときを除けば、毎週土曜に電話でものの数分なされるだけだった。私には十語に一語しか分からなかった。音楽みたいなものだった。イレールの声が鮮やかでよく響く言葉に乗って流れていった。外れそうな扉みたいで、石に降り注ぐ豪雨みたいで、ぽんこつ車のエンジンみたいな声だった。弟ちゃんは陽気に応じていた。そこには優しい暗黙の了解があった。二人は土地、リュサンド、アントワーヌ、本国での生活などについて話していた。イレールはラジオで聞いたことについて息子に尋ねたりした。人類が月に着陸したらしい、とかそんなことだった。「どういうことだと思う?」弟ちゃんはそう言って議論を繰り広げると、父親が納得するようなたとえを探し出した。空間のこの超克はクレオールで語られると別の様相を帯びた。より愉快で、こてこてなものになった。そして彼らの話題は太陽系や銀河系のことに移った。イレールは話を聴いて、宇宙などアメリカ流の冗談に過ぎないとでもいうように笑ったけれど、息子が説明することはすべて信じていた。

自分の記憶を、アントワーヌ、リュサンド、そして弟ちゃんの言葉と比べながら、私は、イレールは消滅の危機にある片田舎としてのグアドループを象徴していたのだと気がついた。彼の子どもの誰一人として彼と同じ世界にはいなかった。彼らは近代に属していて、さとうきびから遠く離れて街に浸り切っていた。

アントワーヌ　大きな揺れ

私は家々が文字通り窓の前を過ぎるのを見た。目の前を流れていくのが見えた。デデ母さんの家、古なじみのビラールさんの家、イヴァンの家族の家。にこやかで将来有望なこの子と、弟ちゃんはたいていの時間を過ごしていたっけ。お頓知父さんは自分の八人の子どもが生まれた小さな家をゆっくりと引いていくトラックの運転手と心配そうに話をしていた。小屋は、ポワンタピートルの中心を囲む広々とした街路には次々と現れて、土埃の中、マングローブ林の向こう側、さとうきび畑の辺りでは消えていった。一度に五軒、十軒と、大きな牛の引く荷車に積まれた。中の住人も一緒に載せられて、怯えた目つきで、流れていく景色を眺めていた。

私は車の一台にデデ母さんの姿を認めると、そちらの方へ走っていった。彼女は窓の縁にしがみついて、自分が十五年間暮らしてきて、自分からゆっくりと遠ざかっていく街外れの小山を目で追い続けていた。

「ああ！　元気でしたか。大丈夫ですか」

相手はその声を聞きつけてこちらを見た。目は涙でいっぱいだった。あまりに気が動転していて、私のことを根に持っているのを忘れていたんだね。できるだけしっかりした声を作って、こう言った。

「うん、うん、大丈夫さ！」

「このままどこへ行くんですか」

向こうは言葉を探した。自分の行き先を少しの間忘れてしまったみたいだった。

「弟のところ。レザビームの近くに土地があるんだ」

「うわぁ、いいですね」私は彼女を励まそうとした。「そんなに遠くないですし。バスで市場まで簡単に行けるじゃないですか」

荷車と足並みを揃えるには駆けるぐらい速く進まなくちゃならなかった。彼女は、こちらの頭より上を行く自分の家から不安そうな眼差しをまたこちらへ送って、弱々しい微笑みがそれに続いた。私は追いかけるのをやめた。危なくなってきたから。脆いけど威力のあるマッチの箱みたいな、家を上に載せた荷車の列が。私はハンカチを出して、振った。向こうは、こちらがその不安げな表情を見分けられなくなるまで窓辺から応じていた。街外れの地域全部が引っ越した。

それも、当局が一九六〇年のド・ゴール将軍初訪問直後に練り上げた大規模な建設計画のせいだった。事が始まったのはアンリ四世地区でね。変な場所だった。コンクリートの大きな立方体が地面から突き出ていて、一度に百世帯が住める。言ってしまえば人が積み重ねられているんだけど、うろつける道も、ヤムイモを三株植えられる庭も、落ち合えるようなひっそりとした場所だって、もう残されてはいなかった。野外調理場もなくなった。足の下の土も。それで何がもたらされるというのだろう。半数の家はスラム街とおさらばできるのを喜んでいて、残りは不安がっていた。

私はデデ母さんの家の近くのあばら家の集まっている辺りがどうなっているのか見に行った。そこの人たちは、好むと好まざるとにかかわらず引っ越しをさせられたって聞いたから。簡単に持ち運べる。市の方は小屋をそんなものだと見なしていた。中ではどんな暮らしが営まれているのか見てみようともせずに。それでもって家を取り除けるように言ってきた。田舎にわずかばかりの土地を持っている人たちは、そんなわけでさっさとそちらへ身を移した。行き場のない人たちはといえば、家が現に壊されるとかして、もう一つのコンクリートずくめの新市街、ローリシスクに行き着いた。

デデやデデ母さんと住んでいたところに着くと、私は地面に巨(おお)きな穴があるのに気がついた。パワーショベルが、暮らしていた家族が残した板切れや廃物を早くも掻き取ろうとしていたんだ。かつて、無数の足に踏み固められて道ができていた坂は、そう簡単には上れなくなっていた。

デデ母さんの小屋が建っていたその場所には、もう、何年も家を載せていた大きな石しか残っていなかった。気が遠くなった。家がにわかに昇天したか消え去ったかしたみたいだった。ビラールのところもそうだった。私が何度となく体を洗っていた、泥混じりの川の流れは、干上がって空気にさらされていて、急ごしらえの橋が架けられてもいなければ、いざというときのための菜園に縁取られてもいなかった。凧揚げをしながら叫んでいる子どもも、もう一人もいなかった。

心臓が高鳴り始めた。私は下を見た。街の方を、そして左側を。畑の方へ行ってみると、また小屋の行列が見えた。それらは見えない蟻に運ばれているちっぽけなさいころなのだった。近づかなくても、凝灰岩で固められた道を行く車のエンジンの唸りや荷車の揺れが伝わってくるようだった。前方下に本当に小さく見える、クレーンを一面に突き立てられているところがあった。ヴィクトワール広場だった。海に面した辺りは相変わらず見事な正方形をしていた。

街の毛色がありありと見て取れた。とても古いのと、まあまあ古いのと、新しいのとで、きれいに層をなしていた。港の周りには古い家があった。元々はノルマン人の漁師やオランダ人の商人のためのもので、もしかするとイレールの頑健な先祖の誰かも建設に駆り出されていたかもしれない。中心街には廃屋があって、何世紀にもわたる仏英間の争いで荒れ果てていた。それから、片田舎のあらゆる惨めさを六十年この方引き受けてきた街外れ。で、そのすべての真ん中に、生々しい大きな傷跡みたいに、新しいアスファルトの道と、フランス本国のものとそっくり同じ初期型の低家賃住宅があって、街の中では浮いていたし、辺りの植生を台無しにしていた。植物は植物で、住宅の周りの空いている土地にじわじわ食い込んでいったけど。私はじっと、そんなのを全部眺めていた。

突然、後ろから誰かの息をする音が聞こえた。振り返ると男が一人小山をゆっくりとぶらついているのが目に入った。下での動乱には注意を向けずに、バス゠テールの青い山並みの一点を見据えていた。私が今まで見た中で一番痩せていて背の高い白人の男だった。小屋をめぐるてんやわんやのせいで地中から飛び出してきたって感じだった。牢獄から出てきた悪魔みたいだったんだ。

男は長い巻毛で鷲鼻をしていた。目は深く落ち込んで、その影はこちらを射抜くようだった。彼はまるで私がいないみたいに歩いていて、私は彼のすることを見ていた。向こうの服が普段着じゃなくて、とびきりのお金持ちが引っかけているようなものでもなかったから。カーニヴァルの衣装で、かといって仮装をしている様子もジグを踊りたそうな様子もなかった。

まず、彼が着ていた薄手の白いシャツだけど、何年も布地を買い入れていた私には、いい物だとすぐに分かった。刺繍が襟元にしてあって、袖には螺鈿（らでん）のボタンがついていた。羽織っているベストみたいなものにはピンクと赤の飾り模様がついていて、生地は厚手のビロードだった。センタープレスの褐色で短いズボンは膝の辺りですぼまっていて、とても繊細な灰色の毛の靴下がその下に続いていた。それに、金色のダマスク刺繍入りの褐色のハーフブーツ。あんなのを見たのは初めてだった。かっちりとしていてきちんと仕上げられていた。男の並外れた背の高さは、一つにはそのヒールのせいだった。彼は柄のついた金属製の杖を握っていて、それで地面をときどき掘っていた。暑さと太陽にかかわらず血の気がなくて、小麦粉が降り注ぐ中に顔を突き出していたんじゃないかってぐらいだった。

荒れ果てた小山には私たちしかいなかった。向こうは立ち去りそうになかった。あちらこちらをふらついては、物思いにふけるようにときたま頭を上げていた。にしても、彼の顔をうかがうたびに、その口元の笑ったような引きつりがこちらの気に障った。しばらくして、私は声をかけた。

「あの、何かお探しですか。この辺にはもう何もないですよ」

答えはなかった。風に話しかけてしまったような気分になった。

「その、何か力になれることがあればおっしゃってください」

彼は少しこちらを向いて、敵意ある目つきで私を見ると、刺々（とげとげ）しい声で何かをつぶやいた。

「すみません、よく分からないんですけど」

今度は、しっかりと、いきり立った目でこちらを見てきた。最初は本当に怖かったけど、そのうちにいらいらしてきた。こちらは相手の視線を全力で受け止めて、人の悪そうな目つきで精一杯にらみ返した。そこで何分もにらみ合った。それから向こうは急に、大砲の弾みたいに動いた。ヒールのあるブーツで、あの小山の引っ掻き回された地面をあんなに早く歩けるなんて信じられなかった。跳ねるように私に近づいてきた。彼の杖は握られたまま舞っていた。もしやり合ったら死闘になるとすぐに分かった。向こうは丘の縁から空中へ私を投げ込むかもしれない。そうなったらこちらは下の建設中の道路で潰れてしまうだろう。あるいは私のおかげであいつがアカシアのごつい棘（とげ）や山腹のサボテンの中を転がる羽目になるか。覚悟は決まった。

「神の母たるマリアさま、どうか私をお守りください！」って、額と口と腹をとても速く打ちながら叫んだんだ。

すると、こちらから三歩のところで、彼は向きを変えて草原の方へ大股でしっかりと歩いていった。水を高々と跳ね上げながら川を渡って、向こう岸の茂みの中へ消えた。これほど怖かったことはなかった。私は、粉をまぶされたようなあの白人は聖母さまが戒めのために遣わした精霊なんだって、すぐに気がついた。危険が身に降りかかりそうになるといつも知らせてくれていて、だからこれもありがたく受け止めた。用心しなきゃいけない、うかうかしていちゃいけないと思った。

弟ちゃん

俺は無事に七年生を終えて、新年度には何をしようかとイヴァンと話しながら数か月間の乾季を過ごした。いよいよ俺が中学生になるとあって、俺たちは色々な計画や面白いことが起こりそうな予感に胸を膨らませていた。

けど喜びは長くは続かなかった。十二月に、校長先生が、歳を考えるに俺は職業訓練期間に入ることになると告げた。モルヌ＝ガランで病気になっていたあの一年の遅れのせいだった。イレールや姉さんたちに話したところで無駄だった。どうせあの人たちはみんな、肩をすくめて、またせっせと自分の仕事を始めていただろう。

怒りと屈辱を嚙み締めながら補講クラス[*2]での一年を終えた。そうしたところでこれからどうなるのか見当がつかなかった。はめられたと思ったよ。すると友人の一人が、新年度になったら電気工の訓練を受ける予定だと話してくれた。給料ももらえるらしかった。

俺は彼の雇い主のところへ出向いた。フランス本国のマルヌ県出身で、二十年来妻とグアドループで暮らしている、太っていて陽気な男だった。俺を見習工として雇ってくれた。

続く何年間か、俺は街の中心の最も近代的な家々に電気を引いた。俺の雇い主の、携帯ラジオ「ラジオラ」専売店で一斉にそれを買い込んだ人たちのためにトランジスタを修理した。エレアノールと子どもたちに定期的に会いに行きもした。マリノはほとんど弟みたいなものだった。こちらがポワンタピートルの通りでのささやかな冒険の数々を物語るのを熱心に聴いていた。彼が十歳になると、ビー玉遊びをしに一緒に外へ行ってもよいことになった。ある日、俺はまた、あの写真についてエレアノールに、何気ない口調で話してみた。向こうは肩をすくめて言った。

「じゃあ、また母さんに訊いておく」

期待で胸がいっぱいになった。アドーズは相変わらずこちらを少しばかり疑わしく思っていたけど、それはそれだった。

音楽につかれたようにのめり込んだのはこの頃だった。ある土曜、仕事帰りにアンリ四世地区の建設現場の近くをぶらついていると、街で初めての低家賃住宅の列ができかけていた。その辺りには小さなレコード店があって、行ってみては鼻先を押しつけて覗いていたんだ。あのときのことはつぶさに覚えている。大きな地図でも見ているみたいに。夜の雨は溝に水鏡を残していて、風はなかなか進まない雲の群れを押していた。でこぼこの歩道に座って、ほとんど目の見えない物乞いが自分の犬にくだを巻いていた。店の扉は開いていて、プラスチックの色とりどりの帯がカーテンみたいに下りていた。漏れてくる音を聞いて、何だこれはと思った。

家では、アントワーヌがラジオから流れてくる曲を聴いていた。エルネスト・レアルデ[*3]がクラリネットを奏でるビギン[*4]、パソドブレ[*5]、ルンバ[*6]、そしてエディット・ピアフ。彼女はダンスが好きだった。ときたま、こちらが宿題をしているときに、がらくたの只中に突っ立って、風車の羽根みたいに回っていた。小刻みのステップを踏んで、長い腕を優雅にしならせて、自分の世界に入り込んでいるのか、微かな笑みを浮かべていた。

そこにあったのは、そんなのじゃなかった。坂道をブレーキなしで滑っていく自動車のような速さで音が噴き出していた。サックスの激しい調べが聴き取れた。トランペットの音が炸裂して店の汚れた窓ガラスを引っ掻いていた。ピアノは優雅で慎ましやかな和音を繰り出していた。あらゆる質問に答えがある世界に包まれている感じがした。

レコードプレーヤーがショーウィンドーの中で動いていて、横にはレコードのジャケットがあった。このアメリカ人たちは誰だろう？　マイルズ・デイヴィスって、ジョン・コルトレーンって？　俺はじっと動かずに、狂ったように回るシャフトを見つめていた。トランペットを手に抱えた男はせき止められた怒りでいっぱいの顔をしていた。その日はレコードを買う勇気がなかったけど、通りを抜けたときには俺は別人になっていた。あのトランペット。それにあの怒り。言いようのない美しさだった。靄の向こうからやってくる生命のきらめき。俺もトランペットがほしいと思った。あと、何ならレコードプレーヤーも。

街ではすべてが移り変わっているのがありありと見てとれた。テレビに、ラジオに、電灯にと、新しくてまだ珍しい物品が船で運ばれてきた。歩道はぱっくりと裂かれてそこに線や管が引かれた。ぴかぴかの空港を前に、島のすべての若者は、これからは世界がどうなっているのか外へ見に行けると考えた。俺もやっぱりそうだった。知識に、本に、出会いに飢えていた。島では、窒息してしまう。

アントワーヌ

黒人の敵は黒人

多分二時間ほど眠り込んでいたところにそれはやって来た。夜なべして、店のお金を勘定して少しばかり料理をした後のことだった。弟ちゃんは店の奥の折り畳み式ベッドで寝ていた。急に、金属の物体が戸口に勢いよくぶつかるけたたましい音で目が覚めた。すぐさま、おぞましい臭いが立ち上った。それも濃厚な。何かよく分からないものに混ざってクレゾール系の消毒剤が揮発しているようだった。泥炭か、内臓か、腐敗物か。正体は今でも言い当てられないけど、喉元をつかまえて離さないような感じなんだ。口で息をしたとしてもだよ。

胸の悪くなる臭いが一階を覆い尽くして上の階へ這い上った。弟ちゃんが飛び起きた。私は急いで石油ランプを探すと、明々（あかあか）と灯を点して狭い階段を下りた。下では、暗い色の液体が扉の下から忍び入って、その触手を部屋の真ん中の、弟ちゃんのベッドのすぐそばまでいたずらに伸ばしていた。

「ほら来なさいったら！」私は言った。相手はまだ寝ぼけ切ったまま立ち上がると階段の近くの私のところまで来た。二人でそんなふうにして黙っていると、何秒かしてぴんと来た。

「これは呪いだよ。とっとと服を着て！」

私は魔術と関わったことは一度もないけど、それを見抜く術（すべ）は心得ていた。あれは、街に連れてこられた田舎者で性悪のあばずれのようなもの。私みたいだね。日曜のミサ、堅信の秘蹟、それに無辜嬰児殉教の日[*7]と抱き合わせになっていて。黒人、インド人、シリア人、中国人なんかの信仰に特に凝り固まった人は、それで方がつくなら魔術頼みも厭わない。大地主だった白人たちの子孫だって、明るい色の鎧戸の裏で、必要とあれば手を出している。

私が恨まれているのは分かっていた。こちらの商いがちょっとうまく行きすぎていると思っていた人たちがいたんだ。デデ母さんだったのかもしれないね。こちらが何年間か引き延ばした末に結婚を帳消しにしたから。けど真っ先に思い浮かんだのは、私に恋人を狙われていると思い込んでいる、黒人の顔立ちをした明るい肌色の同い年ぐらいの女[*8]の仕業かもしれないということだった。それもこちらがその口髭男に会計を習っていただけで。ていうか、あんな、整髪料で髪を光らせまくっている手合いなんてこちらから願い下げだし。

ほとんど誰でも疑いようがあった。街の通りは、正面を切って呪いをかけ合うご近所さんや、かつての恋人や、競争相手どうしの復讐譚でいっぱいだった。ポワンタピートルに働き口がない中で、取るに足りないような仕事は別として、あらゆる些細な成功がしつこい妬みの種になった。母さんがいて、母さんの店があった頃からそうだった。みんな言うよ、「Nèg kont' Nèg」って。不幸な黒人は他の黒人が自分よりうまく行っていると絶対に許せないってこと。白人ならいいけど、不遇な兄弟分の成功には水を差さずにいられない。で、女たちは、悪がはびこるこの小さな島ではあらゆる被造物の中で一番ひどい扱いを受けているわけだけど、一番の喧嘩好きで、賭博者たちが覗き込んで重しから外してやるふりをした途端、互いに体をぶつけ合う、つながれっ放しの闘鶏たちみたいだった。

私は弟ちゃんに急ぐように言って、スカーフを頭に巻いて、ゴム製の古いブーツを履いた。私たちは台所で一番ごつい深鍋を引っつかんだ。店のむかむかするような水溜りを回り込んでいくとすぐに、柔らかい残骸のようなものが部屋の真ん中に撒き散らされているのが分かった。

外に出ると、通りは静まりかえっていた。月はほつれ広がっている大きな雲に覆われていた。私たちは足を速めた。腕には深鍋を抱えていた。港に沿って進んでから、そのモーターの音が足音を消してくれるように、やっぱりできるだけ海から離れないようにして、寂れた街外れを横切った。

街外れの後には自然が続いていた。人が入れないような場所で、傷つけられて開いている穴には、水や、倒木や、塩を含んだ水に沈んでいる樹の根に引っかかったあらゆる種類のごみ屑が溜まっていた。私たちは、縁が鋭くなっている、塩で駄目になったクモガイの貝殻のかけらに埋め尽くされたちっぽけな浜辺に着いた。ここに来ると決めていたんだ。この浜辺を縁取る小さな墓地があったから。諸聖人の祝日には人々が蠟燭を供えにやって来ていた。死者にも生者にも誉れ高い場所だった。

ココヤシの樹が鞭みたいに葉を打ち鳴らしていた。もう見知っているだろうけど、水際では、ココヤシの根は地面すれすれのところを海まで這って行くみたいに伸びる。その夜は、砂から半ば抜け出た根がもじゃもじゃの面を形作っていて、うっかりつまずくと調子外れな音がした。

浜辺を囲んでいる岩の近くで立ち止まると、持ってきた容器を砂浜に置いた。海水でいっぱいにしなきゃならなかったんだ。月は、疲れに腕を震わせながら私たちが家へ着いたときにはもうほとんど照っていなかった。だからといって立ち尽くしはしなかった。二人で海水を部屋と玄関に撒くと、私は箒（ほうき）で辺りを全力で、歯を食いしばってこすり始めた。弟ちゃんは階段に座ったまま、私がそんなふうにしているのを見て、で、そのまま寝入った。明け方、クレゾールの臭いは抑え込めたけど、戸口に暗い色の染みが残った。店の真ん中まで続いていて、ずっと消えない烙印みたいだった。

翌日、翌々日と、私は染みを慎重に避けて家の出入りをした。床に目をやるたびに、体が震えた。念のため、髪の毛をてからせたご近所さんに会計を教えてもらうのもやめた。あの高みの、デデ母さんの小屋があった場所で遭った悪霊のことをまた考えた。呪いは私の店を駄目にするか、私を病気にかからせるか、いやもっと悪いことだってしでかすかもしれなかった。それを待ちながら生きるなんて無理だった。

そこで、ある午後遅く、弟ちゃんが帰ってくるなり、ポワンタピートルの街区とも何ともつかないところを通って、「再開発」地区とされていた場所へ彼を連れて行った。主要街路の名に相応（ふさわ）しくなるように、一週間のうちに、縁取っていたあばら家がほとんど丸ごと片づけられてしまったところだった。でも、一番貧しい人たちはやっぱりそこから離れたがらなかった。日雇い人夫、住所不定の子ども、それに身持ちの悪い女がサイクロンや不運のせいで叩き出されて溜まっていた。私たちはならず者がいる迷宮みたいな裏路地を抜けて小屋の前へたどり着いた。瓶のかけらで飾られたコンクリートのファサードがあって他とは少し違っていた。

それはブードゥー教の呪術師[*9]の小屋だった。教会へ行ったある日曜に身の不幸を女友達に打ち明けたら、その男に頼んで呪いに抗うのがいいと言われたんだ。戸を叩くと、何分か後に錠前の外れる音がして扉が開いた。お付きのものを従え、赤い目をして、幾何学模様の長い衣を纏（まと）っている太った男が現れた。

赤い角帽を、イレールの思い出話に出てくるセネガル人やチュニジア人みたいに斜めに被っていた。その衣の橙と焦げ茶は、彼が動くたびに揺らめく火のように生き生きとして見えた。手首に巻きついている輪は宝貝でできていて、きっと山羊（やぎ）か何かの黒くて詰まった毛で編まれていた。幅のある胸板には金の粒の首飾りが載っていた。女の首に掛かっているのしか、それまでそんなものは見たことがなかった。

こちらは向こうがとっとと手を尽くしてくれるものだと思っていたから、助言を仰ぎに来たとすぐに言った。男は黙って頷いて、私たちを狭い廊下に通してくれた。体を揺らして歩きながら、半ば闇に沈んでいる小さな部屋へ招き入れた。数本きりの蠟燭が、床で小刻みに震えてあった。

　彼は、腰を下ろすようにと、タイル張りになっているところに置いてあるクッションを指し示して、自分はその向かいに座ると、こちらをじっと見た。私は全部説明した。呪いも、こちらが怪しいと思っていることも。けど、その何週間か前にお告げに来た精霊の話はしなかった。私と私の守護天使さまだけの秘密なんて向こうの知ったことじゃない。こちらが話を終えると、彼は少し黙ってから自分の後ろに置いてあった小さな箱をつかんで、そこから平らで大きな種を三粒取り出した。艶やかで、一つは暗い赤、残りは白だった。男の長い爪は真珠のようなきらめきを蠟燭の火へ送り返していた。

「大変なことですぞ」彼は沈んだ声で言った。そんなことはもう分かっているのに！　そして、種を手に目を閉じると、体を前後に揺らして聖人たちの名前を一本調子で唱え始めた。私の知らない名前もあった。エルズリー[10]とかマミワタ[11]とかね。種は手のひらの中で回って宝石のようなきらめきを帯びた。男の声が急に一オクターヴ上がって、女の歌声みたいになった。

　その間、私は私だけの歌を、声を出さずに歌っていた。聖母さまはこの試練の中でも私に寄り添ってくださる。自分の娘が傷つけられるのを黙って見ていられるはずがないもの。私が非難しなきゃいけないような人は聖母さまじゃない。悪いものがあの方から差し向けられるなんてあり得ない。罪人は私。気をしっかり持って、売られた喧嘩は受けて立って、悪を討ち返さなくちゃ。私は罪人の中の罪人だけど、聖人さまは皆、肩に優しく手を置いてくださるし、安息日用のヴェールをいつか被れるように私に織ってくださる、って。呪術師は呪術師のやり方で神に祈っていたし、こちらはこちらで指先が神さまのお慈悲でちくりとするのを感じていたんだ。

　光が涙のように私の頭に降り注いで不正をそそいでいった。涙全部がこの小屋で愛の光輪をなして、男の姿さえ、この、甲冑みたいに私を守ってくれるはずの波打つ愛に消えていった。

男の歌が終わった。彼ははち切れそうな顔についている目を閉じて、平らな種をこねくり回し続けていた。私たちを囲んでいる蠟燭で一番太いものに向けて彼が投げた杖が、焼け焦げて甘ったるい匂いを放った。前の週にイギリス人観光客の女に売ったパリの香水を思い出した。男は顔の上で手をそっと滑らせてついに私を見た。彼はいっそう深くなった声で言った。

「いいかい。かけられた呪いを解くには旅に出なくちゃいけない。私がお前の敵を追い詰めるんだよ。呪いの息の根を止めてやる！　そいつを殺して、ひきつぶすんだ！」。床の虫を叩きつぶすような仕草をしてから脅すように手を振り回した。指をこちらへ向けて、赤らんだ目を見開いていた。「こちらが打って出たらやつはもうお前と争えなくなる！　自分の母親を泣かせることになろう！　悪の矛先はそやつに向き、そやつは何もできなくなるのだ！　そうだとも！」彼はほとんど叫んでいた。それからとても穏やかな口調で指示した。

「マリー＝ガラント島へお前のために行ってくるよ。子山羊を買う。ここへ連れて帰って調理する。然るべき方法でね。お前はやって来て、それを一切れ食べるんだ。旅費と山羊の購入調理費として九百フラン払ってくれればいい。お前が私の料理を平らげたら、お前の敵は意気をくじかれよう！」

相手の声で元気になって、私はその計画に乗った。彼は、山羊を食べに一か月後にまた来るように言った。私はお金を払って、弟ちゃんと家へ帰った。完全に気が落ち着いたわけじゃなかったけど、それでも希望は取り戻して、翌朝には勢い込んで店を開いた。どんな敵が出てきても立ち向かうつもりだった。

弟ちゃん

あの突然の物音と、部屋の中のひどい臭いと、黄色いサテンのブラウスを来たアントワーヌに叩き起こされて海水を汲みに行ったことは、よく覚えている。それに、何日か後に会いに行った呪術師も。

ポワンタピートルの奥まった路地でのことだった。その男に座らされた暗い部屋の中で、俺は、どの蠟燭も壁を埋め尽くす乾いたヤシの葉に火をすぐさま移しかねないのが心配だった。剝製の動物やさまざまな小ぶりの彫像もあった。蠟燭の光の下で、それはちょっとした見ものだったけど、俺にとっては気味が悪いだけだった。アントワーヌが話をすると、呪術師は延々と続く呪文を唱え始めた。目を閉じて、ぼってりとした口を開いて、今度は口の方を閉じて、目を開いて。俺は仰天しながらそれを眺めていて、少しすると今度は堪え切れなくなって、吹き出した。向こうはぴたりと祈りを止めて充血した目でこちらをにらみつけた。

「少年は出ていかれよ」

アントワーヌが促すように首を動かすと俺は立ち上がった。恥ずかしくもあり、ほっとしてもいた。外に出ると、扉の前に座って、中で起こっていることに耳を傾けてみたけど、もう何も聞こえなかった。アントワーヌが出てきた。満足そうだった。

「で?」俺は尋ねた。「あの人、何をしたの? 何て言ってた?」

姉さんは呪術師の提案した対処法を説明した。俺は黙っていたけど、男が要求した額には胃が痛くなった。

「うまくいくと思う？」ご機嫌伺いがてら訊いてみた。

「毒にはならないね」向こうは川床に溜まっている泥水をまたぎながら答えた。呪いとか呪いへの呪いの話を信じたことなんて一度もないけど、俺の少年時代はそれでひどいものになった。たとえばさ、恋で苦しいだなんて言ってごらん。姉さんたちに言わせれば、俺が女の子のせいで苦しんでいたら、それはすなわち誰かが呪いを俺にかけたってことだった。そんな物言いを聞くのなら悩みを溜め込んでおく方がましなぐらいだった。


俺にはあの街と行く末をともにする気はさらさらなかった。人々に、朝には鎧戸を開かせ、夜にはガス灯を点けさせる、恐怖と混乱を超えるあのお気楽さが俺にはなかった。いいことなんて何もなかった。姉さんの横を歩いていても俺には分かっていた。海水を汲みに行かなければならなかったあの夜のすべてが腑に落ちなかった。アントワーヌが呪術師の手に札束を滑り込ませているのを想像すると、途方もない落胆に襲われた。街は大きくなるにつれて大地と不協和を起こしていった。湿度は反りが合わない鋼板を傾(かし)がせるし、手強いトカゲたちはコンクリートの中に住まう。あのときの俺はうつ状態になるかどうかの瀬戸際だったんだと思う。


俺は相変わらず毎週日曜にイレールに会いに行っていて、呪術師を訪ねたすぐ後の日曜にも行った。いつものように、まずは見習工生活の逸話を話した。長椅子に座って、父さんは俺が利口で真面目なのを褒めてくれた。それから、通りの突き当たりをぼんやりと眺めながら、ポワンタピートルでの日々の細かな出来事を話した。魔術師の家でのことも。向こうは注意深く、最後までこちらの話を聴いた。終わりに、彼は何でもないふうに尋ねた。

「で、そのお方のお住まいはどこなんだ？」俺はできる限りしっかりと思い出して答えた。

だいぶしてから、父さんは自分がしたことを聞かせてくれた。

続く月曜、朝早くに小屋を出た。午後二時頃に呪術師の家に着いた。男が扉を開いた。ごてごてした衣を着て壮麗ななりをしていた。イレールは暗い小さな客間に座った。向かいにはそいつがいた。

「九百フランを私の娘に返すんだ」と穏やかな声で言った。相手はしばらく一言も言わずにいた後、思春期の少年を従えた背の高い女性のことを思い出した。

「さあ返せ。もうマリー＝ガラントへ行ってきたなら、そこへ行って手に入れると言っていた子山羊も一緒に出すんだ」

「これが一大事でしてね」向こうはクッションの上で体を揺すりながら言い返した。

「いいか、もしお前が今すぐこちらに金をよこさなかったら、今晩また取り立てに来てやる。そのときはもっと手厳しくするぞ。ずらかろうとしたところで、見つけ出してやるまでだ。たとえ硫黄坑に隠れようと」

男はさらに何か言おうとしたけれど、イレールの情け容赦ない顔を前に踏みとどまった。彼は少しよたよたとしながら立ち上がった。顔に唾を吐きかけられたみたいだった。イレールは素早く腰を上げると、拳を握り締め、首を伸ばして、唇を食い締めた。

「どのみち、引き受けていたら相当手間のかかる案件だったのだ。気がついてよかった。されば……」。呪術師はぶつぶつ言いながら、ありもしない胸元の食べ滓を払い除けた。彼はさらに舌打ちして嘆かわしげに首を振りつつも、衣の下から札束を取り出した。

「あの娘は私に頼み事をしにここへ来たのだ。それがこんなことになろうとは……」

お金は別の手に渡った。イレールは挨拶もせずに出ていった。

お札を携えて、彼はラクロス通りの闘鶏場へ楽しい時間を過ごしに行くことにした。

続く日曜、父さんは、呪術師たちや他の魔術師たちに対抗して臨終の聖体拝領を行うかのように、あっさりと言い放った。「腰を抜かしたあのおっさんのところから九百フランを取ってきたけど、こちらはこうしてお前の前でぴんぴんしている」。つくづくさすがだと思った。アントワーヌに返すからとお金を要求しても無駄だった。これもいい勉強だというのだった。

このときばかりは手放しで、父さんに尊敬の念を抱いた。不思議なことに、アントワーヌはこれで呪いがきれいさっぱり解けたと決め込んだ。姉さんはイレールを恨んで、荒くれ男呼ばわりして、それから九百フランのことは忘れて、家を出るときにあの染みを踏まないよう気をつけることもなくなった。

リュサンド

私はね、ハイカラだった。ポワンタピートルでは、ファッションとインテリアについては最先端を行っていた。言ってみれば、あの場所の刷新に加担していた。どういうことだと思う？　私は十年間、あの大会が初めて開かれた年から自分がくたびれ果てるまで、グアドループのあらゆるお嬢さん方の服を仕立ててきたの。あら、じゃあそのあらましも説明しなくちゃ！

アントワーヌは、あの頃、仕事がうまく行っていたのに、相変わらずモルヌ＝ガランに住んでいると見られかねない様子だった。三十歳のときには、五十歳にはなっているような見なりをしていた。もったいないったら！　あんなにきれいなのに身なりを一切構わないなんて……ああ、私があんな体をしていたら！

マイアミから入ってきていたアメリカの雑誌があって、パリの流行り(はや)から着想を得たファッショングラビアが載っていたんだけど、それを手本に、何十人もの希望者に服を着せていた。私の創るものはどんどん洗練されていった。娘さんのそれぞれに一番合う色で縫い上げたの。長い腕が暗い色の地面に届きそうなこの子にはフューシャピンクで、首に赤銅のような色艶のあるあの子には爽やかな緑で、って。

大会の運営者は私なしではやっていけなくなっていた。私は優雅さに飢えている小金持ちの市民たちから大地主だった白人たちの子孫まで、島のあらゆる人たちに会った。一度なんて、洗礼式に呼ばれさえした。モルヌ＝ガランからそう遠くないグランドテールで、だけど。黒人は私一人だけ。イレールのところのみすぼらしい女の子がそんなパーティーに出るようになるなんて誰も思っていなかったんじゃないかしら。大会に先立つ何日かの間、私は膝をついて働いた。ぐったりするまでね。続く本番当日には、舞台袖から、お嬢さん方や島で最もお金持ちのご婦人方の肩越しに自分の服の見本を眺めた。たまに、あれやこれやのカクテルドレスのために会場アナウンスで私の名前が呼ばれることもあった。

大会運営委員会の長はジョルジュ・クーランジュが務めていた。あの、同じ名前のラムを作っている会社の跡取り息子。クーランジュ家は島の主要な蒸留酒製造所を持っていただけじゃない。分列行進が行われていたホテル、さらには観光客のためにゴジエの街に設けられていたマリーナ全体と、薔薇色の浜が絹の旗みたいに広がっている、あのグランド＝テールの主要なレストランは彼らが造らせた。グアドループで初めてのスーパーマーケットも開いた。初め、あそこでは白人しか雇っていなくて。それからそこそこ目端の利く黒人もレジ係としてなら働けるようになった。それだってさとうきびの仕事よりよかった。

クーランジュの父親は気難しい男だったけど、実業界は愉快な場所じゃないし、傘下の組織を維持していかなくちゃならなかったしで、争議や決起集会のときには毒づいていた。お気の毒だと思ったわ。アメリカの同業者と競り合いつつも、絶えず社の舵取りをしてビジネスの場で丁々発止と渡り合わなくてはならなかったんだもの。奥様のアンヌさんは優美な金髪の女性で、よく服を仕立てさせてもらっていたのだけど、ご夫婦が抱えていらっしゃる悩みを打ち明けたり、夫の辣腕ぶりを誇らしく語ったりしていた。

労働者たちがダルブシエで、つまり蒸留酒製造所でサボタージュをしようものなら、父親の方のクーランジュは友達に言ったものだった。「お腹が空けば、黒人どもはまた働き始めるさ」彼は、この手の台詞（せりふ）は彼らの間で交わされてそれきりだと思っていたけど、アンヌさんはそれをそのまま私に言っていた。それが私を試すためだったのか、ソファの縁に座って、指先でハーブティーの入ったカップをつまみ持ちながら、彼女自身、どこか後ろめたい気がしていたからなのか、どっちだったんだろう。

　他の経営者たちは、鉄鋼業やバナナ産業、コンクリート産業なんかに従事していたんだけど、このクーランジュにくっついていて彼が経営者全員の名において語るのをありがたがっていた。何か月も続きかねない争いでは、ストライキをしている側にたまに死者が出た。私はストに加わるなとタタールに言っていた。たいていの場合、仕事は再開された。事が収まると、アンヌさんは追加注文をしに私に会いにきた。人心地がついたとでもいうように。そうね、アンヌ・クーランジュは私の親友だったって言っていいと思う。

　ド・ゴール氏再訪の日、彼女は私についてこないかと言ってきた。そう、私もそんなご身分になった。高官の方々と一緒には座れなかった。アンヌさんが、このときこそはお偉いさん方のご家族に謁見せずに済ませたいと思っていたばかりにね。晴れがましい日に人群れの中を散歩するのが彼女には楽しかったの。少し残念だったけど、まあ私はつき添いで来たんだもの。彼女は私のそばで安心していた。ヴィクトワール広場まで彼女につき従って通りを大股で歩いて行った。私はこのときのために自分で仕立てたクリーム色のきれいなスーツを着ていた。私たちはその辺の人に紛れて座った。二人して遠巻きに、広場を縁取るカエンボクの下で。ココナッツシャーベットをゆっくりと食べようと思った。

　私たちからあまり遠くないところで、アントワーヌが、ド・ゴール氏と軍隊の分列行進をもっとよく見ようと、丈の低い柱に登っているのが目に入った。あれはいわば変てこな彫像だった。アンヌさんがいなければ、ぼろぼろのワンピースに例のどた靴で腰からすっと背を伸ばして高くなったところに乗っているあの人を見て笑っちゃったと思う。大きななりをして、午後の明るい光の中で人群れの方へ身を乗り出している彼女には、堂々としていて恐ろしげなものがあった。私は彼女をアンヌさんに紹介したくはなかったし、自分の姉だと告げたくもなかった。何を言い出すか分かったものじゃなかったし。アンヌさんの華奢（きゃしゃ）な手首を握って、主なるイエスといかほどのつながりを持っているのか見定めようとさえしかねなかった。恥ずかしいったら。

アントワーヌ
二番目の風

妹が上客たちについて話すことを鵜呑みにしちゃいけない。あの子は島の上流階級の人たちのために働いているって言い張っていたけど、あの子が生計を立てられていたのはファンになってくれていたしがない顧客たちのおかげ。それ以外の、ちょっとしたことにかこつけて遠くまで赴くような本当にお金のある人たちは、彼女が服作りのねたにしていた有名ブランドのお店まで行っていた。クレージュとか、ディオールとか、あとはよく分からないけど、そんなところへ。人によっては、そうして買ったものをリュサンドに褒めてもらって得々とすると、どうでもいい従姉妹にするように軽く挨拶を交わしたきり、彼女とおさらばしたりもした。

　ド・ゴール将軍がいらした日、私はヴィクトワール広場にいて、妹が、アンヌ・クーランジュに貼りつかれるようにしてやってくるのを見た。あの子が彼女について話さない日はないぐらいだったから、すぐにその人だと分かった。リュサンドはやっぱり私を見たけど、そっぽを向いた。言っておくと、大地主だった白人たちの子孫の女があの子と一緒にいた場合、それは友情からじゃなくて、夫に勘繰られてはまずい類（たぐ）いの約束があったんだ。

　台の上にいて、私は全部見ていた。彼女たちがカエンボクの陰に滑り込むなり、赤毛の男が近づいてきた。ベレー帽を被って青と白のセーターを着て、休暇中の水夫みたいだった。アンヌ・クーランジュと彼は知り合いのようだった。彼女は彼に何か言うとそこを離れた。リュサンドは、新鮮なバターの色をしたきれいなスーツを着たままその場に突っ立っていた。あのときクーランジュさんは丁寧な口調でちょっとした指示を出していたんじゃないかな。「少し待っていてくれないかしら」って。妹は綿くずみたいな顔になってからわれに返ると「親友」の方を向いて首を振った。あの子は蟹の穴の前の鳥みたいに相手から目を離さずに、固まってそこにいた。あれはきっと、前日の顚末を、タタールが一緒にド・ゴールを見に行こうと言うのを断って口喧嘩になったのをさ、思い出したんだと思う。今度は、彼女が私に目を向けて、私の方が目をそらした。私の眼差しに軽蔑が浮かんでいたら彼女の屈辱感がさらに強くなってしまうから。

私が妹の家へ行くと、リュサンドの方が稼いでいるとタタールが嘆いていた。彼の考えでは、そんなのは道理に外れているのだった。仕事から帰ってくると、子どもたちに食事をさせているのが自分の妻ではなく女中なのを不満に思いながら、台所をうろついていた。「他にどうしようもないでしょ」ミシンの後ろからリュサンドが言った。「どうであれ食いぶちを稼いでいるのは私よ。おちびさんたちにちゃんとした服を着せてあげているのも、あんたが日曜に着るスーツのお金を払ってあげているのも私じゃない！」

タタールがさ、妻に服を調えてもらうのが好きだったのは本当だよ。どこかのお店で目星をつけてきさえすれば、リュサンドはそれを買ってくれるか、もし時間があれば、そっくり同じものを作ってくれて。それでも、チャコールグレーのスーツに揃いの帽子を被って、土曜の夜のたびに浮かれてはそれがふいになるとあっては、やっぱり我慢ならなかった。ダルブシエの工場を辞めてフランスへ働きに行くと、前にも増して言うようになった。彼に言わせれば、そうすればもっといい仕事が見つかって、稼ぎも二倍になるらしかった。

リュサンドは肩をすくめて、タタールのありさまを咎める様子を見せた。単純で、少しがさつだったんだ。あの子は、ルネサンスっていうポワンタピートルにできたばかりの映画館に連れて行ってほしいような素振りを彼に見せていた。映画館長の奥さんが彼女の客で、ただで観られる映画が何本かあるから行かないかと彼女たち夫婦に声をかけてくれていた。でも実際、タタールが欲していたのは、妻と、ドミノ遊びと、土曜の夜のダンスパーティーだけだった。それに本音では、リュサンドもそれでよかった。表向きとは違って、妹は田舎娘のままだった。働き詰めだけど瀟洒だって本人は思い込んでいるけど。気が向いたらそう言ってやって。

私があの子たちの家にいた日に、またしても喧嘩の口実を探していたタタールは、常客の列が絶えないのと、ボビンが家の床に散らばっているのに文句を言った。リュサンドはミシンの後ろにいて、自分のブラジャーから十フラン札を取り出すと、縫っているものから目を離さずに相手に渡そうとした。「ボビンを一つ見つけるたびに私に罰金を支払わせればいいわ。いい副収入になるんじゃないかしら」

タタールは平手打ちを食らわせようとあの子に飛びかかった。彼女は素早く後退り（あとずさ）してテーブルの上の花瓶をつかんだ。「叩きたかったら叩きに来なさいよ！」。相手はたじろいで、こちらへうつろな視線を向けて、札を拾って、彼女の後ろの扉をきしませて出ていった。私は首を振って、二人まとめて馬鹿者呼ばわりした。一時間もすると、彼は舞い戻ってきて言い放った。フランスへ行けば自分は一角（ひとかど）の人物になって、リュサンドも自分を見直すだろう、機会さえくれればいい。

この手の馬鹿話を聞きたくないから、私はずっと結婚する気にはなれないんだ。でもまあ、妹は結局譲歩したよ。もしかすると島にいても今より上は目指せないと思ったのかもしれないね。妹に言わせれば、自分の娘たちによりよい教育を受けさせたいのが大きかったみたいだけど。

グアドループには学校も教師も足りていなくて、みんなは学生が何なのかろくに分かっていなくて、変わり者ぐらいに思っていた。まあそうなんだ。ポワンタピートルの高校を出た黒人の若者を見たことがあったけど、しゃちほこばって、スーツ姿で踏ん反り返って、白人や混血の中等教育修了者の群れの只中で優秀さを見せつけようと心を砕いていた。

そんな、教養を身につけた黒人たちは、夜にときたまやって来ては、地区の集会で雄弁さと人民のための素晴らしい思想を披露していた。モンテスキューにディドロ、トロツキストに共産主義者を引き合いに出してね。私はアイスをしゃぶりながらあの人たちが話すのを聴いていた。彼らの口からややこしいフランス語がするする飛び出すのに興奮していた。こちらで、独立に向かって歩むアフリカの同胞たちにならって武器を手に戦うことを望んでいると言ったと思うと、そちらでは、無政府主義者になるべきだと説いた。あちらでは、チェ・ゲバラ信奉者が発言した途端、毛沢東主義者に反論された。スペイン語で演説している人さえいたよ。「死するまで」とか何とか言って。呆気に取られる聴衆の只中で、語学の才あるこの若者は私の微笑みと頷きに励まされていたようだったけど、私は単にカラカスでの素晴らしい時間を思い出していただけ。結局、この学生さんたちは貧乏人の人生をろくに知らないままだった。彼らはやっぱりフランスへ行きたがっていて、失業中か職業訓練を受けているかしている島の多くの若者とはあまり交流がなかった。そんなの、こちらにとっては当たり前なのにさ、職業訓練なんて。それだってましな方。あんたの父さんにしても、みんなはとっとと落ち着いてくれさえすればいいと思っていた。で、リュサンドの話では、フランス本国でなら、彼女の娘たちはそんな目に遭わずに済むのだった。

私はみんなの出発を見届けた。まず私のお客さんの何人かが、旅行鞄を手に、店へさよならを言いに来た。リュサンドの支度も調った。あの子はタタールにまとまった額のお金を先に渡して、フランスでの新居探しのために下見に行かせていた。笑っちゃうんだけど、その一件であの夫婦の互いを見る目が変わったみたいだった。夫が郵便局に入職したら妹は追って渡仏することになっていた。

フランス本国では、経済は右肩上がりで仕事の口がたくさんあるという話だった。ここでは、工場は一つまた一つと閉まっていった。バナナとラム酒ではもう儲からなくなっていた。島では新しい仕事が生まれていた。みんなにしても、船が過ぎていくのを見てばかりはいられなかったから。だけど、ポワンタピートルで栄えていた不動産業や、観光業や電力産業は、本国から投資できる白人が企業を押さえていて、私たちのところへはお金は落ちてこなかった。

偉大なる黒人経営者なんて今まで誰もいなかったよね、フランスの市民権にもう何世紀もしゃぶりつかせてもらっているのに。これ幸い、ってやつだよね。この辺りの雑種犬が大きく見えるように毛を立てて狼のふりをするのほど嫌なことはないから。

私はマルタさんのお店を援助していて、毎週ほんの少しだけお金を渡していた。十八歳になっているかどうかの痩せきった若い娘さんで、一人で赤ちゃんを育てていた。彼女は、自分もじきにここを発つ、子どもは祖母のもとに置いていくと言って、ブミドムについて長々と話した。

「ビビドムって、何?」ついに私は尋ねた。私の店のショーウィンドーを洗いながら、彼女は、それは国のプログラムで、海外県の若者にフランス本国へ働きに来てもらうものだ、あちらでは人手が足りないから、と説明した。職業訓練を受けられて、いい仕事を得られるだろうと考えていた。

彼女は期待に胸を膨らませて出発したし、他の人たちも多くはそうだった。私が教会で親を目にすることがある何人かの若者たちは、彼女より年上だったけど、島にはもう働き口がなかった。そんなのがずっと続いた。そうできる人は、本国に着いてからしばらくやっていけるだけのお金を得るためになけなしの土地を二束三文で売っていた。空港はずっと動いていた。

　でも、あちこちで聞きかじったところでは、フランスもいいことばかりじゃないみたいだった。マルタさんのお祖母(ばあ)さんは涙声で、孫娘は十六区で女中をしていると話してくれた。彼女と、同じ飛行機で出発した他の若い娘たちは、ブミドムから、職業訓練と称して寄木張り(よせぎば)の床をきちんと磨き上げられるよう指導され、地下鉄の切符を一枚受け取っただけだった。

　かの地の工場は、ダルブシエのものと似たり寄ったりだった。男たちは車の組み立てラインでアルジェリア人やアフリカ人と境遇をともにしていた。ぞんざいに扱われて見下されていた。最初の離郷者たちと同じ轍を踏まないために、続く人たちのほとんどは公的機関に入った。病院とか、郵政省とか、パリ交通公団とか、そんな大きなところに。アンティル人は住宅手当を出してもらえたから。じゃあそっちへ行くしかないよね、と教会で私と並んで座っている親たちは言っていた。

　だけどサルセルやサン＝ドニの低家賃住宅ではさ、そんなふうに移住してきたあらゆるひよっこたちが独りぼっちで途方に暮れていた。給料はとても少なくて帰ろうにも帰れなかったんだ。子どもたちを呼び寄せてまた家族皆で暮らせるようにしようとしている人もいたけど、はなから諦める人もいた。出発は続いていたけど、私が住んでいた地区の集まりだったか、土曜の夜、街外れの空気をいい匂いで満たす仮ごしらえのバーベキュー場の周りだったかで、気になることを聞いた。

　労働組合員が、ブミドムは若者たちを出ていかせて島で革命が起きないようにするためだけのものだと叫んでいた。マルティニークでは大きなデモがあって、大規模なストライキが勃発して流血沙汰が引き起こされたから、経営者たちは労働者の待遇を少しは改善せざるを得なくなった。

　レユニオン島は知っている？　私は一度も行ったことがないけど、フランスの島だよね、グアドループと同じで。それであの頃、恐ろしい話を聞いてね。フランス本国の、ラクルーズって県の人口を回復させるために、何千もの子どもが家族のもとから連れ去られたって。

そんなの全部が一帯と、私の肩にもやっぱりのしかかってきた。私には夫も、引き連れている子どももいないのに。こう考えてみると、あの頃はグアドループ中がどうしようもない不安に囚われていたんじゃないかな。貧しい人も、一番のお金持ちも。経営者は人々を見張っていて、若者が政治結社に入らないようにスポーツリーグを組織したりした。知事は駄弁を弄し、報告書を送りつけてきた。何人もの高校生が監獄行きになったし、裁判所の鉄格子は夜更けに放たれた小型原子爆弾にやられて外れ飛んだ。

モルヌ＝ガラン時代の方がよかったというつもりはないよ。私が二十歳の頃にしてもさ。それはない。だけどそれでも、この六〇年代の半ばっていうのはこたえた。不安だったし、みんなが出ていって悲しかった。それに、失業者が増えたり、工場が一つまた一つと閉まっていったりして、私の店も前ほどうまく行かなくなった。たまに、商品のブラウスやアジアの紙でできた扇の只中でくるくる回って言っていたっけ。「やめなって！　子ども連中にいいようにされてるこまみたいじゃない！」。まあ、疲れていたんだね。もう長らく、指先が幸先よさそうにちくりとすることもなくなっていた。まるで私の気の流れがかれたみたいだった。あれには本当に参った。

私には少しばかりの爽やかな風と、聖母さま、ヴィクトル・シュルシェールさま、それに大好きなミカエルさまとの対話が必要だった。ありがたいことに、どこへ行けば彼らに会えるかは分かっていた。教会だ。新たな修道女会が、バス＝テールの、バスでポワンタピートルから四時間のところに最近できたと聞いていた。

弟ちゃん

「やあ、調子はどう？」

「ああ、順調だよ。お前はどうだ」

「うん、まあうまく行ってる」

「姉さんたちはどうだ」

「機嫌よくやってるよ、父さん。リュサンドはタタールさんに満足しているみたいだし」

「そりゃそうだ！　あの子には選べる限りで一番いい夫を選んでやったんだ！　で、アントワーヌは？」

「前よりいいみたい。相変わらずお店をやってる。この間さ、姉さんにばれないように、姉さんのために銀行口座を開いておいたよ。札束をあちこちに散らかしているんだもん、もう無理、って思った。姉さんにもそう言ってきたんだけどさ、そのたびに肩をすくめてるだけなんだ。だから預金用の口座を開いてときどきそこへお金を入れてるの。向こうはそんなの気づいてもいないいんだろうな」

「さすがだな」

「父さん、あのさ……トランペットのことは話したよね。ポワンタピートルで見たんだ。きれいなやつで、つくづく気に入った。ただ、見習工のあの給料だから、買えるだけのお金がまだ貯まってなくて。どう、お金を貸してもらえないかな。毎月返すからさ」

「何だって？」

「俺が実直な若者だって、父さんが言ってくれたんじゃなかったっけ」

「ああ、そうさ！」

イレールはくすくす笑った。雌鶏が雛を呼んでいるみたいだった。俺はさらに言った。

「何か月か前、もし俺ががんばって働いたら、買ってくれるって約束してくれたよね。あまり先延ばしにしたくないからさ、何ならプレゼントしてくれるんじゃなくてお金を貸してくれればいいよ。そうしてくれたら明日にでも買えるし」

「なあ、そんなのよりもっといいことがある。トラクターを買ってあげよう！　長く使える新品だよ。これこそが父親としてお前に買ってあげられるものだ。掛け金なしの一括払い！　何、土地を少し売れば済む。トランペットよりずっといいぞ」

「でもさ……」

「いいかい、いつか、お前は父さんと一緒にさとうきびを刈りに来るようになる。だろ？　お前が来てくれてさ、で、俺たち二人で十人分ぐらい働く！　そしたらまあ、畑もちょっとはやれるだろうし」

「トランペットをくれるって約束だったのに！」

「その話は忘れなさい。よく考えて、その気になったら戻って来るんだ。父さんはお前のためにここで待ってる」

毎度こんな感じだった。父さんと、モルヌ＝ガランの小屋の前の小さなテラスで過ごす日曜は。俺みたいな思春期の子どもにとっては甘やかなものでも気落ちさせるものでもあった。アントワーヌの家へ越してからフランス本国へ発つまで、俺は毎週日曜に父さんに会いに行った。彼が、彼の人生とは違う人生を送りたいと思う人もいるってことを分かった試しはなかった。お前がイレールみたいに生きたいと言ったところで、反対はしなかっただろうけど、世話を焼きもしなかっただろうね。あの人はずっとそんなふうに現れつつ消えていて、それがいいと思っている。だって、肝心なものやことのためにいればいいんだから。お前の結婚式とか、お前が小屋を建てるための土地とか、事を始めるのを助けてくれる牛とか……歳を取っていっても、ずっと変わらず頑固だった。

六十歳を過ぎても、彼は二十五歳のときに劣らずたくましい体をしていた。洗いざらしのショートパンツから突き出ている、溶けかけたチョコレートみたいな色の脚は滑らかで張りがあった。上半身には一グラムの贅肉もなかった。帽子に守られた丸刈りの頭は木のように硬かった。横に座って小山の影が家へと近づいてくるのを見ながら取り留めのない話をしているに越したことはなかった。向こうもそれがよかったんだ。そんな父親っていうのは、こちらの望みに応えてもくれなければ譲歩してもくれないように思えるだろうね。本当のところ何も当てにできないんだから。良きにつけ悪しきにつけ。アントワーヌとリュサンドにはそんな父さんの役割は分かりにくいものだった。多分、姉さんたちは父さんのところで俺よりも長く暮らしていたから、表には出さなかったけど恨みでいっぱいだったんだろう。

モルヌ＝ガランでは、イレールは相変わらず地域の暮らしにおいて重要な人物だった。入用なもののある、兄弟姉妹や大言壮語を吐く人たちにたかられていた。役場の長のジャンパノーさんなんかにしてもさ。野心家の社会主義者で、ガストン・モネルビルみたいになりたがっていた。彼はモルヌ＝ガランに党の支部を創って、党は彼に、共産主義者たちの影響力を一掃し、仕事では手を抜かず、読み書きできず、見どころがあり、だんまりを決め込んでいる農民たちの土地にその思想を広め、非力であれ猛々しく反旗を翻すよう命じた。

この奴隷の子孫たちは一丸となって投票へ行き、彼らの希望や郷土愛を擁護してくれると思われるこの長をはるかなるフランスへ送り込んだ。数々の最も素晴らしい夢の中で、ジャンパノーは元老院の議席を占めていた。意気込んで胸を張った彼は議会の只中で高らかに叫んでいて、グアドループ中で祝福されていた。島の社会で上り詰めるのに二十年かかった。今度の舞台は、パリだ！

ほんの子どもで、まだあそこで暮らしていた頃、俺はあの人が家に来ているのによく出くわしたものだった。特に彼の初めての役場長選挙戦のときはね。奥さんが朝早く作った蟹料理の鍋を脇に抱えて、日曜にやってきていた。

「巨艦さん、おはようございます！」彼はイレールの家の入り口まで来て言った。

「おお！」父さんは家の中から大声で答えた。よく通る陽気な声で、それが挨拶代わりだった。

すると将来の役場長は、戦(いくさ)から帰ってきた英雄よろしく重厚であってくつろいでもいる足取りで歩み寄った。長い背中の上の方は少し丸まっていて、脚は曲がっていて、指先には帽子が際どいところで引っかかっていた。どんな感じか分かるように彼の真似をしてみようか。ほら、こんなふうに姿勢を保ってさ。そう、ジャンパノーさんはこんなふうだった。テラスの上の木製の肘掛け椅子にゆっくりと腰掛けると、首を伸ばして、埃っぽい通りの突き当たりを考え込むように見つめていた。帽子の方は骨張った膝へ舞い落ちていた。

「やあ！」イレールは、ちっぽけな台所からぬっと現れると、釘に掛けてあったシャツを羽織って、ボタンを留めながら言った。

「来ちゃった！　まあ何とかやってるよ」

「そう来なくちゃ。さあ、何のご用かな」

イレールはお気に入りのスツールに、脚を前に投げ出して座った。朝早くに牛たちをつないだ後で、長靴を履いたままだった。ジャンパノーはため息をついてこう漏らした。

「巨艦よ、俺は疲れた」

「それは、また」

「あんたは俺よりこの地域について分かってる。意見の一つや二つぐらいあるだろう。どうしてグラン・フォンの民はあんなに頑固なんだ。イカル一家は知ってるか？　ブランシェットの人たちさ」

「古い家に住んでいる方？　それとも町に住んでいる方？」

「町の方。大尉の息子がいる家なんだけど」

「ああ、あそこね」

「なあ、どうしてあの人たちは俺を見るとまるで幽霊を見たみたいに扉を閉めるんだ。あんたは俺のことをよく分かってるし、俺がブランシェットで何をやろうとしているかも知ってる。もっと頻繁に人前に出てくるべきだと思うんだけど、彼ら。もしまともな道路が入用ならさ。そうすればあそこに人が住んでいるんだって分かってもらえる」

「ああ、先月も怪我したのが一人いる。あいつらのご近所さんの一番若い息子さん。原付に乗っていたら道路がやつの前で崩れちまった！　雨の後だった。気づいたときには谷底に落ちていたって」

「だよな。この前県会に行ってセルビルと直談判したんだ。いよいよ道路のための資金がほしいって。だってそれが、俺が役場長になったらやることだし」

「いいぞ！」

「あの家の息子さんも、グルベまで自転車で行けるようになるし！」

「俺は馬で行っていたな」

「グルベまで？　巨艦さん！　あんたって人は本当にどこへでも行っていたんだなあ！」

　そう言って、ジャンパノーは吹き出した。

「すごいのは俺の雌馬のヴィニーの方。どこへだって行く。こちらが望めば月へだって連れて行ってくれただろうさ」

「雌馬ヴィニーね。子どもの頃に聞いたことがある。だからさ、俺が党のお偉方に言っているのはそれなんだ。あの人たちは県会議事堂にいて、もっぱらペンで報告書を書いている。俺はさ、ここに、人々とともにいる。どんな些細なモルヌ＝ガランの道路のくぼみも知っている」

「そうだな」

「ここの人たちをさ、俺は愛してるんだ。彼らのためなら何だって差し出す。けどこれは言わなくちゃいけない。あの人たちは白人を批判するけど、いいお手本にすべき場合もあるはずなんだ」

「うん」

「黒人が彼らをそっくり真似るべきだとは言わないよ。それは嘘だ。俺は彼らが組織の上層部でどんなふうに振る舞っているか散々見ている。言われたことはしろ、私たちのしていることはするな、って調子だろ。けどそれでも、ときどき……つまりさ、黒人は自己批判をしてみたほうがいいと思う。俺も黒人だし、自分たちが背負わされている運命は分かっている。もしできるなら、俺はあんたみたいにするだろう。馬を手に入れて、この土地のどこへだって駆けて行って、みんなに話をする。満月の夜にしか見かけないあのマティニョンの人たちにだって。でも仕事がありすぎて。次の選挙でランサンさんに勝たなくちゃ。向こうはお金を持ってるんだよなあ。色々手を回してると思う」

「ああ」

「あんたは本物の社会主義者だ。だから言っておくと、リスクはある。誰一人選挙の日に集まり損ねちゃいけない。固く結ばれ、組織された集団を作るんだ！」

　ジャンパノーは形容詞が出てくるたびに太腿を拳で叩いていた。イレールは、頭を下げて、両手を膝の間に入れて、低い声で賛同した。それから二人の男は、十一時の静けさを、水をほしがる牛の鳴き声が区切るのに耳を澄ませた。十一時三十分、ジャンパノーははっと目覚めたように言った。

「ああ！　イレール！　ほら、妻があんたのために作ったんだ！」

　彼は、開かないように新聞紙で包んである鍋を差し出した。料理はまだ冷め切っていなくて、父さんはもうガスコンロに鍋を載せるだけでよかった。肉の脂（あぶら）や唐辛子の匂い、そして、はさみが濃いスープから現れかけている蟹の、ムスクのような圧倒的な匂いが漂い始めた。彼らは座り込んで、肉汁の染みた甲羅を激しく噛み砕いた。浮かれて元気になったイレールは、ジャンパノーの職業人生を個人の決闘に仕立て上げてしまい、選挙の日には地区中の者を集めてくると請け合った。

　俺がグアドループを離れたとき、ジャンパノーは三期目の任期に入っていた。役場に用のある人たちはまず父さんのところへ来て、取次をしてもらう。すると父さんは帽子を被って、ごわついた手で自分の一番大きなハンカチを握り締めて、案件を説明しに依頼人と役場へ向かうのだった。

　地区を通るたびに、ジャンパノーは、イレールにとっては大層誇らしいことに、必ずこちらの家の前に車を五分間停めていた。役場長は贈り物として父さんから土地を少し受け取っていて、そこに公立の学校を兼ねた食堂を建てようと考えていた。

　何年か後、ジャンパノーの後継者は、モルヌ＝ガランの逆端の、エゼキエル家の土地の只中の一ヘクタールをイレールにもらい、そこに新しい地区に通じる道路を通した。怒ったアントワーヌは父さんが強盗や横領者であるかのような言い方をした。こうした取り決めがなされた頃、イレールは八十九歳だった。自分の携帯容器に蟹料理を受け取って役人と一緒に昼日中にラムで一杯やったに違いなかった。イレールの世話をしにグアドループへ何か月か帰っていたとき、アントワーヌは瓦礫でいっぱいのダンプカーに、不正の賜物である道路へ積荷を下ろすよう求めた。俺も姉さんに賛同した。クレテイユから、市長にあてて書留で手紙を書き送ったよ。返事はなかった。その場にいない者は割を食うんだ。

ジャンパノーや後に続いた役場長たちとのお人好しな裏取引によって、この手の人たちは何の横槍も入れられずに、奥地にまで電気を引くための鉄塔の設置に専念できるようになった。ポール＝マオンの実業家などはなかなかに説得の仕方がうまかったものだから、子どもだった俺たちが透明な水に入ってはしゃぎ回ったり、昼ご飯にする獲物を釣ったりしていたザリガニのいる大きな池は水を抜かれてしまった。そこはガソリンスタンドになった。

思春期の俺はそうした諸々の様子を窺ってはいたけれど、それほど気を揉んでいなかった。片やアントワーヌは、かんかんに怒って帰ってきてはイレールをろくでなしの横領者呼ばわりした。「これじゃあ私たちに何が残るっていうの？」。父さんは背を丸めて叱責を聴いていた。嵐が過ぎるのを待っていたんだ。けどお前のおばさんは平気で何時間でも不満をぶちまけ続けるものだから、俺とか、あの人と一緒にいた頃のデデみたいな、最もあの人びいきの聴き手であっても最後にはイレールを気の毒に思ってしまう。

何十年間か隔たってみると、父さんには特に俺たちがそばにいることが必要だったって分かる。それが、俺たち子どもの誰もあそこにはいなかったんだけど。

俺はリュサンドの出発の後、二番目に父さんを置き去りにした。いくつもの原因が積み重なって出ていくことになった。謎のままだった母さんの写真、強いられた退学、一人前の大人としての生活を築く見通しの立たなさ、そして、毎日頭を下げなければならないという感覚がどうにも拭えなかったこと。絶え間なく、さまざまな権威に自分を沿わせなければならなかった。窓口の向こうの郵便局員のなけなしの権力や市長の権力に対して、しがない雇用主の前を通るときから、大地主だった白人たちの子孫のところへ出向くときに至るまで。そしてその彼ら自身が、国やアメリカの大工場主と駆け引きをしている。蜘蛛の巣に引っかかった蝿みたいに自分が絡め取られている気がした。でさ、あの頃、島にヨーグルトの工場を造ろうとしている友達がいたんだ。何が起こったと思う？　島のあらゆる店がフランス本国から輸入したヨーグルトの販売促進を始めた。人々はここぞとばかりに食いついた。所有者たちは買値よりも安い価格で工場を転売した。何か月かそんなふうだった。しまいには、友達は、愛しの地元産ヨーグルトとともに匙を投げ捨てて店じまいした。そんな次第だったけど、そういうのは今も変わってない。ボブ・マーリーのあの歌は知っている？　「俺が種をまくたびに警官のやつは言う、育つ前に枯らせちまえって」これを聞くたびに、あのヨーグルトのことを思い出す。

　俺が抜け出さなくちゃいけない最初の罠は家族によるものだった。あの頃もだし、今に至るまで、俺は姉さんたちと闘っている。いつも悪い選択をする「才能」に対して。差し向けられる愛情に対して。俺は、彼女たちがそれぞれ持っている専制という滑車を動かせる領域みたいなものだったんだ。数々の助言に対して。子どもの頃にはもう、投げやりで幻想めいていると感じていたっけ。そう、彼女たちは永遠に続く幻想の中で生きていた。俺はいつまでも大きくならなかったし、彼女たちの偉大さと責任感を投影する鏡にされていたし、一発お見舞いされることはそうなかったけど、周りからも許された行為だっただけに強く打たれていた。あの人たちの愛撫と平手打ちの下で息が詰まりそうになった。思うに、子どもの頃から俺は自分が出ていくと分かっていた。それが、こちらが腹に据えかねていることを彼女たちに吐き出さずに済む唯一の方法だった。彼女たちの教育は狂信と人の目に基づいていたんだ。

俺は一九六四年には二十歳になっていて、電気工として真面目に働いていた。ド・ゴール将軍の二度目の訪問で、その年は島中が沸き立った。ラジオや新聞のニュースでは主な話題になっていて、終わったばかりのアルジェリア戦争や始まりつつあったヴェトナム戦争よりも、さらにはキューバ革命とかアメリカでの公民権運動よりも明らかに大きな扱いだった。そんな革命がそのとき、ほんの近くで起こっていたのに、俺たちには、まあ何も聞こえてこなかった。ハバナやアラバマで起こっていることを説明してくれたのはお頓知父さんだった。このイヴァンの父さんは、フィデル・カストロに大きな望みを託していたんだ。民衆の闘争について話してくれた。フランツ・ファノンという、俺が全く知らなかったマルティニーク人の本を肩掛け鞄から注意深く取り出すと、それを宝物であるかのように撫でて、こそこそと読んでいた。フランスの警察に捕まった著者の本だからだった。

将軍訪問の前日、俺たち電気工は翌日の演説のために音響を準備しなければならなくて、朝の二時まで働くことになった。

ド・ゴールが舞台に上って、フランス海外県・海外領土への愛を高らかに述べると、すべては順調に運んでいった。続く夜は機材の片づけで終わった。ほっと一息つくと、社長は俺たちに二十五フランずつ渡して仕事ぶりを褒めてくれた。

俺は口先だけで礼を言った。社長の前ではいつも固くなってしまうのだった。それから、週終わりに俺たちがオフィスへ給料を取りに行くと、彼の奥さんが素っ気なく給料の小切手を渡した。二十五フラン引かれていた。静かな怒りが湧き上がった。

「二十五フラン足りないんですけど」俺は言った。

向こうは驚いたふりをしてこちらを見た。

「夫がもう渡したと思っていたのだけど、違ったかしら」

「僕は給料を前払いしてほしいとは頼んでいませんでした。社長が式典の後に僕たちにくれたんです」

「あ、それなら、その二十五フランはもうもらっているんじゃない」

「でもあれは褒賞金でしょう。こちらは何を頼んだわけでもないですし」

「いい？　私は取り決め通りの額を払ってるの。もしもっとほしいなら、改めて話し合わないとね」

言い返そうとしたけど、同僚が不安げな様子で、放っておこうと目で訴えてきた。俺は怒りながら出ていって、三日後には軍への入隊契約を交わしていた。

数年来、たくさんの友達がアルジェリアでくたばらずに済むように徴兵前に入隊していた。かの地でフランスは「治安維持」を行っていて、常備軍の兵よりもむしろ徴兵を送り込んでいた。そんなわけで、建前上、フランス軍は当時まだ名前のなかったこの戦争で人命をほとんど失わなかったことになっている。グアドループの人たちは、武勲への称賛とともにポワンタピートルの港に下される棺を通じてアルジェリアの戦争を知っていた。アンティル人の若者が海の向こう、島から何千キロも離れたところで、土地の人々が奴隷のように扱われていたフランス植民地のために戦って命を落としていたのだった。戦争が終わって、こちらの出発の数か月前、エヴィアン協定が結ばれた後にも、何人かの友達はかの地へ送り込まれていた。いよいよこちらの番というとき、俺は徴兵される前に入隊した。島なるべくしてなったというか、そうでなければ緩やかに虚脱状態へ向かっていたんじゃないかな。島の輪郭線は俺にとって監獄の壁みたいなものだった。片脚が少し短いせいで入隊できないかもしれないと心配していたけど、結局適格と認められた。もっと後、読みたいだけ本を読める状況になって、同僚や師がこちらの感じていたことを言葉にするのを手伝ってくれたり、俺自身が、治療している患者さんたちの曲がりくねった言葉の中に一本の筋を見出す術を学んだりしたとき、二十歳の俺は軍隊に救われたのだと気がついた。

俺は、出発前最後の日曜にイレールに会いに帰った。

「やあ」

「来たか」

「俺、来週出発するんだ」

「兵役を終えたら、お前も一人前の男だ。二人でラム酒を一杯やろう」

「うん、父さん」

「体には気をつけろよ。この巨艦さまみたいに無駄に喧嘩を仕掛けるんじゃねえぞ」

「大丈夫だよ」

「どこへ行くんだ？」

「ドイツ。ラシュタットっていう街」

「軍隊か……お前は本当に俺の誇りだ。どれぐらいの間だったっけ？」

「十八か月」

「あっという間だな。戻ってきたら、一緒に働こう」

「ううん、父さん。分かってるよね、それはないって」

「じゃあどうするんだ」

「さあ」

「清潔なシャツを持っていくのを忘れるなよ」

「うん」

別れたとき、父さんがさめざめと泣いているのが見えた。十五年間も会わないことになるとはまだ知る由もなかったけど、長く離れることになるのは二人とも分かっていた。島の誰も、飛行機に乗ったらたった十八か月で戻ってきたりはしなかったんだ。

アントワーヌに出発を告げると、向こうは、もったいぶって腰に手を当てて俺を見て、一通りの忠告をくどくどと述べ立てた。善き青年としてこちらがいつもどうあるべきかという話ばかりだった。俺はそれを聴かずに、少し興奮したような目つきをした姉さんの美しい顔を眺めていた。甘やかな優しさと、制服を着た俺を前に感じている誇らしさと、わずかばかりの悲しさが見て取れた。

このとき初めて俺は姉さん用に開いた銀行口座のことを明かした。彼女は銀行の窓口へなど行ったこともなかった。向こうが疑るような様子を見せたから、俺は自分がどう考えたか説明してみた。

「まあ自分の家みたいなものだけどさ、この方が安全なんだよ。行きたいときに行けばいいし」

「ああそう。いい子ね。じゃあ考えとく」

「いやもうあるんだって。姉ちゃんは、これからもお金を預けていって、貯金がいくらになったか銀行員さんと一緒に毎月確かめればいいだけなの」

「分かった」

「で、税金もそれで払って」

「はいはい」

アントワーヌ　露の中を行く足

バス゠テール島は、言ってみればグアドループの裏側。グランド゠テール島が表側だからね。姉妹みたいなこの二つの島は私とリュサンドみたいに違う。その間には細い水流があるだけなのに。あと大きな橋と。イレールが馬に乗って遠出をしていた頃には何度となく壊れたけど、決まって造り直された。男たちの取り決めで、二人の姉妹は手を取り合うことになっていたんだ。

エゼキエル家発祥の地、グランド゠テール島はぺしゃんこで、今では廃墟になったけど、大きな蒸留酒製造所や美しい風車を造るのにあつらえ向きだった。バス゠テール島は、山がちで、靄に覆われていて、いつだって自由の民の領域だった。脱走した黒人奴隷やヴィシー政権に抵抗する者が、火山の中腹に隠れたり、彼らよりも前に住んでいたカリブの民が残した古い通り道を進んでいったりする逃げ場になっていた。数え切れないほどの道ができては自然にふさがれた。ここの人たちは多分、グランド゠テールの人たちよりも誇りを持って生きていたんじゃないかな。少しだけど、よりしっかりとした自由があったから。

私は、いつもみたいに陽が出る前にバスに乗った。ポワンタピートルの街と、外へ向かうにつれだんだんと人気（ひとけ）がなくなっていく、くたびれて崩壊が進んでいる街外れを離れると、みる間にこんもりと高さを増していく土地へ入る。丘を抜けたら、山、そして山岳地帯が続く。「横断道路」と名づけられた新しい道沿いでは、シダと榎の生える斜面から世界が始まった頃のような硫黄臭い靄が漏れていた。階段状に海まで、きちんと手入れされた広いバナナ農園が島の縁の急勾配を占めていた。大地主たちは、暑くて湿っている低地の斜面はそっくり取ったけど、高いところは雨が降るに任せているんだ。

バスがビギンのような四分の二拍子のリズムでガスをもくもくと吐き出して曲がりくねった道を這い上っている間、私はデデの、バナナ栽培用の小さな土地を手に入れてそこで働くという、あの昔の夢を思い返していた。かわいそうなあの人は何を考えているのだろう？　畝（うね）で腰をかがめている何十人もの男たちの賃金やら、バナナをねずみから守るために房に袋を被せる機械や缶入りの殺虫剤の代金やらを支払える権力者がすべてを握っているというのに。その殺虫剤にしても、地中の奥深くまで染み渡って、どんなに細い水脈にも入っていって、野菜や、海や川の魚や、赤ちゃんに乳首をしゃぶらせている女の母乳にまで流れ込んでいくし。

バナナ農園の上は正真正銘の山になっていて、天国みたいに野草が茂り、温泉が湧いている。そんなところへ私は向かっていた。けど、まずバスは、あまりに活気がなくてポワンタピートルとは比べものにならないバス＝テールの街で停まらなくちゃならなかった。街から延びている灰色の要塞の輪郭が目に留まった。素っ気ない様子で、石も剝がれ落ちていて、昔、英仏植民地戦争で使われた二つの哀しげな塔がついていた。

建てられたばかりのベージュのコンクリート造りの県庁の前で待っていると別のバスが来た。多分朝の九時だったんじゃないかな。私は、どういうわけでここの海がポワンタピートルで慣れ親しんでいる海よりも暗くて緑がかった色合いを帯びるのか気になっていた。さらに一時間曲がりくねった道を行くと、ノートルダム教会のシスターたちが開墾をして暮らしているところに着いた。その千年前にはカリブ族の人たちが野生の鳥や獣を燻製にしていた場所だった。

三人の修道女が、開いた大きな窓の並ぶ、立派な木材でできた新しくて広々とした家のゴムの木の下で出迎えてくれた。手始めに、熱心に祈って、ミサがアルマンのために執り行われるようお金を払った。だって火山の麓へ一息つきに来ていたんだもの、三十五年が過ぎたところで、自分の人生のいくつかの時期を振り返ってみたんだ。

シスターたちと、その落ち着いた白い服が、彼女たちのとても暗い、私のよりもだいぶ暗い色の額や手と対照をなしているのをそばで見ているのは心地よかった。私は桁違いの新鮮さを感じていた。塗り直されたばかりの彼女たちの共同寝室で眠った。明け方には、火山岩で造られた小さな教会の中で彼女たちと一緒にいて、晩には、夜の祈りのために彼女たちと一緒にいた。

何日か経った。二週間ぐらいかな。数えていない。でも、聖母さまからも取り巻きの天使さまからも何の知らせもなかった。アルマンだけが、しまいには私を訪ねてくれた。

ある午後、丸々として、膝が悪いせいで少し息を切らせている一人のシスターと一緒に果物を集めているときに、手に持っているきれいなアボカドを私たちの間にあった柳のかごに入れようと立つと、私の前に、にこやかな顔をして、素敵な様子で立っている人を見たの。誰だったと思う？　アルマン。銅色（あかがねいろ）に焼けた顔に、薔薇色の、高さのある頬を取り戻して、お茶目そうな青い目にくすんだ金の巻毛をしていた。彼はからかい屋みたいな、でも意地悪そうではない様子でこちらを見た。

「ええっ！　アルマン？　びっくりさせないでよ、もう！」私は微笑みながらクレオールで言った。

相手は動かない。まだ痩せたままの上半身にボタンを半分しか留めずにシャツを羽織って、ズボンを踝（くるぶし）までたくし上げた格好で私のすぐ前にいる。目を丸くしてこちらを見ているシスターのジョゼファに彼を紹介したいけど、彼がそうしてほしいか分からない。だからかごにアボカドを静かに入れて、少しの間、私たちをそっとしておいてくれるようジョゼファに頼んだ。

私たちは丈の高いシダに縁取られた急流の近くに長いこと座っていた。私は彼と手をつないだままでいて、彼はこちらが前には追究しようとしなかったことを話してくれた。どんな次第で彼はカイエンヌへあんなに若くしてやって来たのか、どんなふうに周りの囚人たちが壊血病で倒れて死んでいくのを見ていたのか。彼らにひどい扱いをした看守たちや、彼らが石を砕いて深い森の中に道を敷いているところを小馬鹿にしてきた居留民たちのこと。どんなふうに監獄から出て、マロニ河沿いをさまよって、熱に浮かされて、それで、インディオたちに助けられてオヤポック河沿いの村で一時細々と暮らしていたのか。

会話は、一時間は続いた。それから私は彼を腕に抱いて、彼は翌日また来ると私に言った。続く四日間、私は彼に出くわし続けた。サイクロンにもびくともしないアコマの樹の大きな洞の中に体を丸めて入っていたり、川の中でうずくまっていたりした。身の上話の後、向こうはもう果物と野生動物のことしか語らなかった。浅瀬の只中の岩に座って、辺りを見回して、そこにある花を指し示すと名前を教えてくれて、それから、ここが静かすぎるとこぼした。

彼は言うのだった。「森がどんなものか知らないんだろう。ここにはさ、何もない。動物ももういない。あるのはバナナとコーヒーだけ」。私には相手の言いたいことがよく分かっていなかった。グアドループのこちら側にそれ以外のものなんてあったためしがなかった。あるいは、もしかしたら大昔、苔に埋もれている、浸食された太古の岩がそこで生きる者にとってどうでもいいものじゃなかった頃には違ったかもしれないけど。

四日目に、私は尋ねた。「でもどうして私に会いに来てくれるの？」。私は彼が危険を知らせようとしているのをその目から読み取っていて、それについて話してもらえるのを期待していた。彼は奇妙な微笑みを浮かべてこちらを見て、言った。「あんなところ、君にはよくないよ」またしても、腑に落ちない話が出てきた。私にはここを出ていくつもりはなかったんだ。

冷たい水で足を洗って、靴を履いて、少し心配になりながら、修道会の建物に戻った。テラスで、シスターたちが疑問と不信に満ちた目で射るようにこちらを見ていた。ここ数日、彼女たちは私が通ろうとすると退いていたし、こちらは、お祈りのために彼女たちと同じ長椅子に座っているときに向こうが口をつぐんでいるのを感じていた。

要はさ、あの人たちは私を追い出したんだ。まず、私が一緒に果物を集めに行っていたシスターのジョゼファが、私が悪魔だと陰口を叩き始めた。こんなこともあった。彼女が私の足元を、靴の中にはフォークみたいな足が入っているんじゃないかとでもいうようにちらちらと見ていた。修道院長は、その手の迷信はキリスト教のものではないと言って彼女をたしなめた。だけど、あれほど温かく迎えてくれた威信あふれるこの方さえ、それ以来落ち着かない様子でこちらを見るようになった。

その後、とても朝早く、私たちが共同寝室で目をやっと開いたかどうかというときに、また別の、白い綿の長い衣の下に蛙みたいな太腿を隠しているとても小柄なシスターが、私のベッドを見て叫んだ。寝床に座って、彼女は床の何かを指差していて、まだマットレスで横になっていた私は、すっくりと身を起こした。注意深くかがみ込んで彼女が示しているものを見た。明け方の薄暗がりの中、もっときちんと見ようと目を瞬いた。ベッドの周りに、何人もの人たちが輪になって濡れた足で走り回ったような跡があった。

夜の間、変わった物音は何も聞こえなかったし、事情を尋ねられたシスターたちも、誰も何にも気がつかなかったみたいだし、ここ以外の床面のどこにも跡はなかった。それで私は肩をすくめて、シスターの誰かが私をはめようとしたのではと冗談を言ってみた。だけどシスターたちは聞く耳を持たなかった。まるで彼女たちが合図を待って、密かに思っていたことを表沙汰にしたかのようだった。苦悶の表情を顔に浮かべて祈り始める者もいれば、私を見ながら手を合わせる者もいた。

誰も私に近づこうとしなかったけど、それでも共同寝室では変な物音がしていた。修道院長が、建物の角の小さな個室からわざわざ、何が起こっているのか見に出て来た。ベッドの周りの足跡はみずみずしくて、まるで露で足を濡らしてきてそのまま歩いたみたいだった。でもシスターはみんなその場にいたし、サンダルだってしっかり乾いていた。すると修道院長は、この小さな共同体に厄介事の種を持ち込んだ以上出ていくようにと高らかに言い放った。どのみち私は、この場所には自分のためになるようなものはもうないと分かっていた。アルマンはもう一週間現れていなかった。

バス＝テールの目抜き通りの下の方でカエンボクの樹の下に座って、帰りのバスを待った。と、不安にまた囚われた。あそこでの滞在の前もそうだった。私は勘が働くからさ。空気が重かったんだ。緊張が通りや人にのしかかっていて、私はそれを全身全霊で感じていた。とても暑くて、後ろに広がる海は静かだった。

通りの反対側の真向かいには、「無双」と称する靴屋がそそり立っていた。ショーウィンドーの前の地面に半ば寝そべって、体の不自由な年寄りの黒人が通行人に声をかけては、いくらかお金をくれれば靴底の鋲を打ち直すと言っていた。暑さに押しつぶされそうになりながら、私は上から下まで彼を見た。ポワンタピートルの私の店で売っているピンクの扇を一つ持ってきていて、それで顔をあおいでいたけどあまり役には立たなかった。鞄に入れて散々持ち運んだせいで、真ん中が裂けてしまっていたから。

不意に大声が聞こえたので、か弱い男の方へ戻った。雄牛みたいなどっしりしたやつが長袖シャツに汗をにじませて彼の前に立っていた。両脚を開いたまま、失せろと叫んでいた。このごつい白人は店の持ち主なのだろう。地面に座っている爺さんはいやだと言った。クレオールで毒づきながら萎えた脚をやっとのことで伸ばして、歩道に、少しばかり座りのいいように痩せた尻を下ろし直した。相手は悪態をつくと、安物の道具類をひと蹴りで道にひっくり返した。鋲と箱入りの靴墨が道脇の溝に転がり落ちた。

　私の横で、一部始終を見ていた女性が言葉にならない非難を浴びせた。通行人が集(たか)り始めた。立ち上がれないまま、自由の利かない男は鋲と小さな金属の箱をゆっくりと拾い集めた。

「いやだと言ったらいやだ！」彼は声高に言った。今度は、背中の下の方に見事な蹴りを入れられた。彼は相手の白人とその先祖とを罵りながら倒れ込んだ。憤った人たちに取り巻かれているのに気づいて、ジョン・ウェイン[*12]風情の男は店に急いで戻って中から扉の閂をかけた。横にいた例の女性は軽蔑の舌打ちをしながら首を振った。

　お芝居みたいだった。というか、私はお芝居ってそんなものなんだろうと思った。「無双」の窓の一つがショーウィンドーの上で開いた。下にバネでもついているみたいに、赤唐辛子色の脂ぎった顔が飛び出してきて唾を吐いた。「散れ、案山子(かかし)どもめが！」男は銃口を通りへ向けた。人々は爺さんを抱き起こした。若い娘の一人に寄りかかって、好きなように歩道を使う権利を述べ立てながら彼は遠ざかっていった。

　直観的に、私は安全な場所を探した。見物人たちは店の周りにゆっくりと寄り集まっていった。初めの一石がショーウィンドーに投げられると、銃声が空気を裂いた。あの店主はそのときこそを待っていたんだろう。私は古い大砲の後ろにそっと隠れた。スペインの海賊団の襲来以来そこにあったものだった。石の台座に守られながらも、凍てつくように冷たい蛇が背中を這っている気がした。

ジョン・ウェインがまた叫んだ。「黒人どもを的にしてやる！」。三つ目の石で、がらごろとショーウィンドーが割れ散った。二発目の銃声で、通りの少年たちはより高い方へ数街区分逃げ散った。私には、あの爺さんと若い娘がカエンボクの樹の下へ急いで逃げていくのがまだ見えていた。腕を彼の腰に回して、彼女はぐいぐいと彼を押していった。私はこれ以上さらにひどいことが起こらないよう祈った。静かなまま五分が経った。すると、あらゆる歳の十五人ほどの人たちが並びの不揃いな小屋の裏の通りから現れた。私は隠れ場所から彼らを見ていた。二十、三十。小さな一群が白いシムカ[*13]の車を縦に揺らし始めた。きっと店主の車だ。図体の大きな亀みたいに屋根に乗った。銃口が窓辺で右往左往していた。言ってみれば、それで彼らはいきり立ってしまったんだ。死をまだ知らない子どものようだった。車を板切れで滅多打ちにしている人たちもいた。寒気がする中、パトカーのエンジンの唸りに混ざって大きな嘲り声が聞こえていた。

シムカが火を吹いているところに機動隊がやってきた。私は例の大砲の陰にまだうずくまっていた。できることなら下の穏やかな海まで静かに転がっていきたいぐらいだった。警察はむごい運命が地上に降りかかるように人群れに襲いかかってきた。警棒は次々と振り下ろされ、人体は歩道を転がった。「無双」の男が見えた。怯えながら店からやっとのことで出てきて、警察のトラックに転がり込んだ。遠くに、待っていたバスが現れた。海岸をのこのこと走ってきて、戦場の只中で停まった。

運転手はお定まりのように扉を開けた。私は何も考えずに駆け込んだ。中では、ラジオがアリアの熱唱を大音量で吐き出していた。窓からは、発砲男が乗り込んでいる車の方へ向かって何かを叫んでいる復讐心に燃えた女性を、警官が体当たりとともに壁に叩きつけるのがまだ見えた。四人の思春期の子たちが、手錠をかけられて歩道に横たわっていた。私のそばでは、皆が抗議の念を込めて立ち上がって車窓を見ていた。警察は速やかに発車するよう運転手に合図をした。

機動隊は棍棒を振り回して道路から邪魔者を追い払っていた。シートベルトをしたまま、私はいきり立った通行人たちに応じていた。同胞を裏切りたくないのなら停まるよう運転手に叫んでいる人たちもいたけど、彼はそれが義務だからと言って走り続けた。二人の男がどうにかドアの掛け金をこじ開けおおせた。「だめ、行っちゃだめ！」私は叫んだけど、彼らは動いているバスから飛び降りて、「無双」へと走っていった。バスは青い靄の中へ遠ざかった。後ろの人々にも、車内で心を痛めている私たちにも構わずに。

いやあ、こんなふうに事が起こるなんてあり得ないよね、どこからともなく、午後の静けさの中でさ。静かに、ひっそりと、でも確かに息づいていて、それと気づかれないうちに芽吹いたんだ。怠け癖のせいで、私はちょうどいいときに居合わせて身構えていられはしなかったけど。

バスは車体を上下に揺らしながら橋を渡って、ナポレオン政権下で奴隷制を復活させたフランス軍の将軍の像をぐるりと回って、扉も窓もないあばら家数軒しか見当たらない高台へがたごとと走っていった。流行りのビギンが車の空気を満たしているのが、真っ赤な嘘みたいだった。

アントワーヌ　一九六七年五月

バス＝テールから帰ると、生活はしばらくの間、元の調子を取り戻していた。だけどもうまどろんではいられなかった。呪術師、アルマンの幽霊、それに「無双」の件があって、私の夜は穏やかではなくなっていた。悲しみの極みでてきぱきと動けなくなっても、気丈にやっていた。店を開けて、誰彼構わず話しかけていた。いつ人が来てもいいように待ち構えていたんだ。

事態は、ポワンタピートルでは悪くなり始めていた。若者は血に唐辛子でも入っているみたいにかっかして、いても立ってもいられなくなっていた。昔からの工場は閉まっていった。他方で、フランスから来る物への欲は新たに出てくるのだった。洗濯機、車、流行りの音楽のレコード。仕事の口はあまりなかった。女たちは料理人やお針子になった。でも男たちは？　工場がなければ何をする？コンクリートの塊があちこちから生え出ていたけど、労働者たちはなけなしのお金を払われるだけだったし、互いに競争させられていた。ハイチ人はグアドループ人と、黒人はインド人と、インド人は中国人と、とかこんなのが延々続いていた。悪魔の輪舞にはまり込んでいた。

この数年、独立派の人たちは気晴らしの夜会や同好会で素晴らしい演説をするようになっていた。島の母さんたち皆が魚を包むのに使っていた『フランス＝アンティル』新聞にさえ何も載っていなくて、グアドループに出回っている情報は限られていた。世界がどうなっていくのか知りたい人たちは寝耳に水だと思いながらラジオを聴いていたんだろうね。それで若者たちの頭には疑問が沸々と湧いてきた。

ある日、自分の店の奥で老け込む一方のピロットさんのところからの帰り道、ヴィクトワール広場に大勢の人が集まっているのが目に入った。近づいてみると、その建物の工員たちで、ストライキをしていた。名だたる経営者たちの会合が今このときに商工会議所で行われていて、ストライキ参加者は賃金を少しでも上げてもらえるものか知りたがっているという話だった。広場には機動隊とフランス軍の海兵が散らばっていた。

経営者の中の経営者たるクーランジュが、玄関先に出てきて人群れをじろじろと見回した。階段の下で、誰かが大きなクモガイの貝殻を彼に向かって投げた。何が起こったのかよくは見えなかったけど、どうも、貝が暑さのためにヘルメットを外していた一人の機動隊員の目を直撃したようだった。

そこからは、大混乱だった。人々が辺り一面を駆け回り始めて、その動きが波のように私を持ち上げた。すると突然、乾いた銃声が何度か響いた。バス＝テールで起こったことの繰り返しだったけど、今度は大きな映画館並の迫力で、私はそのど真ん中にいた。

男が二人、私の横で倒れた。私は港へと急いだ。後ろから、得体の知れない武力集団が襲ってきて、たちまちのうちにパニックを押し広げた。

「あいつら、アルジェリアでやった[*14]みたいにやるつもりだ！」誰かが叫んだのが聞こえた。私はアレクサンドル＝イサック通りに出た。望んでいたのと真逆の事態が待っていた。憲兵で満員のジープが、私を避ける様子もなく歩道に突っ込んだ。こちらは、ますます物騒になっていく場から離れて、家へ帰って、シャッターを下ろして、病者のための九日間の祈り[*15]に打ち込みたいと願っていただけだったのに。

煙とガソリンの臭(にお)いに見舞われた。私は投げつけるのに使われたに違いない物の数々をまたいでいった。缶、弾けたココナッツ、持ち主が突然影も形もなくなったかのような空っぽの靴。墓地まで走っていって事が収まるのを待とうと思ったけど、そう考えたのは私だけじゃなかった。着いてみると、女と子どもが山といて、墓地の前で叫んでいた。入り口の門が閉まっていた。だからといってあばずれみたいに外で突っ立っているわけにはいかない。思い切って突っ込んでいって愛しのわが家にたどり着こうとした。死者のためのこの場所の周りでは、若者が走って注意を促していた。警察が独立派を二人撃ったと叫んでいた。一つ、また一つとショーウィンドーが割れ散った。男たちが中へなだれ込んで、棍棒や刃物として使えそうなあらゆるものを持って出てきた。

私はばたりと倒れた。壁に貼りついていた蝶が熱で白く干からびていた。坊主頭をしたいかつい兵士ふうの男二人がこちらを囲んでフランス語で口汚く罵った。

「お前さ、何でここにいるわけ？」

そいつらの息は酒臭くて、朝っぱらから今までずっとラム酒を飲んでいたんだと分かった。答えずにいたら、腕をつかんできた。私の足は歩道を擦った。向こうが急に手を離した。青、白、赤の三色のリボンで身を飾った一団が前に現れたからだった。

ポワンタピートルの市長だった。憲兵に付き添われて動じずにいる偉大なる黒人が、人々をなだめようと通りへ下りていった。ここで、彼がこんなふうに制帽を被った人たちの只中を静かに歩いているのを見たところで、事は収まりっこなかった。

私は隙に乗じてもっと遠くへ逃れようとしたけど、この場違いな行列を目掛けて投げられた石を頭に食らって、そのせいで、こちらまで酒を飲みすぎたみたいに目の前の景色がぶれた。血が耳を伝った。無残な様子の通りは真っ直ぐには進めなかった。

私の店は、私にとって約束の地[*16]みたいなものだった。クリスマスまではもう閉めないと決めていて、そのときはまだ五月だった。係船ドックに対して垂直に延びる通りを進んだ。どの道だったかはもう覚えていない。車が一台車道を塞いでいたのを覚えている。白人の女が運転していて、人々に集(たか)られて怯えていた。上から打たれるし、車体は上下に揺れるしで、雨が小屋のトタン板に降りしきっているみたいだったに違いないね。猛々しいエンジンの唸りは、普段は好きだったけど、戦いのときは別だった。足は引きずっていたし、耳の中は騒音で滅茶苦茶だったのに、私は彼女を助け出しにいった。彼女の涙が見えたから。私は叫んだ。「やめなさいよ！」。車の周りの若者の何人かがこちらを振り向いた。私はまた叫んだ。「警察が撃つよ！　撃つんだよ！　そこから離れて！　安全なところへ行って！」。一人の青年が歩み出た。困った様子だった。私は通りの真ん中に突っ立ったままでいた。近づきながら、彼は声をかけてきた。「あんたはさ、黒人？　それとも白人？」

どういうことなのかすぐには分からなかった。「どう答えてほしいの？」向こうは同じ質問を繰り返しながら、指を一本、脅すようにこちらへ伸ばしてきた。そこでどう言うかで生死が分かれていたんじゃないかな。よく聞く、セゼールとサンゴールが見事に詩に仕立て上げた、そして若者ならとりこになるネグリチュード[*17]についての物語は、どれであれ、いつも私には関係のないことだった。

私は自分を女性だと思っていた。それはそう。で、グアドループ人だと、つまり混血だとも思っていた。すべての住人がよその出身で、最初にいたカリブ族の血は少しばかり引いているだけの、一片の紙吹雪みたいに小さな土地に立っている彼ら皆と同じように。それだから、偉大さや無垢性についてのあらゆる考えは私にとって遠いものになっていた。私が歩んできた、私しか責任を負えないこの人生が、私の誇りだった。男が首につかみかかってきたから、クレオールで言ってやった。

「見りゃ分かるでしょ、そんなの」

彼はためらって手を離した。他の連中は車を置いて去っていて、女はものすごい勢いで走り去っていた。あんな少しの間に。サイレンが鳴り響いて、彼らは路地を猛ダッシュで逃げていった。前にはもう誰もいなくなった。私はその一分間で二回も擦り傷を負った。白人の兵士たちと黒人のデモ参加者たちのせいだった。体がくたびれて、何も感じなくなっていた。私はまた歩き始めた。場所をそれと見分けられるものが見つかったんだ。通りは、血やら、瓦礫やら、目の奥をずきずきさせる催涙ガスで滅茶苦茶だったのに。

家のすぐそばまで来たとき、若い女が向かいの歩道に現れた。十二歳ぐらいの男の子の手を引いて走っていた。パトカーが彼女の後ろに現れた。警官が一発だけ撃つと、男の子のシャツに赤い丸が滲んだ。彼は、顎を突き出してその場にくずおれた。車はどこかへ消えていった。

女は震える体の上へかがみ込むと、自分の乱れた髪を引っつかんで、わななき始めた。何人かがそっと近づいて、手当たり次第に周りの助けを求めた。十分後に消防士がサイレンを鳴らしてやってきた。二人の男が少年と若い女を車に乗せた。親子とも血だらけだった。病院へ向かったんだろうけど、男の子はもう死んでいたよ。

ついに手探りで家の入り口までたどり着いた。厳しい声が拡声器越しに夜間外出の禁止を告げた。知事命令だった。全員十七時前には住居に戻り、そのまま外出せずにいること。私は、両手で両耳を覆って地面に座り込んだ。嵐のような銃声と叫び声はまだ聞こえ続けていた。どれほどの時間、私はそんなふうに扉に押しつけられたようになっていたんだろう。

再び目を開くと、真っ暗だった。上階の小さな窓のところまで這っていって、ちょうど通りが覗けるぐらいの高さまで伸び上がった。人影が向かいの歩道に浮かび上がっていた。本当にぼんやりとだったけど。背中に弾を食らったあの男の子を思い出した。あの子のはずはなかった。だって運ばれていったんだ。でもそれ以外考えつかなかった。私はもう一度見た。確かに誰かが、見捨てられて、正面の食料品店のシャッターにもたれかかっていた。

われを忘れて、私は扉へ這い寄り始めた。「マリアさま、この世の者たちの聖母さま、どうか私をお守りください」とつぶやきながら、階段も構わず四つん這いで進んでいった。やっぱりみ言葉を唱えながら、扉を少し開けた。通りは本当に静かだった。何分か経つのを待って、地面で伸びている人影のもとへそそくさと駆けつけた。

若い男だった。頭は血だらけだったけど胸はまだ温かかった。私は彼の肩を持ち上げて家の扉の方まで引っ張っていった。車のエンジン音が聞こえたときには身がすくんだ。もっとどうでもいいようなことをしてもしょっ引かれかねない状況だった。入り口まで引き入れると中から鍵をかけた。いかれた頭で私は、これがあの子で、死んでいなければ、そして自分が助けられればと思っていた。だけどその人はもっと年上だった。二十歳にはなっていた。

私は湿らせた布を彼の顔に当てた。髪の生え際から鼻にかけてぱっくり開いた傷があった。血は、彼を動かすともう玉になって湧いて出た。瓢箪に矢が刺さったらこんな感じだろうと思った。その下にある脳が見えたらと怖くなったけど、骨はやられていなかった。きれいに裂けた細い割れ目が頭の前面に走っているだけだった。多分警棒で打たれたんだ。それでも医者には速やかに診てもらわなければ。

小さい頃、牛が、かがみ込んで鎖をつかんでこようとした男に蹄で一蹴りお見舞いするのを見たことがあった。彼は一メートル後ろへ飛ばされて、何でもなかったかのように起き上がって、数歩歩いて、それから倒れた。硬くなって死んでいた。私は同じことが起こるんじゃないかと怖かった。どうすればいいか分からなかった。力を振り絞って、彼を引き上げて肘掛け椅子に乗せた。相変わらず動かなかったけど、息はしていた。そこでようやく相手が誰なのか分かった。弟ちゃんの友達の、イヴァンだった。

リュサンド

同じデザインのふわふわの小さな丸襟を延々と。パリに着いて早々にやったのはそれだった。ざらついた革から型抜き機で手袋の形に切り出されたものを、ヒールのない靴を履いた、ひどく大柄な女性マネージャーの情け容赦ない監視のもとで縫ったりもした。アムステルダム通りの、サント＝クロワというところで働いていた。オペラ地区のお店と、ときどきはシャネルにも納品している工房だった。たまたま前を通りかかったのだけど、室内で前屈みになっている女性たちの様子だけで、私には、布を切る仕事をしているんだってすぐに分かった。

一も二もなく、私は入った。痩せぎすでのっぽの女性が私の作品の写真を持ってくるように言ってきた。私は大会のために縫っていた頃の服の掲載記事をいくつか持って戻ってきた。相手は虚ろな目で写真を探るように見て、口をほとんど開かずに仕立ての仕事があると言った。そんなだったけど、この働き口が見つかったのはとても嬉しかった。あの頃はそんなだった。簡単に仕事にありつけたけど、それまでにやっていたことはすべて忘れなくちゃいけない。またゼロからやり直すの。

私は仕事を家に持ち帰っていた。翌日までにワンピースにつけなくちゃいけない五十枚の折り返しとか、フランネルのシャツの背面に縫いつけなくちゃいけない二百枚のタグとか。タタールは私が本当に働いているとは思っていなかった。毎朝七時に家を出てオルリーの郵便物区分センターへ行っていたから。十七時二十五分きっかりに帰ってきて、テレビの正面で肘掛け椅子に身を埋めていた。私たちはレンヌ通りの近くにアパートを借りていた。

少なからぬ数のポワンタピートルでの知り合いと再会した。大地主だった白人の子孫の女性たちもいた。タタールは車を買えるまでになった。アントワーヌは、あの人が自分のお金で買ったんだってあなたに言っているよね。さあ、どうかな、そうかもしれない。あの人がしていること全部なんて確かめようがない。けど、私の貯金も取り崩した。それはそう。私は知らないふりをしていた。妬みや敵視から遠く離れてフランス本国にいるのが嬉しかったの。やっと同じレベルの人たちと交われるようになる、って。ポワンタピートルときたら、見事にお馬鹿さんや妬み屋さんが集まっていたんだもの。黒人が袋を背中に担いで通れば、大金をこっそり運んでいるんじゃないかって疑われる。あそこでは、私の娘たちは、私がエナメルの靴に靴下を履かせているだけで変な目で見られていた。そうね、私はあの子たちにお姫さまみたいな格好をさせるのが好きだった。ハイソで何がいけないの？　ここで、私はやっと身の丈に合った暮らしができる。

サント＝クロワでのお針子仕事は、とはいえ、よく仕組まれた搾取とでもいうべきものだった。固定給はなくて、仕事がずっと来るわけでもなかった。二週間何もなくて、突然翌日締めの注文が来る。それも出来高払いで。こんなことからは早々におさらばしなくちゃと思っていた。そしたら友人が、自分も秘書として働いている裁判所に口を利くと言ってくれて、私はそれに飛びついた。そこなら給料は定期的に入るし、これで私も公務員になれるはずだと思った。もちろん、私は針仕事に専念できなくなったことはずっと悔やんでいるけど、裁判所よ。大した出世だし子どもたちのための安定も手に入った。夜と休日には、なじみのお客さまのために引き続き縫い物をしていられた。グアドループへワンピースを何着か送りさえしていた。

私はタタールの車に触ってはいけないことになっていたけど、さっさと好き勝手にやった。運転免許取得試験を受けた。娘たちをロンドン旅行に連れて行った。当然、父親は抜きで。英語がうまくなればとずっと思ってきた。今でもときどき自分の古いオックスフォード辞典を何行か読む。変わらず役に立つんだもの。何年か後、私たちはシャンピニーにマンションを買った。こうして私たちのフランス本国での暮らしは始まった。

私が生き生きとやれるようになっていくにつれて、タタールはその逆になっていった。私と同じだけ本国に憧れていたのに、この新しい生活は彼にはしっくり来なかった。夜、家で、一言も発さずにテレビ画面を見つめていた。子どもたちがパンチを彼のところへ持っていくと、彼は夕食まで何も言わなかった。疑い深くて、不機嫌そうで、私の知っていたタタールは少しずつ影を潜めていった。

仕事では、彼はアンティル人としか話さなかった。もちろんクレオールで。お互いに慰め合う必要があったから。私には、彼は何も言わなくて、すべては普段通りに見えた。彼が、一緒に連れてきた女中に前よりもよく話しかけていたこと以外は。さあ、自分のことに取りかかれるようになったからには……あの頃、私は他の男たちに目が行っていた。少し前から私に好意を寄せていて、フランス本国で再会した人たち。とても明るい色の肌で小さな女の子よりも内気な、混血の、フレボー通りの歯医者さんとか、向こうにいたときにはよく私たちを招いてくれていた、マリー＝ガランテ島[*18]にホテルを一棟持っている人とか。私は事を楽しみ始めた。飛行機に遠慮をすべて包んで置いてきたみたいだった。

しまいにはそれでも、タタールがとても怒りっぽくなっていたから、無理を言ってわけを話してもらった。彼はひどいホームシックにかかっていた。ドミノの卓を囲んだ土曜の夜や、伊達男（だておとこ）を気取れたダンスパーティーを懐かしんでいた。心の底では、いつだって自信のちっともない父なし子だったのね。グアドループでは、彼は社会のルールを知っていて、慎ましくも確かな立場があった。彼に独特の雰囲気を添えるただ一つのものだった淡い黄色の肌色は、ここでは何の変哲もないものだった。いつも大声で話していたのが、訛りのせいで黙りこくるようになった。田舎くさい振る舞いを隠したがった。自分が物を分かっていないから馬鹿にされていると感じていた。戻ろうとしょっちゅう言うようになっていった。私にとっては、そんなのは問題外だった。

時は経ち、タタールの後悔は募っていった。こちらの知ったことじゃなかった。結婚前にはもう、彼の荒っぽさはびんたのように私を傷めつけていた。移住してからは、こちらが彼の学のなさを咎められるようになった。彼は、私が生意気になったのはフランス本国のせいだと言っていたけど、それは単にこちらが三十路（みそじ）を過ぎたから。ベッドでは、彼は自分の望むものを手に入れるために骨を折ることになった。私がこれ以上子どもを作るのを拒んでいたの。それだってフランス本国での方がやりやすかった。望まない妊娠をして、一度ならず堕（お）ろした。

しまいには、彼はこちらに着いて一年経つかというときに配置転換申請をしていたと白状した。でもそんな簡単な話じゃなかった。ここでなら仕事は簡単に見つかったけど、グアドループでは公務員の職はなかなかなかったし、出世していったとすると事はさらにややこしくなる。フランス本国で一番下の地位で働き始めたとすると、少しずつであっても何度も昇進していけば、所長なり何なりにはなる。グアドループでは、その手の仕事は白人に取っておかれていた。公的機関の幹部はすべて本国の人たちだった。アンティル人は、まず無理だった。それが、あのタタールときたら、昇進願いが却下されるのが怖くて、あらゆる昇進の機会を常に無視してきた。同じ職位のままオルリーに留まっていた。例の郵便物仕分け部屋に、最初の日から十五年後、ついに配置転換がかなったときまで。その間に、私たちは別れていた。

弟ちゃん

ドイツには三年いた。ラシュタットの第四十二通信連隊に配属されていた。素晴らしい日々だった。自由で心配事もなくて。俺は古い外套を脱ぎ捨てるように怒りを払い落とした。あらゆる白人を恨んでやるつもりでいたのが、問題は肌の色じゃないと分かったんだ。不正はグアドループの外にもある、そう気づいて俺はほっとしながらも身が引き締まるのを感じた。押し寄せてくる世界を前に、覚悟みたいなものができた。

同室の仲間たちはフランス中から来ていた。扉に書いてあるわずかばかりの文字しか読めなかったり、命令を理解するので精一杯だったりするやつらもいて、胸が痛んだ。工業都市とか、北フランスの鉱山とか、一家で初めての中等教育修了者になるはずの、まだ見ぬ自分の子どもたちとかについて話してくれたのもいた。そういうのは本当に威勢のいい連中だったけど。俺が元いた身分制社会では想像できなかったような貧しさや希望や連帯がそこにはあった。

グアドループで起こっていたことは何も知らなかった。イヴァンがどんな目に遭っていたのかも知らなかった。アントワーヌが平和な日々を終わらせるまいとがんばって、国家の暴力や弾圧に立ち向かっていたとき、こちらは下士官用の食堂に通い詰めていた。土曜には、ローリング・ストーンズの曲で踊ろうとドイツ人女性たちを誘っていた。きれいな金髪の子たちがフランス語を話してくれって言ってきて、後先考えずに楽しんでくれて、充実していて恐怖もなくて、幸せな若者時代そのものだった。笑って、おどけて、軽薄な振る舞いをすることだってあった。すっかり打ち解けていたんだ。黒い森での身も凍るような見張り、安煙草で雪の中青ざめた指を温めなければならないこと、それに朝早くの雑役だって苦じゃなかった。姉さんたちからは何の知らせもなかった。だからどうということもなかった。一度だけ、アントワーヌからの小包が届いた。お金が少しと、どこで見つけてきたのか分からない、妙な赤紫色をしたセーターだった。セーターを広げると、木の小さな十字架が落ちた。俺は簞笥の奥に全部をまとめて突っ込んだ。

もしできるなら持っておきたかった唯一のものは、俺がいつも思いを寄せていたユーラリーの写真だった。仲間たちの家族の肖像写真がベッドからベッドへと移っては祖父の禿頭（はげあたま）や妹の上向きの鼻なんかについてのいつ果てるともない冗談の種になっていると、あの写真を思い出した。

初めて行ったバーゲンで、俺はトランペットを買った。ラシュタットの中心街の立派な楽器屋で。そう、あの頃は心配事がなくて、世界に目が開かれていた。そして舞台はいよいよパリへ。

ずっと前から見てみたかった首都！　俺は一九六七年六月、そこに降り立った。リュサンドとタタールに泊めてもらえることになっていた。俺はラジオの修理の仕事を見つけ出した。早く自分だけの家に落ち着きたかった。あの人たちの絶え間ない口論と、その若い娘たちの騒々しさに加えて、リビングに簡易ベッドを置くという恩恵に浴しているのだからと、とんでもない間借り代を要求されたんだ。

パリでは、エレアノールの息子のマリノに再会した。母親から七千キロ離れていながら、こじんまりしたところであれ居場所を見出して楽しんでいた。リュサンドと俺は、彼のパリ生活の始まりにおいて彼と最も近しいものだった。向こうはもう、こちらが知っていた、甘やかされた箱入り息子ではなかった。背の高い、古いラム酒のような色の肌をした美しい青年になっていて、両親からの気前のよい仕送りもあって安定を手に入れていた。ソルボンヌ大学の学生になるということで、色々な意味で興味をそそる存在になっていた。面白い人たちと出会い、きれいなお嬢さんたちに囲まれていた。俺たちはパリ市内をぶらつくようになった。ポワンタピートルで何年か前にしていたみたいに。お互い負けず劣らず外出と発見を欲していた。だってさ、ポワンタピートルには映画館が一つあるだけなんだ。パリには、その手のものが腐るほどある。劇場や、図書館や、音楽会なんかがどこにでもある。幸せだった。どれだけ島での生活が、植民地的な社会階級、閉塞感、そして職業上の展望の欠如で重苦しいものになっていたか、さらによく分かった。

いや、美化はしていない。あの頃、暮らし向きは本当に今よりもよかった。栄光の三十年間[*19]の後、駄目になったんだ。言ってしまえば、フランス本国では俺たちは一九八〇年頃、仕事があるのが当たり前ではなくなったときから黒人になった。それまでは、完全雇用の状態とそこに生きる若者たちが、活気とありふれた夢の中にいる市井の人々をしっかりと結びつけていた。もちろん人種差別はあったけど、楽しい気分を台無しにするほどじゃなかった。最も厄介なのは、貸し間を見つけることだった。それについては、うん、偏見がはびこっていた。ホテルで何年も過ごしていた家族もいたよ。だけど総じて、あの六〇年代には、俺たちは群衆に溶け込んでいた。パリでは、俺たちは他の田舎者と似たり寄ったりだった。同じように、ついに自由で心配事のない身になって。俺はマリノのおかげで黒人も白人もいる学生どうしのつながり全体と近づきになった。社会的闘争や哲学を語り、世界について意見を交わし、夢や志を育んでいる人たちだった。俺たちはコンサートホールの「ラ・シガール」やら、アル・リルヴァが演奏していた、アンティル音楽の流れるダンスホールやらへ一緒に行って、ロベール・マヴーンズィ[*20]のトロピカル・ジャズや、ニューヨークでの二年間の興行から戻ってきたムーヌ・ド・リヴェルの歌を聴いた。俺は、戦前にはもうパリで暮らしていて、フランス国内や世界で一流アーティストの仲間入りをしているアンティル人の作家や俳優や音楽家を新たに知った。マリノといると、楽しさが尽きなかった。

二人でモンパルナスの方へぶらぶらと歩いていった日のことだった。俺はそんな感じで、ユーラリーの写真とアドーズがしてくれたあのあいまいな約束について話してみた。彼は力になると言ってくれた。

「要はさ、俺の大おばさんなわけだから、お祖母ちゃんはこちらが頼めばどうであれ聞いてくれるよ。俺には写真を見せてくれると思う」

マリノは、学校が休みになったからグアドループに帰らなければならなかったんだ。写真を持って戻ってくると約束してくれた。

夏の終わりに、彼はサン＝ミシェル広場で落ち合おうと言った。九月、パリは乾燥していて、塵が光を反射する舗石の照り返しが耐え難かった。噴水から漂う涼しさが癒しだった。相手は赤銅色に焼けていた。それでもパリに戻れて幸せそうだった。今や、見事なアフロの髪をさらして細い葉巻を吸うようになっていた。彼はそれを一本くれて、俺たちはカフェのテラスで腰を下ろすと、早々に灰色の煙の渦に巻かれた。家族の様子――俺の父親には会っていないとか、アントワーヌは少し痩せたようだったとか――をしばらく聞いた後、こちらの心に引っかかっていたあの話に入った。

「あのさ、お祖母ちゃんには話した。ねだってみたんだ。お祖母ちゃんの家へ行って引き出しを奥まで探しさえした。母さんは、あの写真はずいぶん前になくなったはずだって言うし。それでも探してみたんだ。何もなかった。で、写真は初めからなかったって結論に至ったわけ」

「もしかするとグラン・フォンにあるのかも」

向こうは申し訳なさそうに首を振った。

「お祖母ちゃんは口から出任せを言ったんだと思う。またしても君を侮辱するためのあの人のやり口のご登場だ。お祖母ちゃんに言わせれば、妹の雪辱を果たすためってことだけど。彼女はイレールさんよりも君の方が標的にしやすいと感じていたんだ。君が望みを持ち続けるのを見ていい気味だと思っていたんじゃないかな」

「けど、それ以外の家族写真はあったんだよね」

「何枚かはね。ボワヌフ通りのマンションで見つかる限りの古いアルバムを全部引っ張り出して、消えかかった写真に写っているすべての人の名前を挙げてくれるようお祖母ちゃんに頼んだ。おじ、いとこ、山といる名づけ子[*21]たちや甥と姪の息子たち。だけど、君の母さんは一度も出てこなかった。あの頃、一家の者には写真を焼いてもらう手立てがなかったか、そうしようと考えもしなかったか、まあそんなところだろうな」

「本当に？」

「ああ」

マリノが嘘を言っていないのは分かっていた。俺はとても落ち込んでいた。子どもの頃そのせいで何日も眠れなくなった写真、あの、脆い白墨みたいに儚げな、いつか見ることを想像していた母さんの顔立ちは、その死の後までは生き長らえられなかった。この不在をもって俺は独りぼっちになった。イレール、リュサンド、そしてアントワーヌには思い出があった。組み替えられていたり美化されていたりしたとしても。俺には何もなかった。形見の品も、耳に微かに残る声も、どんな姿も。母さんを知る人たちの断片的な話の記憶があるだけだった。

こわばりつつも気を取り直そうとしている俺を見て、マリノはその晩のパーティーに一緒に来ないかと誘ってくれた。やることは何もなかったし、その方が、リュサンドがタタールにぶつける非難を聞いているよりよかった。俺はついていった。

そのときに、サン＝ジェルマンのダンスホールでお前の母さんのヴァレリーと出会ったんだ。彼女は北フランスの出身で大西洋を一度も見たことがなかった。

アントワーヌ

二度目の旅立ち

あの夜は一晩中、私がもたれかからせた肘掛け椅子の上で動かないイヴァンにつきっきりだった。顔色が悪かったから心配だったけど、外へ出て医者を探す勇気はなかった。彼が微かにうめき始めたから、私は煎じ薬でその額を湿らせた。プラスチックボトルに取ってあって、普段は自分の踝を揉むのに使っていたものだった。毒になるはずはなかった。

翌日、白日の下、デモはビラ撒き、プラカード、そして拳の突き上げとともに再開されたけど、今度は軍も警察も前よりきちんとしていた。弾丸が蜂みたいに唸っているのがまだ聞こえていた。私は片足を外に、もう片方の足を家の中に置いてじっとしていた。怪しい自動車がやってきたら、シャッターの具合を確かめているふりをした。頭の上では、ヘリコプターが拍子を刻んでいた。一日の終わりに、私が戸口でかき集めることができた住人の証言は不安をそそると同時にでたらめなものだった。親たちは息子や娘の消息を尋ね合っていた。

ラジオからは陽気な音楽が流れていた。意見はしないでくださいね。お知らせするようなことは何もありませんから、って感じで。けど街では当局が、家にいるよう人々に説いて回っていた。田舎だって、是が非でも結社を組織しようといきり立っている人々には安全ではなくなっていた。独立派の人たちが、穴の開いた腹をさらしながら係船ドックの沖に浮かんでいるという噂が流れていた。ただの通りすがりの人が大勢しょっ引かれていた。こちらはといえば、イヴァンの閉じた唇の間から水をちょろちょろ流し込んでいた。

二日目の夜、通りが落ち着いた様子になってきたから、私は外へ出て、突き当たりにあるお医者さんのところへ行った。懇意にしていて、私にまた会いに来たがっていた人だった。マルティニーク人の学のある男で、みんな尊敬していた。私は状況を手短に説明した。

彼は正確さと器用さをもってイヴァンを診察した。長い静けさの末に、私は堪えきれずに訊いた。

「峠は越えたでしょうか」

イヴァンの目は医師の指の下でひくついていた。医師が額の腫れ上がった傷を診ている間、彼はおとなしくしていた。

簞笥からシュラブ[*22]を取り出しながら、私は街の様子について尋ねた。相手は優しく答えてくれたけど、私を見てはいなかった。言葉を詰まらせていて、お礼を言いながらもこちらが横に置いたグラスには手を伸ばさなかった。

「警察が逮捕したのは首謀者たち、ならびに、昨日はポワンタピートルにいさえしなかった活動家たちだった。多くの者が何か月も、バス＝テールでの『無双』の件以来見張られていたんだ。負傷者と、さらに多くの行方不明者がいる」

きっと疲れ切った私の顔を見ていて辛くなったんだね。彼は手を私の腕に置いて、無理矢理笑顔を作ってみせた。

「この子はあなたのおかげで命拾いしたんです」

私たちは聞き耳を立てながら扉のところまで行った。通りには人気がなかった。彼はそれに乗じて出て行った。壁際をゴキブリみたいに突っ走ったりはせずに、真っ直ぐゆっくりと歩き始めた。それも見事に真ん中を。数か月の後、彼はマルティニークへ帰っていった。私はね、サクレ＝クール寺院へ行くたびにあの人のために蠟燭を一本灯すんだ。だって、今このときに彼が死んでいるのかも、私たちみたいな「貧しい漁師たち」[*23]の中を、老いた体を引っ張ってやっぱり歩いているのかも、分からないから。

二日目、夜が更けてもイヴァンはずっと目を覚ましていた。私はバターなしのすりつぶしたヤムイモを作った。粘りはあるけど乾いていて、胃もたれしないだろうと思った。向こうはがんばって食べようとしてくれて、それから朝までラジオのニュースにかじりついていた。さっき言った通り何の役にも立たない代物だったけど。日が出てきた頃、私が彼を両腕で抱きしめると、彼は家を出た。まだ足元がふらついていた。

後で私は、お頓知父さんがその前の晩に、夜間外出を禁じられていたにもかかわらず息子を探していて、早々に見つかってしまったと知った。一か月しても、誰もまだ彼に会っていないとのことだった。奥さんは島の病院を巡って身元不明の負傷者の中に夫がいないか見て回っていた。どこかに隠れているに違いないイヴァンのことがあって、警察へ届けを出しには行けなかった。まあ、子どもたちがみんな生きていればそれでまずはよかったんだろう。

私がもっと凄腕で腹の据わった女だったら、何とかして、息子さんをかくまっているとお頓知さんに伝えられたかもしれない。こちらは頭が真っ白になっていてそんなことは考えられなくて、それでイヴァンは父さんに二度と会えなくなった。もしかすると、ぶちのめされた彼の体は、サレ川の底、ガバール橋の下辺りで腐っているかもね。

その後、暮らしはほとんど元の通りになった。私はいつもみたいに店を開けていて、多少なりともお客さんが来ていたってこと。けど街はまだ立ち直ってはいなかった。人々は相変わらず怯えていた。

私にしても、いつか捕まるんじゃないかと恐れていた。だって二晩イヴァンを泊めたんだ。少し前まで知らなかったけど、彼は島の独立派の青年たちの指導者の一人だった。

私はそれまでそんな話には決して関心を持たなかった。こちらにとっては問題外のことだったし。どうであれ、私たちはフランス人だ！ グアドループはフランスだ。一生にわたって、イレールや議員さん方から聞かされて、学校で先生に叩き込まれて、神父さまやモルヌ＝ガランの役場長さんに言われるように。基本、私たちはみんなフランス共和国の子どもたちだった。

ポワンタピートルのどの住人のところでも、悲しみがそこはかとなく潜んでいるのが感じられた。ヴィクトワール広場の第一次世界大戦戦没者慰霊碑の前を通ると、生々しい弾痕に胸が痛んだ。夜はあまりよく眠れなかった。いつも同じ夢を、何年も見続けた。頭の上のとても高いところで、クモガイが延々と空気を割って進んでいた。少しずつ、それはピンク色の尾をした彗星に姿を変えていった。で、その彗星がこちらを轢きつぶしそうになってきた。こちらには、干したタマリンドみたいな両脚を前に投げ出して、乾いた地面に座っているピロットさんもいた。危険を知らせたくて、そこから退いてと叫びたかったけど、私の言葉は聞こえていなくて、相手は動かずに私を眺めているだけだった。その額の赤い丸はどんどん大きくなっていった。苦しそうな様子で私を見ている彼女本人と一緒にね。すると無数の手が海から湧き出てきた。水泡にまみれた木の聖母像を、腕から腕へと滑らせるようにして運んでいた。彼女だった。モルヌ＝ガランの奥に住むほんの娘っ子だったときにリュサンドと一緒に追った行列の先にいたマリアさまだった。私はその胸元に銀貨を投げようと必死になっていた。あの頃そうだったみたいに。だけど扇のように広がった指が行く手を阻んで、彼女は暗い色の水の上へと遠ざかっていった。開かれた手のなかに、お頓知父さんの両手が見えた。悲しげでありつつたくましい手だった。

ああもう、こうして話しているだけで、またかっかしてきた。目覚めると動悸がしていて、頭もちくちくしていた。髪の根元に血が滲んで、万力でやられたみたいに痛くなるまで頭皮をこすり続けなくちゃならなかった。そうして寝室の暗がりに行く羽目になった。ベッドの上でじっと座っていた。肩はだるかったし、手のひらは天井を向いていた。いつだって、この物語が一通り終わらなければ眠りに落ちることはかなわなかった。外に誰かいたとしたら、その人は女が一人片づいていない身の上を嘆いていると思っただろうね。片づいていない女ってどういう意味か分かる？　男のいない女とかそういうこと。全然そんな話じゃなかったんだけど。

警察に捕まえられた人たちを相手取った訴訟があった。フランスは彼らを危険な厄介者のくそ野郎と見なしていたんだ。抗議にもかかわらず、裁判はフランス本国で行われた。新たな暴動が起こらないようにするためだとのことだった。最も身を入れて政治と向き合っていた人たちは、実に弁舌爽やかに自分たちがしたことの正しさを述べられたはずだったけど、発言権がなかった。一番若い者までみんな、どことも分からない監獄へ送られて、髪に白髪が交じるまで出られそうにないらしかった。

島では、人々は死者を数えられはしなかったけど、知事が公式に発表しているよりも多いことは分かっていた。通りでは皆、刺々しい様子で互いを見ていて、島の膿んだ暗部を覆っていた幕が突然上がったみたいだった。

みんなが知っていたことが、そうした出来事に照らすといっそう見るに堪えなくなった。白人はこそこそと過ごしていたけど力は一切手放さなかった。黒人は頭(こうべ)を垂れたままで、戦線を結成できずにいた。

黒人、白人、インド人、中国人、シリア人。私たちは、自分たちが互いに結びついていて、混ざり合っていると分かっていたけど、このクレオール性を恥じていた。それが島のただ一つの現実、ただ一つの歴史、ただ一つの物語なのに。フランス本国が最後のよすがになっていった。あそこでならもっと楽に生きられる、本当の平等がある。あそこでなら公務員になれて、しっかりした屋根の下で安心して暮らせる。

私は教会へ行っていた。お頓知父さんと彼の家族みんなのために祈っていた。それで、ある日、もういいやと思った。この島はこれからも私の心の中にある。島にある不幸の住処（すみか）と対立とを引き受けたくは、もうなかった。うなされて飛び起きたり顔色がひどく悪くなっていたりするのはもういやだった。アルマンは分かっていたんだ。リュサンドや弟ちゃんや他の少なからぬ人たちみたいに、私は荷づくりをしてライゼ空港へ急いだ。

アントワーヌ

パリ、フランス

私は朝早くにオルリー空港に着いた。一九六八年の秋の終わりだった。人生で最初の秋。私は思い出せないぐらい昔に学校で習った詩でしか、このつなぎの季節について聞いたことがなかった。くっきりした小さな太陽は滑走路を金色に照らしていて、ポプラは空港の建物沿いで柑橘みたいな黄色い葉を一斉に散らせていた。驚いたことに、自然はフランス本国では身を引いていた。人々は遠巻きに、大きな画面越しにしか自然を見たがっていないとでもいうようだった。私はガラスのはまった自動ドアから外へ出た。

リュサンドには行くと言ってあったし、パリに住む場所を見つけてくれるよう、それなりの金額をあらかじめ送ってあった。

タタールが待っていた。見るからに自慢げにＤＳの青い車に寄りかかっていた。私のお金の一部がこの車のローンの返済に充てられていたと後で分かった。向こうは挨拶もろくにしないで急いで車のトランクにこちらの荷物を押し込んだ。こちらがフランスでの生活について尋ねても、はっきりしたことは言わなかった。

車の中では、三度神に身を捧げようとした聖女リタさまのメダルを指に挟んでいた。私のお腹にいい波動を送ってくれていたんだ。私は車窓の向こうを眺めながら自分でもよく分からないことをくっちゃべっていた。開けた土地は、フランスではとても広いものだから、互いに溶け合ってどこまでも広がる毛布みたいになっているよね。際立ったところはなくて、ただ薄黄色と灰色の間の色がさまざまにあるだけ。

初めて、この車の中にあって、私は自分がちっぽけで、空気に溶けて凝灰岩色の空に消え入ってしまうように感じた。

「ほら、これを膝の上で広げて」とタタールは言って、畳まれていない大きな紙の地図を差し出した。私は承知したけどそれを見はしなかった。どうせその地図の何も分からなかっただろうし。私は、自分が向かっている場所を知るのにそんなものはそれまで一度も必要なかった。けどこちらでは、私は迷い子だ。彼は自分の思う場所へ私を連れて行けて、私はそれについて何も言いようがない。

「それで、私はどこに住むことになるの？」私は少ししてから訊いた。

「いい感じのところを見つけておいたよ」と、相手は顎で頷きながら答えたけど、眉を寄せて、目は道路から離さずにいた。彼のすることは少し手荒だったけど、それについてもこちらは運転の仕方についてどうこう言える立場になかった。車のハンドルを握ったことが一度もなかったんだ。

空港を後にして、車は金褐色の葉の樹に縁取られた道に入った。標識にはA86と書かれていた。高速道路だった。いくつもの通りや家を跨いでいて、私は空飛ぶ絨毯に乗って進んでいる気分になった。

誰も目に入らなくて、すべてがこちらの目をくらますための舞台装置でしかないようだった。この景色を捉えるのは諦めようと思った。スレート造りの鐘楼、ポワンタピートルの新市街を思い出させる数階建ての建物、赤いクレーン、それに、柵で隠された庭が周りにあったり、寒さを凌ごうとしているみたいに寄り集まっていたりする小さな家々が混ざり合っていた。それらの家は皆、しっかりと戸締まりされていそうだった。

アスファルトの道路が高い建物の間を縫って延びているのが目に入った。バルコニーが積み重なっていて、聖書に描かれているバベルの塔みたいだった。それでひらめいたの。グアドループでは神さまがクレオールを創るのをよしとしてくださったから私たちはお互いに分かり合えるようになって、で、それはきっとニムロド[*24]のもとにいた建築家たちのところで起こったことでもあったんだ、って。車が、紅白のビニールテープに囲われたひどく穴だらけの広大な工事現場の近くを通り過ぎている間、私はニムロドの様子を思い描いていた。貫頭衣を着た、アフリカ人の長（おさ）で、砂がちな丘から職人の群れがクレオールで冗談を交わしながら壮麗な街を造っているのを見ていたんだろう。タタールにもそんなことを話しそうになったけど、話したところで彼には分からなかっただろうね。

　細かな雨が車窓に散らばった。私たちは、雨の向こうにあってどれも似たり寄ったりに見える村々を越えていった。スシー＝アン＝ブリ、ポントー＝コンボー、トルシー、それからまた何本もの県道を通って、遠くで煙を噴くトラクターが畝を立てている果てしない平野を抜けていった。一時間で、一生分以上の標識を見たと思った。いつになったらパリに入っていくのだろう。

　DSが勢いよく走るのでタタールはご機嫌になって、煙草に火をつけた。ラニーという街を過ぎると、雨と食事が終わったのとで打ち沈んで見える村に入った。

「ほら着いた！」義理の弟は高らかに言って、駐車する場所を探し始めた。

「え、だけど……ここ、パリじゃないでしょ？」

「パリだって？　何言ってんの！」作り笑いを浮かべて彼は返した。「送ってくれたお金じゃあ、パリになんて住めっこない。ここでよかったってことになるって」

　私たちは、煙草屋と自動車教習所のある十字路に面した貧相な四角い芝生地から突き出ている、四、五階建ての何の変哲もない建物の下に駐車した。これにはたまげた。首都へはそもそも向かっていなかったんだ。なら、ここはどこなのか。相手を馬鹿呼ばわりやペテン師呼ばわりしようにも、そんな言葉も出てこなかった。相手よりも自分の方がさらに間抜けだと思ったから。ぼうっとなりながら、身を引き剝がすように車から抜け出た。向こうはポケットからなけなしの鍵の束を出して指でくるくる回すと、建物の入り口へそそくさと向かっていった。

部屋は四階でエレベーターはなかった。自分たちの足音が響くのが聞こえる茶色いタイル張りの階段を抜けると、タタールは二本の鍵のうち小さな方を錠前に差し入れた。扉は乾いた血の色で墓の入り口に似ていた。「大きい方の鍵は、地下室のだから」と、彼は教え諭すように言い添えた。

暗い玄関を抜けるとダイニングがあった。唯一少し明るい部屋で、十五平方メートルぐらいだった。左手に枠の塗装の剝げかけた窓が一つあって、壁は白かった。塗り直されたばかりだったんだ。鋳鉄製の古い放熱機がくっついている中央の壁の両脇それぞれに部屋が配されていた。右手には洗面台とビデのついた寝室、左手には化粧窓のあるちっぽけな台所があった。

手洗いは踊り場にあった。石灰の塵みたいな臭いが至るところに漂っていた。中で暮らしていた人なんていたのかな、あれより前に。タタールの話では、いたらしい。老夫婦で、田舎へ行くと決めて出ていったって。

大きな玄関マットみたいなカーペットの上を歩いていって窓の外へ目をやった。相変わらず誰も街路にいなかった。幽霊さえいないようだった。大きく息を吐いて義理の弟の方を向いた。

「さあ、説明してもらおうか、どうしてこんなところにしようなんて思ったの？　あと、これでいくらかかったの？」

「なかなかいいでしょ？　この先三か月分の家賃を払っておいたよ。その後は、姉さんが払わなくちゃいけないけど」

「あんたは何も払ってないでしょ」私はそれでも怒りを堪えながら言った。「払ったのは私。けどリュサンドには、街で何かしら見繕っておくように言っておいたんだけど」

「ここは街だよ！」

「これが？　私に言わせれば違う。商店街でさえないよ！　ここには何もない。馬券売り場の山師たちと銀行一軒の他にはね！　あんたは私が荒地に来るためにモルヌ＝ガランを離れたと思ってるわけ？」

「あのさ」タタールは、壁と放熱機の間に申し訳程度にある、オレンジのカーペットに覆われたソファに座りながら言った。「姉さんのために心を尽くしたんだ。やれるだけのことはやった。リュサンドも知ってる」

「リュサンドはこの場所を見たの？」

「いや、ここへは来なかった。でも……」

「じゃあ見てないんじゃない。けどあんたたちはどこに住んでるの」

「シャンピニー」

「そのシャンピニーとやらはどこ？　何でパリにいないの」

「パリのすぐ横だし」

「で、ここは？　どうして何もかもから遠いの。あんたたちが住んでいる辺りには屋根裏みたいなところは一切ないの？　リュサンドからは、あんたたちはきちんとしたところに住んでるって聞いてた……」

タタールはあまり自慢げに聞こえないように自分の家について話した。私は、汚いやり口を見破るのがうまくてね。相手は、彼が場所を地図で確かめもしないうちに二人に安値でこんな代物をつかませたんだろう。あの部屋のせいでというよりは、それに似つかわしそうな存在はと考えるといやな気分になった。

　そんなところにいる私なんて想像できないよね。どんな人があの、カラスが屑を溜め込むような穴蔵でやっていけるんだろう。アンティル人が誰もあの場所にいないのは目に見えていた。学校の本で見た、干草の山の上に鶏がいて郵便屋さんの自転車が走っている、あのフランスの田舎みたいでもなかったし、大通りに紳士淑女がいる街みたいでは、ましてやなかった。作り物の街みたいだった。

「リュサンドは何でも大袈裟に言う」タタールは持ち上げた手を下げながら言った。「シャンピニーはなかなかいいとこだけど、俺たちがいるのは、なかでもそれほどよくないところ。スラム街にはポルトガル人がたくさんいる。それだって俺があの仕事をしているからこそあそこに……」

　私には相手の話の何も分からなかった。だって、私にとってはスラム街なんていうのはフランスにはないものだったし。それに私にはパリしかなかった。だからクレオールで罵りと非難の言葉を立て続けに叫んでやった。敷金も、先払いされた三か月分の賃料も取り返せない羽目になるだろうという気がしていたんだ。

　確かなのは、私が、タタールが「身の程をわきまえてよ」とさらりと言ってのけたのとは裏腹にそこには留まらないだろうってことだった。要はさ、あの人は持っているもので満足しろって言いたかったんだ。私たちは階段を下りた。繊細さも何もないメロディーが流れていて、棺の蓋みたいな扉の裏では何人かが見事に釣られて鼻歌を繰り出した。下に着くと、妹のところへ連れて行くように言った。向こうは、渋々とではあったけど、こちらに毒づきながらそれでも車の扉を開けてくれた。私は舌打ちをしながら座って発車の間中ぶつぶつ言っていた。

まず国道を、そして高速道路を走っていった。さっきよりも窓から景色がよく見えて、標識にパリと書かれているのが見えたときにはほっとした。

「リュサンドとあんたは、まあ立派なならず者だよね。自分たちはきちんとしたところに住んでおいて、こっちが向こうでしてあげたことは忘れるんだね。リュサンドの初めての仕事の口は私が見つけたんだよ！　で、あんたはさ、去年のクリスマスにはダルブシエからいなくなっていたと思ったら、今じゃ中産階級気取り？」

「いや、あの、俺たち中産階級を気取ってなんか」相手はおずおずと答えた。「とにかく、きちんとした家は見つけたんだから！」

「で、私はどこで働けばいいっていうの」

「大体、姉さんはここの様子を知ろうともしてない。向こうにお店が何軒かあるんだ。売り子の仕事をしたいって言ってみなよ」

そんなふうに言われたものだから天井まで飛び上がりそうになった。私が売り子？　人生で、ピロットさんのところで働き始めてこの方、就いたことのあった仕事は店の主（あるじ）だけだった。初めて私に命令を下す人とやらを見てみたいものだと思った。私は、むしろこちらに損させた分のお金の埋め合わせに車をよこしてほしいところだと切り返すと、間抜けでけちな父なし子呼ばわりしてやった。相手もすぐに言い返したけど。

私たちが何度目かに交差点に差しかかると、交わっていたのはまだ工事中の高速道路の切れ端だった。道路の出口へ向かって数メートル走ると、そこでぴたりと車を停めた。彼は車を降りて、トランクを開けて、地面に私のスーツケース二つと鞄一つをきれいに並べて置いた。そして愛車の周りをぐるりと回ると、私の横の扉を開けて降りろと言った。

私に何ができたと思う？　堂々と出ていった。そう、女王さまみたいに。

弟ちゃん

アントワーヌが電話ボックスから電話をかけてきた。電気工を辞めて精神科の看護師の養成課程に入ったところだった。たまたま、広告を見ていて見つけたんだ。入れば給料が出るし、修了したら仕事がもらえるし、少し学生気分になれるし。人の矛盾や苦しみを分かろうとするっていうのは、思うに、俺が人生を通じてやってきたことだったんじゃないかな。その点では、イレール、姉さんたち、そしてアンティルの社会全体は見事な試行の場だった。それがいまや、きちんとした道具があれば心の深淵を掘っていけると分かってきた。早々に、俺は精神医学に夢中になった。あと、お頓知父さんがフランツ・ファノンについて言っていたことを思い出したのもあった。この人は崇めるべきお医者さんだよ、って。だから精神科の看護師になってみたらそれがとてもしっくり来た。

自分の人生を築いていきたかった。シャンピニーを離れてパリの十一区にヴァレリーと居を構えた。リュサンドは彼女のウェディングドレスを縫ってくれた。婚礼はフランス北部の彼女の実家で行われた。第一子が生まれるのが楽しみだった。

電話で、アントワーヌはタタールとの口論について手短に説明した。俺は彼女がどこにいるのか当たりをつけて、分割払いで買ったばかりの車で迎えに行った。シェヌヴィエールのそばのどこともつかない場所に出た。建設中の街にかじり取られている空き地だった。車を停めて、舗装用の砂利の山、キャタピラの開けるひどく大きな穴、それにヘルメットを被った労働者の集団をいくつも回って歩いた。彼女がこもっている煙った小料理屋は、新しい建物がそびえる中にあった。

姉さんは、自在扉を前に、部屋の隅の暗いところに座っていた。彼女がそんなところにいるのを見て、生きのいい魚が壁に留めつけられている様子がふと目に浮かんだ。自分が彼女を据えていた舞台装置の外、ポワンタピートルの聖書の会やサンタントワーヌ市場から遠く離れたところで彼女を見るのは変な感じがした。それでも、向こうは背筋を正していて、俺はすぐに、自分の意思に沿うように現実をねじ曲げる姉さんの力は健在だと確信した。

向こうは、さえずるように話しかけながらぎゅっとこちらを抱き締めた。俺たちは四年間会っていなかった。彼女は街外れの僻地の集合住宅の話をした。説明を聞くまでもなく、それでは決してうまく行かないだろうと分かった。アントワーヌは、混沌としていて眠らない中心街の人間なんだ。パリでの物件探しを手伝わなくては。

彼女の話はイヴァンのことに移った。俺は自分が鉛みたいに沈んでいく気がした。一九六七年五月のことについては何も聞いていなかった。プラハの春に肩入れするデモに参加していた。共産主義者たちに憤っていた。ロシアの反体制派がソ連の精神医学の歴史の光と闇について話すのを聴いていた。一九六八年には、アントワーヌとそうして話していた時点で勤めていた病院で働き始めて、看護師および患者の権利伸長を求めていた。けどポワンタピートルで一九六七年五月に起こったことについては何も目に入ってこなかった。誰もそれについて話していなかった。特にフランス本国では。

アントワーヌの話を聴きながら、イヴァンとお頓知父さんは何と闘っていたのだろうと考えていた。彼女については、何よりまず思いやりありきだった。イヴァンをかくまったのは、一人の若者を放っておけなかっただけ。姉が革命に参加しようとしたことは決してなかった。あの当時でもアンジェラ・デイヴィス[*25]をこき下ろしかねなかったし、ド・ゴール主義者と共産主義者のどちらにも背を向けていた。時とともに、全き反動主義者になった。けどあの人は心が真っ直ぐだし、俺の親友を救ってくれたんだ。それをなかったことにはできないよね。

それより一年早く、除隊されたときに、キューバ行きの航空券をすぐ手配して、親友に合流して、彼の側から見た闘争について聞き出しておけたかもしれない。けど俺は別の道を行った。ついに選び取った仕事の口と、一人の女性と、来るべきお前の兄さんと。

イヴァンからの便りは絶えてなくて、そのことが俺の心にのしかかり続けている。彼の家族でさえ彼がどうなったか知らない。ハバナから秘密の手紙が何通か来たきり、あとは何もない。けどイヴァンは死ねっこない。俺は彼が大好きだし、独立派のネットワークがカリブ海で一番大きいあの島に彼をこっそり逃れさせてから、その身に何が起こったか一切知らされていないんだから。キューバについての記事や報告書が出るとすぐに、彼が載っていないか探す。変わらず生きているのか。それとも、彼の骨と秘密は、サンチャゴかどこかの浜辺かボリビアかコンゴ辺りで野ざらしになってあるのか。

初めてグアドループへ帰ったとき、お前は三歳だった。真っ先に訪ねたのはイヴァンの母さんだった。彼の写真をくれようとしたけど、俺はイヴァンにはユーラリーと一緒に、頭の奥に彼らのために設けた特別の場所にいてもらう方がよかった。少なくとも彼の姿については、はっきりとした記憶がある。彼は今も、あの冷血で気取り屋のおばのバルコニーによじ登った後、グウォカの音に合わせて踊っていた少年のままでいる。

アントワーヌ

モンマルトルの小山での冬ごもり

パリは思っていた通りの場所で、美そのものだった。特にシャトー゠ランドンの方は。何でも売っているとても大きな市場を見つけたんだ。サンタントワーヌ市場の十倍あった。トマト、葱、それにスガンさんの山羊が食べているのみたいな大っきいレタス。大きな木箱にはじゃがいもが入っていた。はじめは、グアドループのタロイモほどは風味がないと思っていたけど、しまいには慣れた。だってフライドポテトはやっぱりたまらなくおいしいし。ケバブとかミント入りのお茶もいいよね。あと、安売りデパートの「タティ」もうずっと前から常連だよ。

私は、サクレ゠クール寺院の近くに住みたいと弟ちゃんに言った。パリで驚いたもののもう一つがそれだったんだ。私たちは何週間も探した。私は飽くことなくモンマルトルの丘の階段を上り下りした。結局は、あんたのお母さんが小さな不動産屋へ出向いて見つけてくれた。プレ通りの下の方にある店舗用物件を、割と安値で売りに出していたんだ。完璧だった。

「これからどうするの？」弟ちゃんは訊いてきた。

そうだね、今までずっとしてきたことをする！　物を売る。私は有頂天になっていた。だけど数週間して、事はそう簡単じゃないと分かった。まず、私にはもうあまりお金がなかった。それに、どうすれば店を埋められるだけの物を手に入れられるのか知らなかった。ここは、グアドループとは勝手が違う。金曜に出港してカリブ海域の市場を回る船便はない。田舎で転売するためにこちらの店へ仕入れに来る安物売りの商人もいない。ここにあるのは、大通り沿いにある大きな食料品店と環状通りの辺りから立ち並び始めるスーパー。絶え間なくぐるぐる回っている大きなトラック。街の片隅に店を構えてささやかな物を売っていても対抗できないと思った。最初の六か月分の家賃を先に払うと、ちっぽけな「わが家」に座り込んでしまって、自分が掛けている向かいの椅子に移りさえせずにいた。大きな虚(うろ)に音が響いているだけだった。水道と排水溝の音だった。

この新天地で暮らしを固めるにはどこから手をつければいいのか。私は自分の記憶を探った。どこを向いても逆風ばかりの何もないところから、他の人たちはどうやってうな垂れることなく抜け出してきたのだろう。

そんなわけで、街外れでの駆け出しの頃の生活を思い起こしていると、デデ母さんの話を思い出した。ある日曜、彼女は私を自分の友達のところへ連れて行った。美しい女の人で、オランプって名前だった。お喋りじゃないどころか、ほとんど物を言わなかった。とても暗い肌色をしていて、他の女たちより背が高くて、引き締まった腕をしていた。赤いマドラス地のターバンを巻いた頭は、誇りに満ちていた。驚いたことに、彼女は独りで暮らしていた。しかも、どこでだと思う？　素晴らしい場所だよ。呪われた場所だと言われていた、グランド＝テールの、あの古い風車のうちの一つ。大きなイチジクの木が中から何本も生えてきて、その巨大な根の中に容赦なく石壁を絡め取って、そうして挟み込んだ部分のほとんどをがたがたにしたんだ。復讐に見えた。かつて、何百もの奴隷の汗と血があって回っていた風車が息の根を止められようとしているのがさ。エゼキエル家の人たちも、他のグランド＝テールの住人たちと同じように意地の悪い目で眺めたきり、近づこうとしない。廃墟の周りにはつなぎ止められた幽霊たちが今もいる。

オランプはこの手の迷信にはかかずらわなかった。これと決めた風車のイチジクの木を抜いて、中庭を一人で地ならしして、屋根を直した。彼女は「コンゴ」だという話だった。奴隷制が公式に廃止された後、ナントとアフリカの諸王国の間でまだ奴隷が不正に取り引きされていた頃に島へ重労働をしに来た人たちの子孫ってこと。彼女はクレオールではない言葉をこっそり話していて、誰も知らないような儀式を行っていると言われていた。コンゴたちは他の黒人たちから常に締め出されていた。あの人たちも同じ惨めさに引き込まれていたのに、周りは、彼らは訳の分からないことをワニワナ言っているとか、彼らは汚いとか言う。それはさておき、思うに、彼女が仕方なしに精力を注ぎ込んでいたら、やがて風車は、花でいっぱいで柔らかな草が一面に生えている素晴らしい庭に囲まれた高い塔に変わっていたんだ。私はこの訪問から戻ってきて夢見心地だったけど、どうやってあの身寄りのない美女がど田舎で暮らしているのかとデデ母さんに尋ねると、彼女は笑いながら、オランプは肉付きがよくてきれいな尻を労働者たちに売っていると説明してくれた。きっとあまり愉快な人生じゃなかったに違いないよね。それでも、私は彼女を尊敬していた。あの人は自立していた。

私は夜の六時と十時のミサに参加しようと、サクレ＝クール寺院に奥まで入って腰を下ろした。辺りを眺めた。落ち着いていた。指はちくちくしていたし、声はこれがなすべきことなんだってつぶやいていたから。面白いことが何も起こっていないときは、祈っていた。残りの時間は、入ってくる人たちを見定めていた。旅行客、陽気な家族（私の気を引くものではなかった）、一人きりの女性たち。私が会いたかったのは彼女たちだった。十五日間、私は彼女たちを心の中で仕分けていた。あまりに年嵩、着飾りすぎ、同伴者つき、その他。その他の人たちは若くて、独りぼっちで、悲しげだったり絶望していそうだったりした。そんな人が日に一、二人はいた。

シャンタルは私が向かっていったただ一人の女の人だった。二十歳のきらびやかな娘で、明るい色の肌に、そうお目にかかれないような赤みがかった金色の、全体に緩くカールしたふさふさの髪をしていた。こちらが横に静かに座ったときには瞼を赤く腫らしていた。私は少なくとも三十分は彼女が泣いているのを見ていた。向こうはわずかにこちらを向いてから、顔を隠そうと彼女の前の木の椅子の背に額が当たるほど身をかがめて、静けさの中、眠り込んでしまいそうな様子だった。私は優しい声で話しかけた。こちらが何も骨を折らないうちに相手は顎を持ち上げてこちらに応じてくれた。彼女はそうする必要があったし、そうしたかったの。

　よくある話だった。年上の青年に恋をして、それで両親と仲違い（なかたが）して家を追い出された。青年は彼女をさっさと捨てた。恥ずかしさと父親の暴力が怖いのとで家には戻れない。アヌシーから来た。あそこには絶対に戻りたくない。

　二人で私の店へ向かった。店に着くと、彼女に温かいスープを作った。呪術師が助言をくれたのを覚えていたんだ。あのときの柔らかな光に、射るような眼差し。すべてがとても自然だった。私は夜のかなりの時間、彼女を慰めた。九時になって、ミサへ行ってはどうかと言ってみたけど、向こうは疲れていた。だから私は、代わりに祈りに行くと言って教会へ戻った。彼女は出ていくことも残ることもできたけど、私が真夜中より少し前に帰ってきたら、そこにいた。私のベッドのマットレスに横になっていて、見とれるほど美しかった。

　シャンタルは、工場では働きたくないし、お手伝いさんの仕事も、百貨店勤めだって嫌だと言うのだった。ああそう。向こうは店で私を手伝いたがったけど、私は、そう考えるのは馬鹿げていると向こうに分からせようとした。

「周りを見てごらん。私が差し当たり手伝いを必要としていると思う？　すでに一日中仕事で手一杯になっているなら、それは幸先がいいってことだよね。差し当たり、私には自分の惨めさぐらいしか売るものがないの」

相手は洋服掛けにブラウスを二枚掛けている私を見た。引き下がる様子はなかった。それで私は最初の助け舟を出してみた。

「あんたみたいな美しい娘さんだったら、黙っていてもほしいだけのお金を手に入れられるんだろうね」

向こうは興味をそそられたようだった。私は続けた。

「この店を品物でいっぱいにできるんじゃないかな、私たちがお互いの力と持ち札を合わせられれば。私を見つけたなんてついているよね。私はこの先、あんたが独りでやっていきたくなったときに役立つことを教えてあげられるんだもの」

ショーウィンドーに近づいてみてほしいと彼女に言って、私たちは灰色のモスリンのカーテンに額を押しつけた。半ば隠れるようにして、通りとその無二の場景を一緒に眺めた。通り過ぎていく人たちを事細かに見ていた。他愛もないことを言って、笑って、お互いの趣味を比べて。私は、二人でなら懐を暖められるかもしれないと話した。彼女にはみずみずしい美しさがあったし、私は指示を出したり守ったりしてあげられた。相手は考え込んでいたようだったけど、恐れても嫌がってもいなそうだった。

彼女にはその日一日考えておいてもらった。向こうは両脚を抱えて、私のスリッパを履いて、ほぼずっと窓に張りついていた。こちらが皿にたっぷり盛られたサラダを市場で買って持っていくと、目を歩道から離さずに葉物をちびちびかじった。

翌日、私たちは合意した。ゲームの規則を決めるみたいだった。彼女は好きなときに通りへ働きに出て、二人でお店の奥の方に小さな控室を作る。私はずっとその場にいてどんな男も彼女に手出ししてこないように見張っている。彼女のご飯を作る。そしてとにかくそっとしておいてあげる。彼女は稼いだお金の半分を私に渡す。私たちは赤ワインでこの同盟を祝うと、ベッドのマットレスに被せるものを買いにサン＝ピエール市場へ行った。

「外では、ドモワゼル・ジャンヴィエ（一月）って名前なことにして」私は言った。

「マドモワゼル・ジャンヴィエ？　どうして？」

「あんたが、冴え渡る朝が感覚を刺してくるこの始まりの月に似てるから。で、マドモワゼルじゃなくて、ドモワゼルね。アンティルの方じゃ結婚していない若い娘さんはそう言われるの」

「残念でした、ご縁がなくて！」彼女は肩をすくめて言った。

共同生活はとんでもなくうまく行って、私は神さまのこのお計らいに今も感謝している。彼女とは本当に気が合った。気取りがなくて、羽根枕や上質なテーブルウェアにはたいてい目もくれなかった。あり合わせのものを、道端で拾ってきた小さなテーブルで食べていた。肉と野菜を小さなこんろで焼いて。彼女は陽が少し昇ると外へ出ていって、私は通りをゆっくりとぶらついている彼女を見ていた。はじめは日に二、三人の男たちを連れてきていたのが、増えてきた。そのぐらい大したことはないというような人数だったけど、彼女の表情が固くなっていたり疲れた様子だったりしたら、仕事を切り上げるように言った。

私たちは早々にちょっとしたお金を稼いで、まず私がしたのは、まとまったお金をピロットさんに送って、私がいつもサンタントワーヌ市場で買い込んでいたものを全部しっかりした箱に詰めてよこしてもらうことだった。送られてきた小包を開くと二十歳若返った気になった。この世界をもう一度踏破してやろうと思った。

私は心穏やかに四十路(よそじ)を迎えようとしていた。通りでは男たちが、私が通るたびに振り返った。年取ったおばさま方や酒飲み連中がたまに浴びせる侮辱の言葉は、まあ、ぐさっと来たけど。「汚らわしい黒人女」とか「故郷に帰れ」ってやつ。銀色になり始めた私のもしゃっとした髪に小さなベレー帽を載せて、買い物袋を背負って、オルドネール通りで買い物を済ませていた。それかオルナノ通りか。セネガル人の食料品店が果物のパテ「ミュスキュリン」を売っていて、それを食べるとシャンタルちゃんは元気になる。ミュスキリンはさ、なかなか見つからない妙薬なんだ。フランスの田舎にひっそり建っている、とある修道院へ行くか、祝福を与えるかのようにそれを差し出してくるセネガル人たちのところへ行くかしなくちゃいけない。よくラベルを見るんだよ。たまに、あの人たちは偽物をつかませようとするから。

口コミが、私が探し回っていた品目についても効き始めた。出し抜けに戸口の呼び鈴が鳴ってね。ポワンタピートルばかりかハイチの女たちも、宝石、酒、それに現地で炒ったコーヒーを売りに来た。セネガル人たちは手作りの革靴を私の前にずらりと並べた。今だったら目玉が飛び出るほどの値段で売れるよ。そういうのが流行りだから。

後になって、界隈の人たちも自分が持っている細々(こまごま)としたものを持ってきてくれるようになった。集めていたコルセットと刺繡入りのハンカチを売りに来た女の人もいた。私は触って、品定めをして、値をつけた。慣れたものだった。でもその間も、シャンタルが居心地のよい落ち着いた場所にいられるように気を配っていた。

私たちは二人してなかなかに稼いだ。けど、これが続いてくれればいいと思ってはいなかった。初めて警察から注意を受けたときに全部やめた。どのみち、店は開けた。何が起ころうと私は生きていける。シャンタルは恋人を作ると、うちで売り子をしていたと事あるごとに話した。私はあの子の長男の洗礼式に参加して代母にまでなったんだよ。

リュサンド

四十年前のことだけど、今も覚えている。ずっと記憶のなかにある。あいにくね。アントワーヌは砲弾みたいに私に飛びかかって、私は仰向けにひっくり返った。はじめは抗おうとしていたのが、あのお店の床で玉のように丸まって打撃から身を守るので精一杯になっちゃった。あなたのおばさんは、悪魔よ。私にはあの人が子宮がんになったことだって信じられない。しかも一度も役に立たなかったし、あの子宮。ああもったいない。笑い飛ばしてやる。でなきゃ泣いてしまいそうなんだもの。

彼女がどうしているのか覗きに、モンマルトルへ、ある朝行ってみた。その娘さんがいた。あの頃はあの人と住んでいたの。拾い物の古いソファに寝そべって、こちらを見ながらこれでもかと吠え立てる毛の長い犬ころ二匹を撫でていた。考えてもみて。二人の女性と猛り狂った二匹の犬が、あの、お店の奥の窓のない小さな一室にいるって。臭いが吸血女みたいに鼻に襲いかかってきた。

休みの日だったけど、アントワーヌは掛け金を引いて入り口を開けてくれた。ウィンドー越しに通行人は中を見ることができて、言ってしまうと、彼らは単に、あちこちに転がっている埃だらけのあらゆる物が珍しくて立ち止まっていた。いつのものか分からないすみれの花飾りのついた帽子、傷のある革手袋……私はマタニティドレスが売りに出されているのに気がついた。その数年前にあげたものだった。姉さんにって。姉さんが売るためにじゃなくてね。自分用に鉤針で編んだ、ひよこみたいな黄色の綿のワンピースで、新品同様だった。それを言ったのが運の尽きだった。そしたら、あの人は私のお友達や私をセレブ気取りでブリジット・バルドーみたいだと言ってからかってから、憤り始めた。私があの人の親友にいい顔をしなかったとか、犬を悪く言ったとか、まあそんな話だった。

こちらがやられっぱなしではいなかったから相手は飛びかかってきて、私は気づけばひっくり返っていた。娘さんが私たちを引き離してくれたのが幸いだった。でなきゃ私はお粥みたいにめちゃくちゃにされていたと思う。

姉さんには、十か月はろくに会っていない。ときどき電話はしていた。向こうが私に会いに裁判所へ来ると、三回に一回は居留守を使った。あの人の見た目が見た目だから、同僚たちは彼女が司法に助けを求めるために来ていると思っていた。

タタールとの離婚後は、独身のまま娘たちと一緒にいた。あの子たちが十八歳になるまで、彼は養育費を多少なりとも払ってくれていた。気が向いたときにはね。まあ一年に四回ぐらい。あとは何もない。グアドループでときどき娘たちを連れ回すぐらいはした。航空券代を払うのはやっぱり私だった。あんなに高いのに。シャンピニーの家はそのままにしてくれていて、自分が妊娠させた女中もそこに置いていった。私たちがポワンタピートルを離れるときに私が連れて行ってあげることにした、あの女中。私、彼女を恨んではいないの。彼女はいつも私のおこぼれにあずかって暮らしてきたんだもの。

こうして全部を、私たちの道行きすべてを振り返って、私は自分が何かをしくじったってよく分かった。結局、私は孤軍奮闘して娘たちを育てて、一緒に人生を立て直してくれる誰かは見つからなかった。針仕事も少しは続けていたけど、望みは何も叶わなかった。私たちの面倒を見なかった父さんのせいで。ユーラリーがいない中で育てなきゃならなかった、あなたのお父さんのせいで。もう怒りで泣きそう。立派にやっていけるはずだったの、アントワーヌと私は。それがどうして？

アントワーヌはそんな感じで、ときたま私に会いにきてくれた。彼女が本当のところ何で生計を立てていたのか私には言えない。いつだって、自分の身なりがどうでも人がそれでどう思おうと構わない。七十過ぎにして、まだ美しい。それが私の姉さんで、そんな姉さんが死ぬなんて私が認めない。がんなんて、彼女なら人差し指にくるくる巻いて肩越しにぽい、よ。そうなの。私がそう言っているんだから。

弟ちゃん

パリでの最初の数年間、アントワーヌは昔の習慣を取り戻していたようだった。少なくとも遠巻きに見たところでは。というのも、もうほとんど会いに行っていなかったんだ。俺には骨の折れることだったし。彼女はポワンタピートルの店のとそっくりのがらくたの山を作り上げていた。俺は、立ったまま眠ってしまいそうになるような彼女の話はろくに聴かずに、棚を目でたどっていた。果物のリキュール漬け、ネクタイ、向こうで売っていたのと全く同じ、手頃な値段の香水一揃い。色鮮やかなラベルも甘ったるい名前も一緒だった。「私を追いかけて」とか、「とりこにしてね」とか、「かわいい罪」とか。ありとあらゆる骨董品やまがい物の美術品、おびただしい量の琥珀色の液体、数え切れないほどの真鍮やブリキの型枠、型で成形されたプラスチック製のぴかぴかの雄鶏やその他の置物、紙製の女性向けの帽子、真珠のような光沢のある陶製のブローチ。だんだんと時代遅れになっていくがらくた箱の後ろに、彼女は自分の犬や固定観念とともに立てこもっていた。俺が地産品を買い入れればいいと言って、あの人は本当にそうしたんだろうね。

時が経つにつれて、客足はまばらになった。アントワーヌは観光客の好奇の的になった。ずっと変わらない佇まいの登場人物、散策者が探し出して喜ぶような「古きよきパリ」の切れ端だった。彼女には儲かるやり口があった。サン゠ジェルマン大通りのラム酒製造所と手を結んだこともあった。あの通り口達者だから。長続きはしなかったよ。経営陣と仲たがいしたんだ。

彼女は気の向くままに店を閉めていた。時間があまりに長く感じられたり、どんよりと曇っていたりしたらすぐに。ときたま、彼女はアンティルへ帰るために航空券を手配して父さんをふらりと訪ねていた。電話口で父さんは、アントワーヌは自分が今まで耐え忍ばなければならなかったどのサイクロンより厄介だと言っていた。彼女には、つながりらしいつながりはもうなかった。あの人にとって家っていうのは、自分の店、教会、そして自由があることなんだ。パリだろうがポワンタピートルだろうが、そんなのはどうでもよかった。一九六八年に島を離れたとき、彼女はシュルシェール通りの自分の店をそのままにしておいた。鍵を閉めたかさえ怪しい。あの人は店がどうなったのか一度も見に戻っていない。

俺が治療のために病院へ姉さんを連れて行ったとき、彼女が俺たちの中で一番、出て行ったときのままだと気がついた。彼女は決して変わらなかった。今でも、俺は聞いたことがあるような気がするだけのエゼキエル家の遠縁の子どもたちの名前を覚えているし。あの人の中で、過去と現在は金に彩られた球の中で一緒になって踊っている。彼女はときたまきっぱりとした様子でこちらの腕をつかんで言う。「お店をまた開く準備をしなくちゃ」って。それがパリの話なのかポワンタピートルの話なのかは分からない。

アントワーヌの中で、すべてはまだ生きている。イレールに抱き寄せられているユーラリー、ルベック家の人たちのもったいぶった顔つき、生まれずじまいだったけど姉さんはそれでも名前をつけた、あの赤ちゃん、街の暑さの中で小さくなっていたピロットさん、土着の魔女たち、輝く角をした牛たち、百歳になって、家の前で例のスツールに座っている独りぼっちのイレール、アルマンの淡い色の目だって、お頓知父さんだって。

だけど、姉さんはあそこへはもう戻らない。俺たちの誰も戻らない。彼女は言うんだ、「あの暑さにはもう耐えられない。頭をひどく刺すし」って。それでいて、思うにあの人はモンマルトルにうんざりしている。シャトー＝ランドンの辺りの汚らしい通りにも、オルナノ通りの市場で買って、ビニール袋の底に入れたまま忘れてしまう香草にも。

俺たちは自分の子どもにしてあげられるだけのことをした。島とも両親とも別れた。早々に、戻ろうなんて考えなくなった。お前が愛するか嫌いになるか決めかねているあのパリ郊外が俺たちの場所だった。忘却と無関心の場。無関心という自由。俺たちはここへ来ることに異存はなかった。何ならこう言ってもいい、俺がどこでもない場所を離れて他のどこでもない場所へ行っただけだって。けど俺はそこになじんだ。

俺は、紅い陽の射す中を健康のために走る人たちがいる、あの人工湖に沿って歩く。通り道、鴨は戯れ合っていてバン[*26]は葦の茂みに隠れている。遠くでは、光にきらめく土埃の中で建物が薔薇色に染まっている。パリの方を見ると、空は漂う炭酸ガスでどんよりしている。俺にはもう子どもみたいな身軽さはないけど、老体というほどでもない。きちんと手入れをしているから。運動靴も、街から見て南のテニス場と隣り合ってある、大きな専門店で買っている。

もちろんこの郊外は虚ろだよ。ＳＦの世界みたいな景色で。建物のファサードは無機質だし、そのアルミニウムは十二か月中八か月は冬の白々しい光を延々と跳ね返しているみたいだし。そんな空間が俺には必要なんだ。流すことのない血と涙を安らわせておくために。

劇場へ行くには地下鉄に乗ればいいし。よくお前を連れて行ったな。俺が自分で勝ち取らなければ得られなかったものを早いうちに知ってほしいと思った。街にはたくさんのアンティル人がいた。何人かは俺が来させた。身を置く場所を探していた幼なじみとか、いとことか、マルティニーク人の同僚とか。彼らとの付き合いはあまりなかった。

病院で、俺は看護師皆から一目置かれていた。俺は好んで政治の場で自分たちの利益を擁護した。労働組合運動や、患者たちにとっての正義と発展を語った。目をかけられて、昇進した。一番評価してくれなかったのはアンティル人たちだった。あの人たちは、こちらが彼らを、彼らだけを擁護していればよかったのかもしれない。そんなのはお断りだった。仲間の全員に与（くみ）するか、何もしないかだった。それが、俺の望む正義なんだ。すると彼らは俺が本国に同化してしまった黒人で、しかも白人と結婚していると言った。こちらはそんなのはどうでもよくて、自分の仕事にのめり込んでいた。向こうはこちらを軽蔑すべき輩だと見なしていた。彼らに言わせれば、俺は自分がどこから来たのか忘れてしまっているのだった。とんだ勘違いだ。

俺たちはもうグアドループ人とはいえなくて、それなのにイレールの小屋のすぐ後ろに土地を買った。小さな家を建てた。色々な厄介事や距離もあったけど。十年かかった。お前の母さんと俺とで。そんなことをするのはやっぱり、心の底でグアドループの何かが生き続けているからだよね。

アントワーヌ がんばれ、挫けるな

エゼキエル家も、ルベック家も、いまや男女構わず一家の人々をグアドループとフランス本国の間に撒き散らしている。モルヌ＝ガランに居続ける者から、外周環状道路の向こうのパリ、あるいはさらに遠くのベルギーや他の場所で暮らす者まで。本当だよ。イレールが孫の何人かをひいきしていて、他の子たちについては、いるんだろうとは思っていても名前は忘れていたのも本当。この、六〇年代の大規模な本国上陸以来、アンティル人は本国でも島と変わらないぐらいの人数になった。彼らの中には、故郷を想い続ける人もいれば、潮で洗われた岩みたいに記憶をなくす人もいるんだろう。

私たちアンティル人は、いつだって周りに合わせる術を知っていたよね。奴隷小屋にいたときから低家賃住宅に住んでいる今に至るまで、生き延びるとはどういうことか分かっている。けど、みんな仲良しの共同体ではそんなものは見つからない。私ときたら、指のちくちくを通じて語りかけてくれる聖人さまたちしかあてにしていない。リュサンドはというと、頭の中に二人の女がいて喧嘩しているる。惨めさを嘆く臆病な黒人女と、黒人を見下す白人の上流階級の女と。どうやって折り合いをつけているのかよく分からないけど、そのせいであの子はとても疲れている。あんたの父さんは、貧しい者が富める者との闘争状態にあると決め込んでいる。でもあの子は、貧しい者だってつまらないことでひどく争い合いかねないと分かっている。あと、富める者が私たちを互いにやり合わせる妙策を見つけて以来そうなんだってことも。グアドループでは、白人側についている混血は黒人やインド人と、それから、教育を施された黒人は街外れに追いやられている黒人とやり合っていて、鶏三羽の飼い主に至るまでそんなふう。二羽しか飼っていない人より自分の方が白人に近いと、決まって信じている。今じゃ、大勢のフランスの白人たちが、陽の光の下で暮らす方がいいと思ってグアドループへ移住しているんだってね。そうだろうさ。弱肉強食のゲームの中へ入っていけるだけのずる賢さがある人なら。残りの人たちは、有色のお仲間と質の悪いラム酒を飲んで浜辺でくたばるんだろう。今だったらビールも飲むのかな。ビール！　母さんはどう言っている？　私が何も知らないと思っちゃいけないよ。フランス北部の、あんたの母さんの実家の方では世界で一番いいビールが醸される。グアドループで飲むとどんな感じがするんだろう、太陽で温まったまずい代物をさ？　考えたくないな……。

こっちへ来て。心配は要らないよ。私のこの病気には、グレープフルーツが一番効く。本当に黄色くて、マルティニークのシャデック、あのグレープフルーツに似た果物、あれみたいにほとんど苦いだけのやつを買ってきて。フロリダ産の、オレンジ色で甘ったるい大きいボールみたいなのじゃなくて。内側の白い皮を刻んで、それを煎じてくれればいい。母さんは日曜のたびに飲んでいた。がんの話なんてしないで。ああいうのは白人の病気だし。私はそんなふうには逝かないよ。よくなってきたらすぐに小さな店を一軒開くんだ。

じゃあ、これで、私たちについてというか、この世での暮らしについて前より分かるようになってきたよね。本当の神の国は天にある。笑わないの。あんたのために祈っておく。だって、たとえあんたが知らなくても、あんたは立派なキリスト教徒だから。私が、あんたがそうあるようにしているの。あんたとあんたの父さん、それに一家の他のすべての不信心者たちが救われるようにミサでずっと祈っている。

もちろん、またグアドループへ戻って暮らしたくはないよ。だし、戻って何ができるの？　あんたの兄さんが向こうへ移住するためにここを発ったって聞いた。その、モルヌ＝ガランへ。ああ、初めからまたやり直しだ。あの子の坊やは、まあかわいいよ。明るい色の目に金色の巻毛をしているけど、間違いなくうちの子だ。指先の、爪が生え出てくる辺りを見れば分かる。そこの肌の色がずっと少しだけ暗い。小ちゃなきんたまも、おちんちんの周りの皺の寄っているところも。混血どうしの子で目と髪の色がとても明るい赤ん坊[*27]も、そこはずっと黒人なんだ。

私のかわいい子ちゃん、あんたは早まらないで。あんたの子どもたちがどこへ飛んでいくかは神さまだけが知っている。

私はときどき、「弟ちゃん」やリュサンドと交替で病院へアントワーヌを見舞いに行った。父さんは一家全員、そして彼らの共通の知り合いの名前を彼女に挙げてもらっていた。そんなふうにしていると、彼女は並外れた記憶力をまだ発揮できるのを喜ぶのだった。リュサンドはチョコレートと、シャワーや、食事用プレートや、掃除や、こちらが知らないその他のことについての苦情リストを持ってきては、リストの方をご大層な様子で受付係に提出していた。それが彼女なりの身構え方なのだった。アントワーヌは、死装束の色は何色がいいか、もう彼女に伝えていた。

彼ら三人の話を聴かなくなってからだいぶ経った。私は彼らの言葉と沈黙を飲み込んだ。無我夢中で、大切な何かが消え去るとでもいうかのように、私が生まれる前の伝説的な時間自体を。書き留めたことを汲み尽くして、筋が通るように話を作って、それを何度も読み返した。彼らにはまだ何も見せていなかった。彼らは私がある種の尋問をしていると分かっていたけれど、こちらには何を問うでもなかった。一切を打ち明けた後で、恥ずかしさのようなものが邪魔して、彼らに託されたものからこちらが作ったものについて訊けないでいるか、あるいは、こちらに話したからそれで十二分だと思っているかのようだった。

私はアントワーヌが弱っていくのを見たくなかった。最後に二人で話したとき、向こうはベッドに座って、頭を色の薄い枕二つの上に乗せて、穏やかな様子でいた。他に何ができるでもなく、私は彼女のそばに座って、十年前にした質問を繰り返した。

「あの子につけた名前って何だったの」

「どの子?」

「ユーラリーが亡くなったとき、お腹の中にいた子」

「次のお見舞いのときに教えてあげる。土曜ぐらいかな」

「どうして土曜なの」

「次の土曜ならまだ生きているだろうから。その後は分からない。市の立つ前には逝けないな。シャトー=ランドンまで行こう。最初にあんたが来たときみたいに。で、グァバを買おう」

「だけどお医者さんは市場へ行かせてはくれないよ。私がグァバを持ってくる」

「私が言う場所に種を植えてね」

「パリじゃ生えない」

「父さんの家の近くには、とても大きい切り株があった。リュサンドと私はその上によじ登ってた」

「クレオールの庭が恋しい?」

「恋しいも何もないよ!　どんなアンティル人だって一平方センチメートルも土地があれば何か植えずにはいられない。それが白人たちの隙を突いて逃げ延びるための方法だったんだ。けどあんたは、クレオールの庭って何なのかきちんと分かってる?」

私は少し考え込んだ。イレールが土の肥えた斜面で畝を立てていた小山を思い起こした。

「薬草、食用の植物、それに美しさで目を楽しませてくれる草花が植えてある小さな一角。わざと種類を混ぜこぜにしてあるの。そうすれば病気を防げるから」

アントワーヌは説明を聞いて微笑んだ。

「そう。島々の住人の薬屋であり食料庫でもある。でもそれだけじゃない。どうして彼らは男も女も自分の庭へ急ぐんだと思う?　市中の人たちだって、街を囲む壁の外に小さな土地の切れ端を確保できるとすぐにそこへ行きたがる。何でもすぐに生える土に、自分の心配事を葬るために。日々の気苦労とかさ。それから自分たちより前に同じ土地を耕していた祖先たちと語り合う。あんたもクレオールの庭を持てばいいのに」

「どこに持てばいいっていうの？　私たちはモルヌ＝ガランからあまりにも遠く離れてる」

「持てるところに持てばいい」

私は病室の窓越しに、柔らかく照る小さな太陽を見ると、今度は自分が微笑んだ。

「頭の中になら持てるかも。力強い見事なごちゃ混ぜの庭をね。おばさんみたいな」

向こうが少し気を悪くしたようだったので、私は話の流れを変えた。

「ねえ、おばさんの言う通りだった。私はもう自分の周りにそんな庭を持てているんじゃないかな。私が住んでいるあそこは、貴重な場所なの。互いに似ていない色々な人たちでいっぱいで。金持ちも、貧乏人も、若者も、年寄りもいる。おばさんはサクレ＝クール界隈のそんなところが好きだったんだよね？　あの寺院の辺りはもうあまりそういう感じじゃないけど、同じような場所がまたよそにできたの。私がいる地区がそんなふうで、いつも合唱みたいなの。活気に満ちていて。私はクレオールの庭以外のところじゃ暮らせない。おばさんに似たんだね。私たちはそういう、世界を見せる場所のど真ん中にいる方が自由でいられる」

「世界を見せる場所、か。なかなかに考えたじゃない。大層な見世物だ。私も自分の役回りを演じていたんだね。嬉しいよ。じゃあまた来週、かな」

「うん」私は言った。

それから彼女の豊かな髪を撫でた。

リアーナ・ルヴィ氏の信頼および傾聴に、
サンドリーヌ・テヴネ氏の注意深い眼差し、励まし、読み返し、および途切れることのない情熱に、
リアーナ・ルヴィ社で働いていらっしゃる女性たちの熱意、精力的な仕事ぶり、および作家への愛情に、
そして、ドゥニがいつも目付役であり、一人目の読者であり、かけがえのない相談役でいてくれたことに感謝申し上げます。

訳注

一九四七―一九四八

1　ベルギーの漫画家エルジェの「タンタンの冒険」シリーズに登場する、主人公タンタンの仲間。

2　主にフランスのブルターニュ地方に暮らすケルト系民族のこと。ここでは、同地から移住してきたケルト系の人たちを指す。

3　Henri Philippe Benoni Omer Joseph Pétain（一八五六―一九五一）。フランスの軍人、政治家。第二次世界大戦が勃発すると、ナチス・ドイツの進撃の前に休戦を主張。フランス降伏後は、ファシズム体制を取るヴィシー政府の元首として対独協力を行った。

4　「tchip」正確には唇で鳴らすものだが、音の質としては日本でいう舌打ちに近い。ただ、日本の舌打ちが主に不服や不満を表すのに対し、「tchip」には非難のニュアンスもかなりの程度含まれる。

5　Victor Schœlcher（一八〇四―一八九三）。フランスの政治家、ジャーナリスト、芸術評論家。フランス植民地における奴隷制廃止に大きく貢献した。

6　Constant Sorin（一九〇一―一九七〇）。グアドループ総督。

7　一九四〇―一九四四年の、ナチス・ドイツによるフランス占領を指す。

8　フランスの腸詰の一種で、黒ブーダンと白ブーダンに大別される。前者は豚の血や脂（あぶら）、玉葱を主な材料とし、地域によってはこれに肉や臓物を混ぜる。塩、砂糖、スパイスは必ず用いられ、ハーブ類、香料などが加えられることもある。後者は、豚や鶏の肉に、パン、牛乳、脂肪を混ぜ、加熱して作られる。しばしばトリュフなどで風味づけされており、クリスマスなどの特別な機会に食べられることが多い。

9　複製技術の発達に伴い、文章と写真が混在している小説が一八九六年から出回り始めた。これが原型となり、一九四七年には、イタリアの脚本家であるステファノ・レダが映画とコミックに想を得て、より現代的な「写真小説（fotoromanzo）」を創始した。

10 カリブ海地域で出産後の女性に対して行われる療法。会陰部の痛みや炎症を鎮める。出血を抑える作用があり、痔や裂傷にも効く。出血が治まってきた頃に行うのがよいとされる。

11 Marcel Marceau（一九二三―二〇〇七）。フランスのパントマイム・アーティスト。近代パントマイムにおける、第一人者かつ最も有名な人物。「パントマイムの神様」「沈黙の詩人」などとも呼ばれた。

12 フランスの国営テレビ局のチャンネル。青少年向けのテレビ放送「Récré A2」を一九七八年から一九八八年まで行っていた。

一九四八―一九六〇

1 フランス、スイス、アルジェリア、セネガル、カナダのケベック地方において「ＨＬＭ」として知られているもの。公的融資を受け、低家賃住宅機構により運営されている。

2 一九七八―一九九一年にアメリカで放送されていた人気テレビドラマ。

3 Sidney Poitier（一九二七―二〇二二）。アメリカの俳優。黒人として初めて米アカデミー賞主演男優賞を受賞した。

4 Ray Charles Robinson（一九三〇―二〇〇四）。アメリカのシンガーソングライター、ピアニスト。ソウルミュージックの発展に最も貢献した人物とされている。

5 一般大学とは別に、フランスにおいて創設より現在に至るまで技術官僚養成校として認識されている、エリート育成のための同国最上位の高等教育機関。

6 ビルハルツのスペルはBilhartzで、フランス語の発音規則に従って読むと「ビラール」となる。

7 第二次世界大戦中の一九四〇―一九四四年、フランス政権は二つ存在しており、そのうちの一つ。事実上ナチス・ドイツの傀儡（かいらい）政権（衛星国）であった。

8 Paul Valentino（一九〇二―一九八八）。フランスの政治家。生没地はともにグアドループのポワンタピートル。一九四〇年のフランス敗退後はド・ゴール将軍側につき、ヴィシー政権支持をやめるよう、コンスタン・ソラン総督を説得した。

9　ベイツリーの葉または実、もしくは両方を漬けたラム酒を濾過したもの。好みにより、シナモン、オールスパイス、オレンジの皮、精油などで香りを付ける。

10　一九二〇-五〇年代に流行したキューバおよび大アンティル諸島地域発祥のダンスや音楽のジャンルの名。ニューヨークやメキシコをはじめ、世界中に広まった。音楽としてのワラチャは、一五八三年にはすでに権力闘争批判を込めて歌われていたとの記録がある。

11　Wifredo Lam（一九〇二-一九八二）。キューバの画家。シュルレアリスムの人々と交流し、ピカソをはじめとする反体制の画家の影響を受け、独自の表現形式を確立した。マルティニーク出身の詩人エメ・セゼールとの連帯のなかで、キューバの悲劇や黒人の精神を作品を通じて描出するに至った。

12　Jesús Rafael Soto（一九二三-二〇〇五）。ベネズエラ出身のアーティスト。キネティック・アートの先駆者。

13　マルスリーヌ・デボルド＝ヴァルモールの「Hiver（冬）」の一節。

14　スコットランドやアイルランドの舞曲およびダンスの形式の一つ。八分の六拍子のダブル・ジグ、八分の九拍子のスリップ・ジグ、八分の十二拍子のシングル・ジグの三つに大別され、フランスへは十七世紀前半に伝えられた。

15　フランスの学校制度においては、小学一年生にあたる六-七歳の児童を十一年生とする。この数字は一学年上がるごとに一つずつ減っていき、高校二年生にあたる学年は一年生となる。高校三年生にあたる学年は「最終学年（Terminale）」と呼ばれる。

16　Kit Carson（一八〇九-一八六八）。アメリカ合衆国西部の開拓者。エンターテインメント作品にしばしば登場し、年代の古いものにおいては、辺境の地で「野蛮人」のインディアンと渡り合い開拓者を助ける、アメリカ白人大衆の「英雄」として描かれていることが多い。

17　ヴィクトル・ユーゴーの詩「Les pauvres gens（貧しき人々）」からの引用。

18　農村地帯で行われていた、グアドループの民俗的な太鼓と歌の演奏、および、それに伴うダンス。それぞれに意味を持ついくつかのリズムがあり、それらがこの音楽ジャンルを特徴づけるものとなっている。

一九六〇―二〇〇六

1　フランス海外県出身で、ヨーロッパのフランス本国、または出身地とは別のフランス海外県で働いている、任期つきではない公務員は、一定の条件のもと、帰省の際の旅費が出る。

2　知的能力が若干劣っているため標準的な授業にはついていけない生徒のための特別学級。指導により習得度を標準レベルまで上げられると判断された生徒が対象。「弟ちゃん」は学業の遅れのみが理由でこのクラスに振り分けられることになったと推測される。

3　Ernest Léardée（一八九六―一九八八）。マルティニークの作曲家・楽器奏者。同地での活躍後ヨーロッパに進出し、第二次世界大戦時のフランスの国土解放を機に、ジャズのルーツの一つと目されている音楽ジャンル「ビギン」を主に作曲・演奏するようになった。

4　西インド諸島のマルティニーク島やグアドループ島に伝わる舞曲、また、そのリズム。一九三〇―五〇年にフランスで流行した。

5　元々は闘牛場の行進曲。発展に伴い、歌曲や管弦楽曲として作曲・演奏されるようになったり、男が闘牛士、女がケープとなる社交ダンスに使われるようになったりした。

6　キューバのアフリカ系住民の間に起こったダンス、およびその曲。

7　ヘロデがベツレヘムで行った二歳未満の男児の虐殺に思いを至らせ祈るための日で、十二月二十八日と定められている。

8　原文では「chabine」男性の場合は「chabin」となる。フランス領アンティルにおいて、アンティル人どうしの間に生まれ、このような特徴を持つ人を指す。稀に、肌だけでなく目と髪の色も明るい場合がある。なお、外見上のこうした特徴は、一方の親が白人、もう片方の親が有色人種のような単純な混血の場合には見られない。

9　マグレブおよび西アフリカにおけるムスリムの聖者「マラブー」と同様の役割を担う。カリブ海域においては、呪術などを用いて人々の問題解決を行う相談役でもある。

10　ハイチのブードゥー教における精霊の一種である「ルーワー」の一員。水や流動性、女性性、そして女性の身体と関連づけられることが多く、女性、および、「女性」的に振る舞う男性や同性愛男性など、「女性」的とされてきた存在をしばしば憑依の対象とする。

11　アフリカの西部、中央部、南部の人々や、同地からアメリカ大陸およびその周辺に移住した人々が信仰する水の精。アフリカではヨーロッパ人との接触以前から、善良さと邪悪さを併せ持つ両義的な存在として知られていた。通常は女性とされるが、男性とされることもある。

12　John Wayne（一九〇七－一九七九）。アメリカの映画俳優。西部劇を中心に活躍したアメリカ映画界の代表的スター。

13　一九三四年にアンリ・テオドル・ピゴッツィが設立した自動車メーカー。一九七八年にＰＳＡ・プジョーシトロエンの所有するタルボブランドに統合された。

14　「武力集団」が「アルジェリアでやった」こととして考えられる出来事は二つある。一つは、アルジェリア戦争（一九五四－一九六二）における何らかの武力攻撃。この戦争は、フランス領であったアルジェリアの独立戦争であると同時に、ヨーロッパ系入植者と先住民との民族紛争でもあり、親仏派と反仏派の対立であり、フランス軍部とパリ中央政府の内戦でもあった。もう一つは、一九四五年五月八日（ナチス・ドイツの降伏日）にアルジェリア北東部の都市セティフで行われた、軟禁されていた独立運動の指導者メサーリー・ハーッジュ（一八九八－一九七四）の解放を求める抗議デモと、これに対する報復としてのフランス軍による弾圧。

15　神が恵みを与えてくれるよう、または、聖母や聖人など特定の崇敬対象に対して神への執り成しをしてくれるよう九日間連続で行うキリスト教における祈禱にノベナというものがあり、「病者のための九日間の祈り」もそれに含まれる。

16　旧約聖書で、神がヤコブおよびその子孫に与えると約束したカナンの土地。同地は「乳と蜜の流れる地」とも呼ばれており、現在のパレスチナ地方に当たる。

17　黒人の自覚を促す標語、あるいは精神的風土や文化の特質をさす語。文学運動の名称でもある。一九三〇年代前半にマルティニークのエメ・セゼール、セネガルのレオポール・セダール・サンゴールらが初めて用い、黒人固有の文化を高揚する運動を展開して、アフリカ、北アメリカ、西インド諸島地域の黒人知識人に大きな影響を与えた。しかし、白／黒の二項対立に囚われた思考は、西欧の思考の枠組みに呪縛を乗り越えられないといった旨の主張も一九五〇年代以降には生まれた。独立後のアフリカ諸国ではネグリチュードを乗り越えようとする運動が盛んになった。またアンティルでは、フランツ・ファノンによるネグリチュード批判を経て、ネグリチュードを土台に、エドゥアール・グリッサンにより「アンティヤニテ」が、パトリック・シャモワゾーなどにより「クレオリテ」が唱えられるようになった。

18　綴りは「Marie-Galante」で、「マリー・ガラント」に近い発音が標準的。クレオール語では「ガラント」ではなく「ガランテ」になる。

19　フランスの経済史において、一九四五－一九七五年の三十年間をこう呼ぶ。顕著な経済成長に支えられ、平均賃金と消費がともに高水準を維持したのに加え、社会福祉制度も大きく発展した。一九七三年の第一次オイルショックを機に終焉を迎えた。

20　Robert Mavounzy（一九一七－一九七四）。パナマ生まれ、グアドループ育ちの楽器奏者。

21　キリスト教の洗礼にあたり、名づけ親の立ち会いを受けた子。

22　カリブ海周辺のフランス海外県でクリスマスなどに飲まれる、オレンジやスパイスを漬け込んだリキュール。

23　新約聖書中の「マルコ福音書」一章十六－十八節を参照されたい。

24　旧約聖書の『創世記』に登場する、地上初の勇士かつ狩人。同時代の登場人物の名前はそれぞれの民族名を兼ねているが、「ニムロド」は「反逆する者」を意味するのみである。ユダヤ人の伝承が記された『ユダヤ古代誌』ではバベルの塔の建設を命じた王とされる。

25 Angela Davis（一九四四–）。アメリカ合衆国の活動家、思想家。黒人解放運動の重要な担い手の一人。

26 ツル目クイナ科に分類される鳥。体長は三十五センチメートルほどで、ハトくらいの大きさ。成鳥は黒色の体をしており、背中はやや緑みを帯びている。脚と足指は黄色く、長い。

27 原文では「Le plus chabin des bébés」。「bébé」は新生児から幼児ぐらいまでの子どもを意味する語。「chabin」については本章の訳注8を参照されたい。

＊本書の翻訳においては、原則、フランス語話者が原文を読んで覚えるであろう感覚の再現を目指した。また、この目標を達成するため、クレオール語で書かれた文が混ざっている箇所については以下のように対応した。

❶クレオール語の文がフランス語で説明し直されている場合は、クレオール語の文をそのまま残したうえで日本語訳をつけている（三四頁「À pa meum jou fèy tonbé an dlo i ka pouri（おばさんたちは自分がしたことのつけをいつか払わなきゃいけなくなる）」）。

❷クレオール語の文がフランス語と近似している、もしくは文脈上意味が分かるなどの理由によりフランス語で説明し直されていない場合は、そのまま日本語に訳している（一七一頁「どういうことだと思う?」、二二一頁「いやだと言ったらいやだ!」）。

❸クレオール語の文にフランス語訳が原注のかたちで付されている場合は、まず日本語に訳し、そのうえで、当該箇所が元々クレオール語で書かれていた旨を本文中で明示している（二一七頁「『ええっ！　アルマン？　びっくりさせないでよ、もう!』私は微笑みながらクレオールで言った」）。

＊「一九六〇–二〇〇六」の訳注9については、「一種のマラブーで、quimboiseurとも呼ばれる。呪術などを用いて人々の問題解決を行う相談役でもある」との記述が原注にあったが、「マラブー」自体が日本の読者にはなじみのないものだと思われたため、訳者が若干の補足を加え、訳注と同等の扱いとした。

訳者あとがき

フランスの旧植民地であり、一九四六年以降は同国の海外県となっているグアドループでは、「犬が尻尾で吠える」ような場所といえば、非常な僻地を意味する。そうした言葉を題名とする本書は、同地出身の父と、北フランス出身の母を持つ、パリ近郊育ちの女性エステル＝サラ・ビュルが、自身の父方の家の歴史を掘り起こし、それを小説化した*Là où les chiens aboient par la queue*（Éditions Liana Levi, 2018）の全訳である。「歴史」というのは、しかし正しくないかもしれない。「保存することは、いい家の出の人たちにとっては反射的な行動だ。彼らは自分の家系のきらめく足跡を代々伝えることに心を砕く。私にはそんなものはない。本家にあるどっしりとした石造りの建物の中に囲われている書類のようなものはない。［中略］でも私には経験が、所作が、言葉が刻まれていて、密やかに私を養ってくれていた」（本書一六九頁）と、本書（以下、「本書」は『犬が尻尾で吠える場所』を指す）の語り手の一人であると同時に、その枠組みを成す人物でもある「姪」が述べているように、紙やその他の媒体に記録され、固定された「歴史」は、グアドループの片田舎の家にはない。そこから引き出せるのは物語だけだ。家の者それぞれが、それぞれの視点から生きた時間を物語る。それらはもしかすると、そのとき限りの話なのかもしれない。別の機会に同じ話を聞かせてもらえるよう頼んでも、違う話が出てくるのかもしれない。物語は、生き物だ。しかし「姪」は、そして作者は、それを記録し、固定しようとする。

＊＊＊

こだまとしての記憶――彼方で響くクレオール

作者が取り上げている対象は、少なくとも部分的にはあまり手垢のついていないものだ。グアドループのあるカリブ海地域の出来事を扱った文学作品は、ビュルが焦点を当てている時期よりも前の時代について書かれているものがほとんどだと、彼女自身もインタビューで述べている。一方で、「物語」と「歴史」の間でのジレンマは同地域出身の作家がかねてから抱えていたものだったといえるだろう。「クレオール性の作家はクレオール語と小説との間で選択を迫ら」れ、「作家は口承芸術と文学との境界を経験」した、という、言語学者ジャック・クルシル（一九三八―二〇二〇）による指摘もある。[*1]では、この「クレオール性」とは何か。

クレオール自体は元々、植民地で生まれた者を指す言葉だったが、時代が下り、近代国民国家においてしばしば想定されてきた単一なるものとしてのアイデンティティのありようがグローバル化のなかで不完全さを露呈し始めたとき、旧植民地の複数的・混成的なそれが、「クレオール性」の名のもとに注目されるようになった。そして、それが最も顕著に表れていた地域の一つが、このカリブ海地域だった。

ヨーロッパ人は大航海時代に新大陸を「発見」したが、カリブ海地域には元々、先住民が住んでいた。ヨーロッパによる植民地化が進むにつれ、植民地経済において商品となる作物を栽培するため、黒人が奴隷として連れてこられるようになった。その頃には先住民はほとんどいなくなっていた。フランス領の植民地で奴隷制が最終的に廃止されたのは一八四八年。当初、解放された人々の多くは働いていた農園から出て行った。彼らのうちには農園に戻る者も多くいたが、砂糖のさらなる増産のため、一八五〇年代には移民が各地から募集されるようになった。彼らのうち最も多かったのはインド人で、コンゴ出身者を中心とするアフリカ人（本書に登場する「コンゴ」は彼らの末裔と推察される）がそれに続いた。また、数は少ないながら中国人もこの時期に渡って来た。[*2]

この地域を一つの像に集約して語ることはできない。住民のルーツが多様であるうえ、ルーツの異なる人々の間に生まれる人々もいる。実際、本書にもバック・グラウンドのさまざまな人物たちが登場する。

そうしたなかで、黒人奴隷が主人である白人と意思疎通を図る必要から生まれ、その後、いっそう多様な人々によって使われ、練り上げられてきたのがクレオール語だ。長らく正書法がなかったこともあり、主に口頭でのコミュニケーションに使用され、旧宗主国の言語よりも下に位置するものと見なされてきた。

このような状況を変えようと、フランス領カリブではクレオール語国語化の運動が起こった。マルティニークの言語学者ジャン・ベルナベ（一九四二―二〇一七）が一九七六年に「クレオール語・フランス語空間学術研究グループ」（GEREC-F）を設立し、書記法の整備をはじめとするさまざまな試みを行うと、この流れを確固たるものにしようとするかのように、一九八〇年代には若い世代の作家のクレオール語による執筆が始まった。そこに現れたのが、今ではフランス語圏文学の重鎮となった大型新人、パトリック・シャモワゾー（一九五三―）だった。

本書でも、人類の月面着陸について話す「弟ちゃん」とその父イレールのクレオール語での会話が「空間のこの超克はクレオールで語られると別の様相を帯びた。より愉快で、こてこてなものになった」（本書一七一頁）と描写されているように、クレオール語には話される言語ならではの生々しさがある。一方で、この言葉の書かれる言語としての歴史は、フランス語のそれと比べ、極めて短い。フランス領カリブの知識人たちは、フランスによる「同化教育」以来続く伝統のなかにあって、書き言葉の世界の豊かさを分かっているとともに、自らの生活や文化になじむよう発展してきたクレオール語の機微の豊かさを知ってもいた。その両方を作品に盛り込むためには、先述の「国語化」運動の場合のようにクレオール語の書き言葉としての側面を育てていくか、フランス語をカリブの土地になじむようなライヴ感を持ち合わせたものに変えていくしかない。パトリック・シャモワゾーが選んだのは後者だった。彼のフランス語は口承性を帯びているといわれる。大御所の亡命作家ミラン・クンデラ（一九二九―）が「シャモワゾー化したフランス語」[*3]と評した独特の文体は、クレオール語による庶民の世界を見事に伝えていると評判になった。

こうして、その後もフランス領カリブではフランス語で書く作家が輩出することになる。この現象を、先に言及したジャック・クルシルは以下のように述べている。

クレオール語で才能豊かにふんだんに書いたあと、彼らは、小説への愛のために、他者の言語の中へ天使のように失墜した。こうして、逆説的にも、「クレオール性」の運動はクレオール語に対する断念から生じた。言語と文字との狭間でどっちつかずの彼らの愛は、芸術と化したダイグロシアの苦しみの空間を穿ってきた。なぜなら、それぞれの行、それぞれの語に見られる文字で表されない（読み書きができないのでない）沈黙は、黙ることを拒むからだ。[*4]

ダイグロシアとは、ある社会において二つの言語変種もしくは言語が互いに異なる機能を持って使い分けられており、かつ、それらの言語間に上下関係が生じている状態を指す。そうした関係のなかで書かれることのない「黙ることを拒む」沈黙がクレオール語なのだ。[*5]

この解釈を踏まえつつ、同じくクルシルの「クレオール性は『言語態度』である。つまり書き方や文体ではなく、複数の言語が激しくぶつかり合う環境を生きる主体である。この環境を受け入れる『言語態度』は、その力が表わされる複数の言語の中で主体が切り開いた道の跡である[*6]」という言葉を受け止めるとき、本書のクレオール性も見えてくる。それは、作中のあらゆるフレーズにクレオール語の息づかいを纏わせるのではなく、作品空間でさまざまな言語を実際にぶつかり合わせることによって生成されている。「姪」の言葉を借りるなら「力強い見事なごちゃ混ぜの庭」（本書二七八頁）のようなアントワーヌは、権力者側の言葉や、メディアが運ぶような政治・経済に関する用語を、父親譲りの生き生きとした口調に巧みに乗せた語りの内に、「世界を見せる場所」（本書二七八頁）としてのカリブ海地域の姿を浮き上がらせる。「弟ちゃん」は、左派の知識人然とした佇まいそのままの端正な言葉で、混淆の地グアドループでの出来事を主とする自らの体験を丁寧に解きほぐし、トランス状態に陥ってしまいそうなカリブの音楽と踊りの洪水さえ伝統的なフランス文学作品に見られるような流麗さをもって描き出してしまう。リュサンドは話し方においてもフランス本国の裕福な女性を演じ切ろうとするもののどこか板に付いておらず、その様子自体がフランス領カリブの抱える歪みの言語的体現のようだ。

複数の言語の間で、語り手の三姉弟はそれぞれに、自らの望むありようや生き方にふさわしい言語態度を探り当てようとした。その成否は私には分からない。もしかすると作者本人も分からないままにそれらを受け止め、ない合わせ、織り上げ、祝祭用の衣に仕立て上げたのかもしれない。作者も「姪」も、クレオール語を母語とはしていない。十全に話せるわけでもない。それでも「姪」はグアドループから受け継いだ何かを「自分の体の内に、言語の内に、世界の多様性の受け止め方の内に感じて」(本書一六五頁)いたし、「すべての大陸を旅した迷えるさすらい人たるアンティル人」(本書一六五頁)としての「自分の来歴とそれを形作るものを愛することを学んでいた」(本書一六五頁)。そしてそれは、マルセル・プルースト(一八七一―一九二二)をはじめとするフランスの文豪たちの作品に熱中したのち、アメリカの黒人作家の作品に興味の対象を移し、彼らと同様の視点からカリブ海地域を見つめ、書いている作家たちの作品も読むようになり、その果てに、一家の者が生きた「物語」を不動の過去として紙の上に焼きつけた作者の似姿でもあるだろう。その彷徨も、その執筆も、ときに矛盾する複数の世界を、自らを産んだものとしてともに引き受け、祝福しようとする行為だったはずだ。複数の世界を抱えた、彼/彼女自身が一つの世界であるような語り手のうちの誰一人として作者は裁かない。

「クレオール性の作家」の作品はこれまでの人生の比較的後になってやってきたため、書き手としての自己の形成に決定的な影響を与えたわけではない、と彼女は語っている。しかし彼女は、それを読まないうちからその作者たちの世界の見つめ方を知っていて、彼らの世界を生き始めていたのだった。

こだまとしての記憶Ⅱ――事実と「ハモる」物語

ところで、奇蹟のようなこうした共振は作中でも起こっている。アントワーヌの「露の中を行く足」の節の、「ジョン・ウェイン風情の男」が「体の不自由な年寄りの黒人」を追い払おうとしたのをきっかけに起きた暴動（本書二二一－二二三頁）に関するものだ。この話は実話に基づいている。

この日の朝、靴屋の前で男が傷つき倒れていた。この男は片足が不自由で背中には瘤があったことから、バス＝テール住民で知らない者はいなかった。かれは靴の金具をとりつける仕事を生業としており、いつもその店の近くで仕事をしていたのだが、靴屋の主人である白人サンスキーは、ショーウィンドーの前に居座るこの男を追い払いたがっていた。

何が起きたのか。かれのまわりに人だかりが出来る。男の話では、サンスキーが「ニグロにあいさつしろ」と言って巨大な飼い犬をけしかけてきたのだ。

［中略］

サンスキーが「ニグロ」に放った暴力は、反暴力としてサンスキーへ返されることになる。二階のバルコニーで住民を挑発するサンスキーに対して、怒りに燃えた一部の住民がかれをリンチにしようと、扉をたたき壊し、店内に入った。そのあいだにサンスキーは逃げ出すが、店内は当然ながら破壊と略奪の場と化した。警察はもはや何もできず、副知事も現場に行くが、これ以上「暴動」が激化しないよう運動を静めることしかできなかった。サンスキーの所有する高級車メルセデスはひっくり返され、放火され、海に投げ捨てられた。「暴動」は夜まで続き、サンスキーの店は最終的に焼かれた。[*7]

作中の暴動の場面に酷似している。異なるのは飼い犬をけしかける場面がないことだ。実はこの場面は、別の節の、時代も場所も全く異なる出来事のなかに埋め込まれている。フランス本国の街クレテイユで、カフェの前をローラースケートで通り過ぎようとする「姪」に巨大なシェパードが嚙みつくところ（本書八一‐八二頁）だ。彼女は、自分が訪れようのなかった時代のグアドループの、自分が当時知りもしなかった事件の一端を、確かに体験したのだった。

ここで今一度、本項の冒頭の「共振」という語を思い出していただきたい。そこでは、この語は、ある出来事が起こったのと異なる時間や空間において、それと全く同じではないが類似点や接点を有する出来事が起こる現象を指している。そして、それ自体虚構である、「姪」の幼少期にパリで起こった事件が、グアドループでの暴動との間に起こしている共振は、小説の作者によって作られたものだった。現実の土台の上に虚構を築き、そこに現実のこだまを響き渡らせているのは、しかし作者だけではない。作中の人物もまた、現実を巧みにずらし、自身にまつわる過去を創り変えている。リュサンドは自らの出自についての虚構を、アントワーヌはクレオール語の誕生にまつわる虚構を語っている。

リュサンドは、自分の母親は「Béké」だと主張する。この語は初期の白人入植者として一大家系を築いている大富裕層のことを指すが、フランス革命期に多くの白人支配層が処刑されたグアドループでは、近隣のマルティニークとは異なり、「Béké」にあたる突出した階級はそもそも形成されなかった。[*8] 加えて、作中人物である「弟ちゃん」自身も「俺たちの母さんは大地主だった白人たちの子孫じゃない。［中略］あの一家は［中略］もしかすると、歴史から爪弾きされたしがない白人だったかもしれない。その中には黒人と同じように奴隷だった者もいた」(本書六九─七〇頁)と語っているのだから、リュサンドの発言は歴史に照らしても物語内における事実としても正しいとはいえない。

　では、なぜこうした主張を行うのだろうか。彼女について、アントワーヌは以下のように言う。


　頭の中に二人の女がいて喧嘩している。惨めさを嘆く臆病な黒人女と、黒人を見下す白人の上流階級の女と。どうやって折り合いをつけているのかよく分からないけど、そのせいであの子はとても疲れている。(本書二七三頁)

　白人の母ユーラリーの虚構と思われる血統を持ち出して自らの出自を物語るとき、リュサンドは「臆病な黒人女」を打ち負かそうとしていると考えられるが、その「喧嘩」のせいで「とても疲れている」以上、彼女が自身のアイデンティティの再構築に成功しているとはいえない。しかし、彼女は同じフィクションを語り続け、自らの拠って立つところを示そうとし続ける。

　一方、「母さんを見ていると私が母さんから出てきたとは思えなかった。[中略]私は[中略]深いカカオ色の肌でぎゅっと縮れた髪をしている」(本書一八頁)と語るアントワーヌは、自分が受け継いでいる白人性にあまり重きをおいていない。それどころか、クレオール語の始まりについて自らの考えを述べる際には、その言語が奴隷と主人の間での意思疎通の手段として生じたこと、言い換えれば、その言語の生成には、どのようなかたちであるにせよ、主人としての白人が関わっていたという事実をほとんど消し去っている。

　グアドループでは神さまがクレオール語を創るのをよしとしてくださったから私たちはお互いに

分かり合えるようになって、で、それはきっとニムロドのもとにいた建築家たちのところで起こったことでもあった［中略］私はニムロドの様子を思い描いていた。貫頭衣を着た、アフリカ人の長で、砂がちな丘から職人の群れがクレオールで冗談を交わしながら壮麗な街を造っているのを見ていたんだろう。（本書二四九頁）

ここでは、主人は白人ではなく黒人として描かれており、クレオール語は、主人ではなく、ともに働く、ルーツもさまざまな人々が互いに意思疎通を図るなかで生まれたことになっている。混ざり合いとしての「クレオール性」を「島のただ一つの現実、ただ一つの歴史、ただ一つの物語」（本書二四五–二四六頁）と捉えるアントワーヌは、クレオール語をこのように定義し直すことで、カリブ海域の市井の人々の内から生まれた言語としてそれを位置づけるとともに、それを話し、楽しむ「力強い見事なごちゃ混ぜの庭」としての自身のアイデンティティをいっそう確かにしたのではないか。

ところで、血や言葉など、自身が受け継いだものを高らかに物語ることで、片方は自らのアイデンティティの再構築に成功し、片方は失敗したこの姉妹について、「彼女たちは永遠に続く幻想の中で生きてい」（本書二一〇頁）ると「弟ちゃん」は語っている。そうかもしれない。そして、「理知に基づいて世界を観る」（本書一一頁）ことを大切にしている彼にとって、それは耐え難かっただろう。しかし、グアドループでは正統とされることはしばしば事実と相反する、というのがアントワーヌの考えだった。彼女は言う。

忌むべきだと言われていたクレオールはあまりにも味があるものだから、大人たちは存分にクレオールを使って物語を語っていた。私たちの教区の白人司祭は敬われるべきであって、彼の前では目を伏せなきゃならなかったけど、やつが黒人の若い女を一人ならずはらませたのはみんな知っていた。（本書四三頁）

こうした場において、現実を日々見つめている市井の人々が、当時は正書法がなく、出来事を過去の事実として紙の上に固定化する力を持たなかったクレオール語を生活言語として使用していた以上、幻想あるいは虚構としての物語（fiction/histoire）は、物語としての事実となり得たし、あるべき状態を描き出す言説は、事実としての、虚構あるいは物語となり得た。したがって、そこでは全き現実を見るのは不可能であり、そうである以上、幻想に生きること自体は糾弾されるべきではない。それどころか、フィクションを通じた自身のアイデンティティの再構築は、それがたとえ周囲から見て滑稽であろうと、不首尾に終わろうと、自己を保つために必要なものであり、肯定的に捉えられてよい。歴史、すなわち事実と見なされていることを物語展開上の必要に応じて変える自由が作家にはあると、ビュルはあるインタビューで述べていたが、もしかするとグアドループでは、皆が物語（histoire）を紡いでいて、人の数だけの歴史（histoire）が日々編まれていたのかもしれない。

こだまとしての記憶Ⅲ――周辺の周辺と中央の周辺をつなぐ声

本書は、作者本人がインタビューで話していた限りでは、グアドループにルーツを持ち、グアドループをよく知っている読者からも共感を得られているとのことだった。一方で、語り手の三姉弟が育った平穏とはいえない家庭は、多くの人々が、植民地時代から続く、階層的かつ階層間の流動性に乏しい社会構造ゆえに苦しんでいたカリブ海地域のなかでも、普通だったとはいえない。苦しんでいた多くの人々は、出自ゆえ資本主義経済から疎外されていた。社会階層の頂点を占め、安楽に暮らしていた白人富裕層は一握りで、肌の色がより暗い者ほど下方の階層に位置づけられる傾向にあった。その点から見ると、白人と黒人の混血である姉弟は中間に位置づけられることになるため、疎外されている者のなかでとりわけその度合いが強いとはいえない。しかし、その混血の仕方は同地で普通とされているものと逆であり、そしてそれは、「あの場所の人たちの言葉を借りるなら、黒と白、どちらの世界にとっても侮辱だった」（本書一八頁）とアントワーヌが語っているように、異常かつスキャンダラスなことだった。同地の白人と黒人の混血の始まりは、基本的に、奴隷制時代に端を発する、白人男性の黒人女性への性暴力によるとされる。[*9] したがって、白人と黒人の混血の人々の大多数は、この、自らの先祖に焼きつけられ、伝えられた記憶を傷跡として共有し、連帯することができるが、姉弟はその輪から排除されることになる。

加えて、主要な語り手であるアントワーヌは女性である。有色の女性たちは、白人男性による性的搾取と、白人／黒人の別を問わず地域社会全体を支配する男性中心主義のもとで、二重に疎外されていた。有色の男性たちが組織する政治的反乱に関わらせてもらえないことも常であり、歴史の表舞台には顔を出さなかった。「弟ちゃん」も、アントワーヌについて「姉が革命に参加しようとしたことは決してなかった」（本書二五六頁）と述べている。

しかし、女性たちは搾取の記憶や搾取と闘うための知恵を、世代を超えて伝達し続けるのであり、それは、たとえ記録すなわち歴史には残されなくとも、一つの抵抗として確実に社会に影響を与えていく。[*10] そしてそうしたつながりは、人種や出自をはじめとする属性の境界をしばしば横断する。それゆえ、たとえ先述のような混血コミュニティと先述のようなかたちで連帯できないとしても、アントワーヌは別のかたちでさまざまな人々とつながっていく。そのなかには、疎外された者としての黒人たちの社会からも疎外された人々「コンゴ」の一人である売春婦オランプや、白人でありながら「昔のご主人さまというよりは奴隷みたいに暮らしてい」(本書二〇頁)て、孤立を進んで保っているのか余儀なくされているのかも分からない状況にある一家に出自を持つ、母方の従姉エレアノールといった、幾重にも疎外されている、もしくは、どこに属すのも難しい人々も含まれている。

女性という属性ゆえ周辺に追いやられていた者どうしの越境的な連帯は、複数のカリブ海地域出身の女性作家がすでに描いてきたものだ。一方で、白人社会、有色人種社会のそれぞれにおける女性のなかでもさらに周辺的な立場に置かれている者の間で育まれるつながりの存在を浮き上がらせた本書を通じて初めて文字化された、つまり、公に言明された連帯のかたちも少なからずあるはずだ。そして、本書がグアドループにルーツを持つ読者から共感をもって迎えられた事実は、そうした女性たちや、あるいは、女性以外でも、フランス本国出身の白人でありながら一度徒刑囚となったためにその後も惨めな人生を送ったアルマンなど、作中で焦点を当てられている、いわば周辺の周辺に位置する人々が、実際にはそれほど少なくないことを示しているのだろう。にもかかわらずそうした人々が今まであまり描かれてこなかったとすると、それはきっと、彼らには、自らの声を届ける機会も、声を届けられる立場にある人々の耳目を集める機会もなかったからだ。

一方、作者は高等教育まで受けた中産階級で、彼らよりも声を上げられる立場にあるものの、自らのルーツの複数性・混成性ゆえにフランス本国ではマイノリティでもあり、かといって、生まれ育ったわけではないグアドループに根を下ろせるわけでもなく、いわば二つの世界の縁の接点に立たされている。そのような書き手が、代理人ではなく媒介者となり、グアドループにおいては珍しい出自を持つ周辺的な存在である姉弟を主な語り手に据えて、複数の視点から展開させた物語であったからこそ、「周辺の周辺」に生きる人々の声をすくい取り、巷で聞かれる（読まれる）声として提示することに成功しているのだろう。作中でド・ゴールがグアドループを訪問した年が事実とずれているなど、本書は必ずしも「歴史」を正確になぞるものではないが、それでも確かに、娯楽としての面白さと同時に歴史の重みを運んでいる。それは、事実としての物語である「歴史」には書き込まれないまま、グアドループやその他カリブの島々のあらゆるところで語られていた、物語としての事実の重みである。

＊＊＊

以上、ここまで、クレオール文化の只中を生きた人々と、彼らのうち自らと血のつながった何人かの記憶を記録しつつ想像／創造を行った作者のビュル、両者の記憶のありようを、「こだま」という言葉を蝶番（ちょうつがい）に個別に分析しつつ並置し、重なりを見つけ、つなぎ合わせる試みを行ってきた。

当事者、という言葉がある。また、昨今では、センシティヴな物事については当事者しか語れないような風潮がある。しかし当事者とは一体何だろうか。本書の作者は、グアドループにルーツの半分を持つが生まれも育ちもフランスで、当事者であるともいえればないともいえる。それでも彼女の内でグアドループの記憶は確実に生きている。そこには彼女自身の経験を通じて蓄えられたものに加え、彼女に当事者の語りを通じて引き渡された、いわば遺産としてのものもある。作品の大半はこの遺産を活用して書かれたのであり、したがって、この作品は物語のかたちを借りた当事者による語りとはいえないにもかかわらず、「当事者」であるグアドループ出身者の共感を得られている。そしてそれこそが、いつしか翻訳する私にとっての希望となっていた。当事者の声が聴かれる状況にあることは、もちろん何にも増して重要だ。しかしそれとは別に、ビュルというモデルのおかげで、自分自身が全き当事者ではなかったとしても当事者の声を受け取り、伝え、当事者と自分の周りの誰かをつなげられる可能性があると少しでも思えることは一つの喜びではないだろうか。こうして広がった当事者の記憶は、それを知った人にとって他人事ではなくなる。それで明日が変わるわけではないが、その積み重ねで未来はきっと少し変わる。この翻訳で、私も小さいながら新たな積み石を置けただろうか。そんなことを考えながら、この「訳者あとがき」を書いた。

このような貴重な経験を積ませてくださった皆様——本書を発掘するとともに、翻訳にあたっては数多の助言と励ましをくださったフィリップ・ブロシェヌ氏、翻訳企画の実現に向けて奔走してくださったのに加え、カリブ海地域の歴史や現状をご教示くださり、訳文の質を高めてくださった中村隆之氏、訳書の出版に尽力してくださった作品社の皆様、あとがき中で何度か著書を引用した大野藍梨氏をはじめ、翻訳やあとがき執筆にあたり参照した書籍の執筆者や動画の出演者の方々、その他、私を物理的・精神的に応援してくださったすべての方々——にはどれほど感謝してもしきれないながら、この場を借りて感謝申し上げます。本当にありがとうございました。

1　ジャック・クルシルの論文からの引用は、Jacques Coursil, «Éloge de la muette», *Linx (revue des linguistes de l'Université Paris-Ouest Nanterre La Défense)*, n°10, 1998, pp. 149-166 の電子版を参照。

2　中村隆之『カリブ-世界論——植民地主義に抗う複数の場所と歴史』人文書院、二〇一三年、二九-三

一、四〇、八四-八六頁。
3 同書、三四九頁。
4 Coursil, op. cit.
5 中村、前掲書、三六一頁。
6 同書、三六一頁。
7 同書、二五五-二五六頁。
8 同書、八八頁。
9 大野藍梨『「抵抗」する女たち――フランス語圏カリブ海文学における「シスターフッド」』松籟社、二〇一九年、二七-三〇頁。
10 同書、一八八頁。

本作品は、アンスティチュ・フランセパリ本部の助成金を受給しています。
Cet ouvrage a bénéficié de l'aide à la publication de l'Institut français

【著訳者略歴】

エステル＝サラ・ビュル（Estelle-Sarah Bulle）
1974年にクレテイユで、アンティル諸島に出自を持つ父親とベルギー人の母親のもとに生まれる。パリとリヨンで学んだ後、コンサルティング会社に勤務。その後、ルーヴル美術館の文化機関で働くようになり、機関役員のスピーチ原稿の作成などを担当する。長らく文筆業への従事を望んでおり、40歳頃に離職、処女作である本作の執筆に着手し、2018年に出版に至る。現在はヴァルドワーズ在住。処女作である本作の出版の2年後、2020年に早くも2作目を出すなど、意欲的に執筆活動を展開している。

山﨑美穂（やまざき・みほ）
慶應義塾大学大学院仏文学修士号、東京外国語大学大学院学術修士号を取得。現職は公立高校のフランス語講師。文化・文学・芸術分野における仏日翻訳や日仏翻訳のほか、社会学関連記事の英日翻訳、公益財団法人での執筆などに携わる。

犬が尻尾で吠える場所

2022年12月5日　初版第1刷印刷
2022年12月10日　初版第1刷発行

著　者　エステル＝サラ・ビュル
訳　者　山﨑美穂

発行者　青木誠也
発行所　株式会社作品社
〒102-0072　東京都千代田区飯田橋2-7-4
電　話　03-3262-9753
ファクス　03-3262-9757
振替口座　00160-3-27183
ウェブサイト　https://www.sakuhinsha.com

装　丁　山田和寛＋佐々木英子（nipponia）
装　画　都築まゆ美
本文組版　前田奈々
編集担当　倉畑雄太
印刷・製本　シナノ印刷株式会社

Printed in Japan　ISBN978-4-86182-940-6　C0097　©Sakuhinsha, 2022
落丁・乱丁本はお取り替えいたします　定価はカヴァーに表示してあります